큰 글
한국문학선집

김내성 장편소설

실락원의 별 1

일러두기

1. 이 책은 김내성의 장편소설로『경향신문』에 1956년 6월부터 1957년 2월까지 연재된 소설이다.

2. 이 책(큰글한국문학선집 058: 김내성 장편소설)은 제작 의도에 따라(큰글로 편집) 분량이 많은 관계로 큰글한국문학선집 058-1, 058-2, 058-3으로 분권하였다.

실락원의 별(큰글한국문학선집 058-1)

실락원의 별 1

(큰글한국문학선집 058-1)

1. 十八年間[십팔년간]의 貞操[정조]

『아이, 벌써 열 두시네.』

머릿장을 겸한 화장대 위에 너저분한 화장품 병들이 놓여 있었고 파란 유리로 만든 동그란 사발 시계가 전등 밑에서 열 두시 오분 전을 가리키고 있었다.

푸른 깃이 달린 다홍색 양단 이부자리 속에서 소설 책을 읽고 있던 부인은 시계를 쳐다보며 자리에서 후다닥 일어났다.

웃목쪽으로 자리가 연달아 깔려 있었으나 사람은 없고 베개만 덩그라니 놓여 있었다.

『벌써 그렇게 됐나?』

소설 책에 정신이 팔려 시간 가는 줄을 모르고 있었다.

새하얀 융 바탕에 굵다란 분홍 줄과 가느다란 노랑 줄이 쭉쭉 세로 뻗은 파자마가 부인의 삼십 팔세를 사 오년이나 젊게 보이게 했다.

웃목 옷장 거울에 비쳐진 자기의 모습을 후딱 부인은 바라보았다. 머리가 보기 흉하게 흐트러져 있었다. 화장대 앞으로 가서 빨간 레자 걸상에 걸터 앉으며 서랍에서 스카프를 꺼내 들고 흐트러진 머리를 감쌌다. 흰 나일론 바탕에 빨간 물방울이 흩어져 있는 스카프였다.

아까 잠자리에 들 때, 클린싱 크림으로 일단 닦아낸 얼굴이었으나 그 동안에 벌써 엷은 기름 땀이 배어 있었다. 거울을 들여다보며 흰 가제로 부인은 땀을 씻어 냈다. 눈꼬리 언저리에 잡혀진 잔주름을 다소 서운한 마음으로 들여다보고 나서 부인은 총총히 복도로 나섰다.

「아이, 비가 오네요.」

유리 문을 드르륵 열고 캄캄한 정원을 내다 보았다.

저녁 때부터 불기 시작한 꽃바람이 마침내 보슬비를 뿌려 왔다. 창경원 벗꽃이 한창인 무렵이었으나 요만한 보슬비로는 꽃이 떨어질 염려는 없을 성 싶다.

주방으로 들어가서 홍차 두 잔을 거르고 토스트 한 접시를 굽는 동안, 부인은 연방 〈홈 스위트 홈〉을 콧 노래로 부르고 있었다.

이윽고 남편의 간단한 야식(夜食)을 소반에 담아 가지고 부인은 현관 옆 층계를 올라 갔다.

양식과 일본식과 한식을 얼버무린 절충식 양옥이었다. 크지는 않았으나 아담은 했다. 이층에는 팔조와 사조 반의 다다미가 있었다. 그 팔조 방에서 남편은 원고를 쓰고 있었다.

『아직 멀었어요?』

부인은 테이블 옆에 소반을 내려 놓고 남편의 어깨 너머로 원고지를 들여다보았다.

『응, 이제 조금만 더……』

자욱한 담배 연기 속에서 남편은 뒤도 돌아보지 않고 엎딘 채 만년필을 휘두르고 있었다. 책상 위에는 원고 뭉치, 잉크 병, 재떨이, 담배 갑, 라이터, 위스키병, 잡지 나부랭이같은 것이 새파란 형광등(螢光燈) 밑에서 너저분하게 흩어져 있었다.

『아이, 곰 잡겠어요, 이 방……』

집필에 신이 나면 날수록 왼편 손길에서 담배 연기는 떨어지지 않았다.

부인은 일어나서 창문을 활짝 열었다. 자욱한 담배 연

기가 꼬리를 물고 봄비에 젖은 캄캄한 허공으로 쏜살같이 흩어져 나갔다.

　『비가 와요.』

　『그래?』

　남편은 고개 한 번 들지 않는다.

　『벚꽃이 떨어짐 어쩌나!』

　『흥, 당신도 인제 시인이 다 됐구려.』

　『서당 개 삼년에 뭐 어쩐다는 말이 있잖아요.』

　『꽃 떨어질 걱정은 그만 하고 뒤쥐에 쌀 떨어질 걱정이나 해요.』

　『그거야 당신의 책임이지, 난 몰라요.』

　『어쨌든 팔자는 늘어졌어.』

　『호호……』

　행복한 웃음을 부인은 삼키며

　『미안합니다!』

　했다.

　남편은 그러나 그 이상 더 대꾸를 하지 않고 다시금 벙어리가 되어 원고지만 노려보고 있었다.

　그것이 자기더러 좀 잠자코 있어 달라는 의사 표시임을 알고 있기에 부인도 얼른 입을 다물고 말았다. 테이블 앞으로 사뿐사뿐 걸어가서 반 만큼 열려진 곰보 유리문을 꼭 닫고 코오너 테이블 위에 놓인 화병에서 개나리꽃 세 가지를 뽑아 쥐고 적당한 각도로 다시금 옮겨 꽂아 봄으로써 생각없이 떠들어댄 자기 자신을 어린애처럼 부인은 부끄러워하는 것이다.

십 팔년 동안에 걸친 결혼 생활과 네 아이의 어머니라는 확고 부동한 주부로서의 위치와 삼십 팔세라는 어지간히 지긋한 년치(年齒)를 가지고도 항상 부드러운 신경을 이 부인 김옥영(金玉影)은 남편에게 써야만 했다.

연치의 차이와는 역행(逆行)을 하여 까다로운 어린애를 달래듯이 남편을

다루어 오는데 신경의 피로를 때때로 느끼는 것이었으나 그것이 고통이 될 정도도 또한 아니기에 남편의 이 특수한 직업을 이해하려고 노력하는데 일종의 색다른 행복감을 느끼는 것이었다.

옥영은 가만히 복도로 걸어 나갔다. 남편이 원고를 끝마칠 때까지 난간에 몸을 기대고 혜화동 일대의 밤 풍경을 감상하기로 하였다.

밤이 깊어 불빛은 반절이나 줄었으나 철야등이 들어오면서 부터 이 주택지의 밤 풍경은 갑자기 아름다워졌다.

『평화로운 밤이다!』

중얼거림 한 마디가 문득 옥영의 입술을 새어 나왔다. 아직도 켜져 있는 밝은 들창마다 제각기 자기다운 크고 작은 행복이 소복 소복 깃들어 있는 것만 같았다.

봄 비에 꽃 떨어질 것을 걱정한 자기의 평온한 삶을 옥영은 조용한 마음으로 하늘에 감사하였다. 남편의 농담대로 정말 팔자가 늘어진 것이라고, 그늘어진 팔자 위에 언제까지나 안주(安住)해 있어도 무방할 것 같지가 옥영은, 도시 않다.

세우(細雨) 속에서 철야등은 꿈결처럼 명멸하고 있었다. 부인은 일종의 충족감을 전신에 느끼며 남편의 뒷모양을 불현 듯 돌아다보았다.

남편은 그냥 책상과 마주 앉아 있었다. 십 팔년 동안이나 보아온 남편의 그 고슴도치와도 같은 뒷 모습이 부인에게는 새삼스레 믿음직했다. 그 동안 파란 곡절도 적지 않았지마는 어쨌든 붓 한 자루로 숱한 가족을 부지해 온 남편이었고 여자 관계로 아내의 속을 썩혀 준 일도 또한 없는 남편이었다.

『차가 다 식을 텐데……』

말을 건네는 것이 아니고 혼잣말처럼 중얼거려 보는

것이다.

「인제 다 됐어, 먼저 들어요.」

남편이 말을 받아 왔다.

「같이 들어야지.」

「현모양처로군.」

「말해서 뭘 해요.」

「애들은 다 자우?」

「벌써……」

그러는데 남편이 휙 펜을 내던지며

「오 케!」

하고 외쳤다. 그리고는 앉아 있던 자세 그대로 벌렁 뒤로 나자빠졌다. 두 다리를 테이블 위에 올려 놓으며 샤쓰를 걷어 붙인 두 팔로 힘껏 기지개를 폈다.

「아아, 고단해!」

사십의 고개를 넘으면서 부터 남편은 집필의 피로를 갑절이나 느낀다고 했다.

「어깨 쳐 드려요?」

옥영은 얼른 남편 옆으로 다가앉았다.

「괜찮아! 그 보다도……」

그리고는 입을 쩍 벌리며

『시장해!』

그러는데 토스트 한 조각이 옥영의 손가락을 거쳐 남편의 입으로 냉큼 기어 들어갔다.

천정을 멀거니 쳐다보며 사십 삼세의 작가 강석운(姜石雲)은 중학생처럼 토스트를 쩝 씹기 시작하였다.

반듯이 누워 야식을 하는 남편 옆에서 옥영은 책상 위에 되는 데로 흩어져있는 원고를 추리며

『아이, 많이 쓰셨네! 몇 회 분이나 돼요?』

『…………』

남편은 대답을 않고 연방 토스토만 쩝쩝 씹었다.

『몇 회나 되느냐고 묻는데……』

『내 입은 목하 식사 중이요.』

『그래서 대답할 사이가 없다는 말씀이지?』

『물어서 뭘 해.』

『내 참…… 대답할 사이는 없어도 말할 사이는 있나 보지.』

『내 입으로 하여금 지나친 사역(使役)을 시키지 않는 것이 현모양처의 미덕이라오.』

『아이구, 현모양처 노릇 두 번만 하다가는 식사 중엔 죄 벙어리가 돼야만 하겠네.』

「생각하면 조물주가 덜 돼 먹었거든.」

「무슨 말인데……」

「입은 하난데 할 일이 너무 많아서 걱정이래두.」

「식사도 해야 하고……」

「말도 지껄여야 하고……」

「숨도 쉬어야지.」

「또 하나 있으니까 걱정이요.」

「뭐가 또 있어요?」

「글쎄 뭘까? 부인께서 더 잘 알고 계실 텐데……」

「내가 뭘 알아요.」

그러다가 옥영은 비로소 말귀를 짐작하고

「아이, 내 참……」

원고를 가리던 옥영의 손길이 저도 모르게 입술로 갔다.

「괜찮소. 목하 식사 중이고 보면 딴 것을 거들떠 볼 여유는 도시 없오.」

「아이, 귀 아파!」

옥영은 두 손으로 자기의 두 귀를 막았다 떼며

「그런 소릴랑 소설에나 쓰는 거예요.」

했다. 그리고는 다시금 원고를 간추려 한 회 분씩 핀으

로 꽂아 놓으며

『아이, 많이 쓰셨네. 네 회 분이나……』

『오늘은 컨디션이 좋아서……』

강석운은 목하 「유혹의 강」이라는 장편 소설을 K신문에 연재하고 있는 것이다.

그 동안 몇 회분 밀렸던 원고를 죄 까먹고 오늘은 기를 쓰고 들어앉아 있었다.

『어서 읽어요.』

남편은 자기가 쓴 원고를 두 번 다시 읽기를 좋아하지 않았다. 그래서 옥영이가 대신 소리를 내어 읽는다. 그것을 강석운은 옆에서 듣고만 있으면 되는 것이다. 오자나 탈자는 옥영이가 임의로 고쳐 넣었고 적당하지 않는 대목은 남편의 구술을 받아 정정을 하였다.

석운은 누운 채 손을 뻗쳐 토스트를 연방 입에 집어 넣었고 영옥은 홍차 한 모금으로 목을 축이며 원고를 읽기 시작하였다.

자정이 지난 고주낙한 밤이다. 창 밖은 봄 비에 흠뻑 젖어 있었고 원고를 읽는 옥영의 낭랑한 목소리가 방 안에 영롱했다.

석운은 가만히 귀를 기울이며 아내의 옆 모습을 물끄

러미 바라보고 있었다. 처음에는 다소 더듬거리던 아내의 목소리가 차차 열과 윤을 띄어 왔다. 신이 나는 것이다. 신이 나서 남편의 원고를 읽는데 이 여성 김옥영의 삼십팔세가 지닌 조촐한 행복 같은 것이 깃들여 있는지도 모른다.

《결혼이란 상대편의 애정을 독점하면서 해로 동혈(偕老同穴)을 약속하는 인생의 행사였다 그렇건만. 아내가 인제 남편의 애정을 독점할 수가 없게 된 이 순간, 두 사람의 결혼은 자연 발생적으로 해소가 된 셈이 되는 것이다……》

「유혹의 강」의 한 귀절에 그러한 대목이 있었다.

작가 강석운이가 목하 K신문에 집필 중에 있는 「유혹의 강」의 주제는 대략 다음과 같은 것이었다.

결혼 생활의 첫 위기인 권태기를 재치 있게 넘겨 보내고 이십 년 동안이나 평온한 가정생활을 영위해 온 한 사람의 진실한 기독교인인 중년 목사의 생활 기록이었다.

주인공 박목사는 제 이의 위기인 중년의 허무감, 불안감, 초조감 등에 사로잡히게 되었다. 신앙에 있어서나 사업에 있어서나 또는 인간적인 면에 있어서나 그 무엇 하나 만족한 것을 거두지 못한 채 그는 이미 오십 대를 바라보는 몸이 되는 것이다.

사업도 신통치 못하고 신앙 생활에도 충실치 못할 바에는 최소한 자기 자신에게나 충실해 보고자 마침내 유혹의 물결이 굽이치는 홍등 녹주의 거리로 발을 들여놓게 되는 심경을 강석운은 지금 그리고 있는 것이다.

「그래서 어떻게 되는 거예요? 결국 박목사는 사회적으로나 가정적으로나 일신을 망쳐 버리고 마는 건가요?」

스토리 발전에 적지 않은 흥미를 느끼면서 부인은 물었다.

「그건 나도 잘 모르오.」

「쓰는 사람이 모르고 누가 알아요?」

「써 봐야만 아는 거지. 쓰기 전에 그걸 어떻게 안다는 말이요? 박목사의 심경이 오늘 다르고 내일 다를 텐데, 그걸 아는 건 신 뿐이고 박목사 자신도 앞날을 바라보지 못하고 있는 형편이니까……」

「박목사의 심경이 그 처럼 변한 이상, 박목사의 결혼 생활은 이미 파괴된 것이라고 볼 수밖에 없지 않아요.」

「음, 말하자면 그렇겠지.」

남편의 대답이 어쩐지 신통치가 않다.

「말하자면이 아냐요. 결혼이란 상대편의 애정을 독점하면서 일생 동안 살아 나가는 생활방편이라면서……」

「글쎄 그렇다니까……」

「남편의 애정을 독점할 수 없게 된 박목사 부인은, 당신의 지론대로 하면 자연 발생적으로 이혼을 당한 셈이 되잖아요?」

「아마도 그런 계산이 될 거야.」

「아이, 김 빠진 대답만……」

「왜 김이 빠져?」

「당신, 요즈음 약간 이상해요.」

「뭐가?」

「그러니까 「유혹의 강」 같은, 이런 흉칙한 작품을 신이 나서 쓰는가봐요.」

「누가 신이 나서 쓴대?」

「지금까지는 성실한 작품만 써 왔었는데 어째서 갑자기 이런 흉칙한 작품에 손을 대는지 모르겠어.」

「흉칙! 음, 흉칙한 작품!」

강석운은 저도 모르게 신음하듯이 중얼거리고 나서

「쓸데 없는 데 신경을 쓰지 말아요. 작가는 무엇이든

쓸 수 있는 권리를 가지고 있는 거요.」

「그런 건 나도 알고 있지만…… 당신의 말투를 빌면, 가정은 상대편의 애정을 독점할 수 있게끔 만든 편리한 울타리 ─ 애정의 영구적 교환소(交換所)라면서?」

「암, 지상의 파라다이스(樂園[낙원])……」

부인은 만족해 하며

「정말이죠?」

「누가 아니래?」

「아니, 정말 말좀 해 봐요.」

옥영은 무릎 걸음으로 다가앉아 엎딘 채 담배를 피우고 있는 남편의 턱을 한 손으로 살짝 쳐들며 갸웃 하고 들여다보았다.

남편의 표정을 살피려는 것이기도 했지마는 애정의 교환이기도 했다.

「정말이죠? 정말로 가정은 지상의 천국이라고 생각하시죠?」

남편의 표정을 살피면서 부인은 소녀처럼 다짐을 받아야만 했다.

「아, 글쎄 내 참……」

강석운은 물었던 담배를 한 손에 옮겨 쥐며

「과거만이 그 사람의 역사인 것이요. 자그만치 십 팔 년 동안에 걸쳐 성실해 온 이 강석운을 가지고 왜 자꾸만 못 살게 구는 거요?」

「흐응……」

하고 옥영은 코에 걸린 동그만 소리를 내며

「팔자가 늘어져서 그런가배!」

했다.

「참 여자란 언제까지나 어린애 같애.」

「좋지 않우?」

「당신 나이가 도대체 몇이오?」

「스물 여덟…… 요즈음의 육체 연령은 십년 쯤 줄어 들었다우.」

「음, 그럼 나는 서른 셋이다.」

「당신두 나이 먹는 것, 그렇게 싫소?」

「싫지는 않지만 반갑지가 않을 따름이오.」

옥영도 다다미에 엎디어 두 손으로 턱을 고이고 남편과 마주 바라보며

「가정이란 참으로 좋은 거죠?」

했다.

「글쎄 낙원이라니까……」

강석운도 두 손으로 턱을 고이고 아내와 마찬가지의 포즈를 취하며

『동시에 가정은 말이요……』

『응?』

『상대방의 애정의 방랑(放浪)을 감시하고 사찰하는 감찰기관(監察機關)이기도 하오.』

『참 당신은 솔직해요.』

『내가 솔직한 것이 아니라, 결혼의 원시적 형태가 그랬으니까 하는 말이요.』

『약탈 결혼(掠奪結婚)?』

『암, 다른 사나이의 손에서 암놈을 약탈해다가 감금해 둔 곳이 소위 가정이었오.』

『암놈이 뭐예요? 상스런 말만……』

재롱의 말이었으나 모욕 같은 것도 동시에 옥영은 느꼈다.

『괜찮아. 누가 듣는 사람 있어?』

아내를 쳐다보며 남편은 웃었다.

『하늘이 듣고 땅이 듣고……』

『당신이 듣고 내가 듣지요.』

『남의 말을 가로채는 건 교양 부족을 의미하는 거예

요.」

「교양이란 여자의 핸드백처럼, 남자의 넥타이처럼 남이 보는 데서만 필요한 일종의 장식품과 같은 거요.」

「재미 있어요. 당신 이야기!」

「암, 재미 있지. 아담과 이브가 금단의 과실을 따 먹고 에덴 동산을 쫓겨날 때, 이브는 무화과의 잎사귀로 엮은 치마로 아랫도리를 둘러야만 했오. 실로 이 무화과의 치마에서 부부 교양이라는 관념이 생겨진 반면에는 진실을 은폐하려는 허위의 관념도 동시에 생긴 것이요.」

「무슨 말이예요?」

「이브로 하여금 무화과의 치마를 두르게 한 것은 주여호와의 의사가 아니고 한 마리의 간사한 뱀의 지혜였다는 말이요.」

「그래서요?」

「그러니까 에덴 동산에 있을 때는 그들은 무화과의 치마 같은 거치장스런 물건은 조금도 필요치 않았다는 말이요.」

「훗훗……」

옥영은 쿡쿡 웃었다.

「내가 가정을 가리켜 지상의 낙원이라고 부르는 이유

는 거기 있는 거요. 만일 우리 사회제도에 가정이라는 하나의 울타리가 없었다면 인간은 모두가 다 남의 세상을 살다가 죽어지고 말 거요. 체면이니 도덕이니 교양이니 하는 따위에 속박을 받아 단 하루도 인간다운 삶을 영위할 수가 없었을 거라는 말이요.」

「동감이예요.」

「따라서 세상의 온갖 허식과 절연할 수 있는 하나의 피난소가 곧 가정이요. 무화과 잎사귀로 아랫도리를 가리우지 않아도 무방한 곳…… 그것이 가정이요.」

「에덴의 낙원인데……」

옥영은 만족했고 강석운은 유쾌했다.

남편의 지론인 가정 제일 주의에는 결혼 당시부터 옥영은 전적으로 찬의를 표했을 뿐 아니라, 옥영 자신 그러한 가정 속에서라면, 그리고 그러한 남편 밑에서라면 심산 유곡의 단간 두옥(斗屋)에서라도 일생을 뉘우침없이 살 것 같았기에 그토록 빗발처럼 쏟아져 오는 구혼자들의 애소의 염서(艶書)를 모조리 물리치고 강석운과의 결혼을 단행했었던 것이다. 신뢰감을 넘어선 존경의 염까지를 옥영은 이 남편에게 대해서 품고 있었다.

그러한 남편의 신념이 오늘 밤, 휘뚜루 마뚜루 주워다

붙인 느낌이 없지도 않지마는 가정 제일 주의를 이론화하여 하나의 보편성을 띠어 온「가정 낙원설(家庭樂園說)」에는 그 어떤 진실의 발판이 있는 것 같아서 옥영에게는 새삼스레 남편의 존재가 한층 더 소중하게 느껴지는 것이었다.

「이러다가는 오늘도 또 밤을 새우게 되는가봐요.」

「좋지 않소? 마작이나 〈맛세라〉로 밤샘을 하는 것보다는……」

「누가 나쁘대요?」

이 부부는 이야기로 곧잘 밤을 새웠다. 도란 도란, 이야기에 신을 내다가보면 어느덧 창살에 먼동이 트곤 했다. 그러한 밤샘의 역사는 자칫하면 고갈하기 쉬운 이 중년 부부의 감정을 클리닝하는 하나의 표백제(漂白劑)가 되고 있는 것이다.

「고단하지 않으세요?」

옥영은 몸을 일으켜 책상 위에 끌러 놓은 남편의 팔목시계를 들여다보았다.

「벌써 한시 반인데……」

「괜찮아.」

「인제 내려가 자요.」

「봄밤은 천금이라고 했오. 문 좀 닫고 이리 와 앉아요.」

옥영은 일어나서 창문을 닫으며

「아이, 빗발이 굵어졌어요.」

「꽃이 떨어짐 어쩌나!……」

아내의 말투를 강석운은 흉내 내며

「그런데 여보!」

「응?」

창문을 반쯤 닫다 말고 비 내리는 캄캄한 정원을 내다보는 자세 그대로 옥영은 대답을 했다.

「내가 만일 말이요.」

「기적 소리가 들려요. 멀리서……」

「내가 만일……」

「밤에 우는 기적 소리는 어쩐지 처량하죠?」

「…………」

강석운은 입을 다물고 말았다.

「밤 정거장…… 쓸쓸한 대합실…… 서글픈 인생의 유리(流離)……」

「…………」

「고달픈 나그네들…… 따뜻한 가정을 두고 그네들은

어디로 가는 걸까요?」

「주여, 어디로 가십니까?」

「아이, 비풍이 와요.」

복도 유리 문 사이로 빗방울이 날아 들어왔다. 옥영이 머리를 감쌌던 스카프를 끌러 파자마 아랫도리에 풍겨진 빗방울을 찍어 내는데

「내가 만일 바람을 피면 당신 어떡할 테야?」

「응?」

창문을 등지고 옥영은 남편을 돌아다보았다. 저편 쪽을 향하여 엎디어 있는 남편의 얼굴을 볼 수는 없었으나 빙글빙글 웃고 있을 것임에 틀림이 없다.

「물어보고 바람 피는 양반이 어디 있어요?」

옥영도 생긋이 웃는다.

「여기 있지 않아?」

남편은 엎딘 채 열없은 모양인지, 어린애처럼 다리질을 했다.

「..........」

옥영은 스카프를 목에 두르며 그러한 남편의 어리광을 물끄러미 내려다보았다.

다리질을 연방 하며 위스키 반 잔을 찻종지에 또 남편

은 따라 마셨다.

「당신 정말 바람 피기가 그처럼 소원이오?」

창문에 우두커니 기대고 서서, 옥영의 표정은 다소의 긴장과 호기심을 띄우고 있었다.

「위스키가 창자에 찌르르하는 걸!」

「대답 좀 해요.」

「알콜이란 참으로 좋은 거야.」

「뭐가 어째요? 묻는 말에 대답은 않고……」

「아, 무슨 말을 나한테 물었오?」

「나 참……」

옥영은 달려가 남편의 얼굴 앞에 딱 마주 앉으며

「어서 대답 좀 해요. 바람 피기가 정말 소원이오?」

「아, 참 그런 종류의 대화가 진행중이었었군 그래.」

「능청 싫어! 정말 원이야?」

「가령 그렇다면 말이요, 그렇다면 당신 어떡하겠냐는 말인데……」

「암만 해도 요즈음 당신 좀 수상해요.「유혹의 강」같은 난봉 소설만 쓰고……」

「으앗! 난봉 소설?」

들었던 종지를 강석운은 탁 놓았다.

「난봉 소설이지, 그럼 뭐예요? 박목사 같은 교인을 왜 그처럼 망쳐 놓으려는 거예요? 사람들 말마따나 사내들은 정말 모두가 다 도둑놈인가봐.」

「아니야, 아니야. 박목사는 원체가 도둑놈의 기질을 타고 났으니까 그렇지만…… 나는, 나만은 말이야, 사람이 원체 다르다니까 글쎄.」

「누가 알아요? 다른지 같은지……」

「글쎄 그 모든 도둑놈 가운데서 나 하나만 살짝 빼 버리면 된다니까……」

「하기야 아버지 같은 분도 계시기는 하지만……」

안도의 발판 하나를 옥영은 발견하는 것이다.

옥영의 시부(媤夫) 강학선(姜學善) 교수는 칠십의 노령을 맞이한 이날 이때까지 한 사람의 남편으로서의 정조를 그대로 고스란히 시모에게 받혀 온 노학자였다. 일생 동안 뜬 소문 하나 없었다. 서로 서로가 부축하고 의지해 가면서 고달픈 인생 칠십을 무난히 배 저어 나간 이 늙은 부부의 고담(枯淡), 여생(餘生)을 바라볼 때마다 옥영은 어쩐지 성스러운 순교자의 모습 같은 것을 발견하고 옷깃을 가다듬는 것이었다.

「그것 봐요. 당신의 남편이 그처럼 유명한 애처가의

아드님이고 보면 아버지의 절반 쯤은 성실해야만 할 게
아니요?」

「절반만? 아니, 나머지 절반은 어떡하고?」

토스트 조각을 집어 쥔 손 하나를 소녀처럼 옥영은 둘
러메어 보였다.

「아이구, 무서워!」

강석운은 빙글빙글 웃으며

「내가 바람을 피워도 당신은 아마 눈 감아 줄 거야.」

「흠, 미리부터 살살 달래는구려. 준비 공작으로
……」

둘러 메었던 손길을 옥영은 멋적게 내리우며

「하는 수 있나? 그처럼 원이람 해 보랄 수밖에……」

「아이고, 손 들었오! 그 음성이 하도 처량하고 보니,
바람은 다 피웠지

다 피웠어!」

「그렇지만 바람은 싫어!」

「응?」

「외도는 싫다니까! 하고 싶음 연애를 해요. 연애
를……」

옥영의 시선이 반짝 빛나며 날아왔다.

외도건 연애건, 그러한 종류의 남편들의 행동을 한 사람의 아내의 입장으로서 허용할 수 있는 일이 되기는 만무하지마는 어차피 딴 여자에게 손을

델 바에는 차라리 남편의 연애행동을 이 부인 김옥영은 원하고 있었다. 그리고 그것을 오늘 밤, 이 사이 좋은 중년 부부는 되풀이하고 있는 것이다.

「연애? 음, 연애, 연애!」

아내에게 그런 말을 들을 적마다 작가 강석운은 이상하게도 밝고 어두운 두 갈래의 감정 속에서 방황을 하였다.

「왜 말만 들어도 어깨가 으쓱하슈?」

남편의 얼굴을 갸웃하고 들여다보면서 옥영은 생글생글 웃었다.

「으쓱하다가 말았오.」

「왜 그럴까?」

「당신이 울고 불고 할 것이 가엾어서……」

「아이고, 고양이 쥐 생각하는 판이로군요.」

「정말이라니까……」

「걱정 말아요. 울지도 불지도 않을 테니 마음 놓고 하세요.」

『정말이야? 정말로 울지도 불지도 않을 테야?』

『남 연애하는데 내가 무엇 때문에 울고 불고 해요?』

『남? 어째 남이야?』

『남이지 뭐예요? 결혼이란 상대편의 애정을 독점하면서 살아 나가는, 결합이라는 말을 누가 했어요? 애정을 독점하지 못했으니 당신의 논리로 말하면 결혼은 자연적으로 해소가 된 셈이고, 해소된 부부는 남남이지 뭐예요?』

『아이고, 맙소사! 앞장 서 다니면서 불리한 말만 잔뜩 늘어 놓았으니, 이거야 말로 자승자박(自繩自縛), 제 손으로 무덤을 판 셈이고 보면 늙어 죽도록 바람 한 번 못피울 팔자요.』

『오호호훗…… 오호호훗……』

부처님 앞에서 절이라도 하는 사람처럼 두 손으로 합장을 하며 부인은 자지러지게 웃고 나서

『그러니까 너무 입 바른 말을 하는 게 아냐요?』

『내 언제 했어? 작품 속에서만 그랬지.』

『호호훗…… 그 놈의 작품이 문제라니까 글쎄. 그 놈의 작품이 당신의 자유를 동여 매 놓았지요. 아이, 재미있어!』

「그만 웃고, 대답 좀 해요.」

「또 무슨 대답이 있다는 말씀이에요?」

「내가 연애를 해도 정말로 울고 불고 안할 테야?」

「안해요.」

「그건 다소 서운한 걸!」

「아이, 욕심두…… 어쩌면 남자들은 욕심이 그처럼 많을까?」

「음, 실상 내가 생각해도 욕심이 다소 많긴 많은 것 같아.」

강석운은 진심을 말했다.

옥영은 갑자기 조용한 어조가 되며

「경험해 보기 전에는 어떻다고 말할 수가 없지만 그렇지만 관념적으로 생각할 땐 아주 냉정해질 것만 같아요. 더구나 그것이 일시적인 바람이 아니고 진실한 연애일 경우에는 말이에요.」

「음, 알 것도 같소만…… 그래 일시적인 바람일 때는?」

「아이, 이게 다 준비 공작인가봐?」

「아니야, 나는 한 사람의 작가의 입장에서 묻는 거요.」

「알 게 뭐야? 남자들의 마음은 엉큼하다는데……」

「여자들의 마음은 앙큼하구?」

「아이, 요런……」

옥영의 손가락 셋이 남편의 볼을 한 번 쥐어 뜯었다.

「개운한 걸! 한번 더……」

저편 쪽 볼을 석운은 마저 내밀었다.

「그래 일시적인 바람인 때는…… 그런 경우에는 어떡할 테야?」

남은 볼을 마저 꼬집으러 오는 아내의 손길을 휘감아 쥐어 짜며

「어떡할 테야?」

「야잇, 아퍼!」

「눈 감아 줄 테야?」

「노오, 노오! 천만에……」

「그럼?」

「모르긴 모르지만…… 그런 때는 어떻게 좀 막아 보려고 발버둥을 칠 것만 같애.」

「전연 반대다. 보통 생각과는……」

「어째서?」

「남자들의 욕망은 말하자면 태반이 단순한 거야. 가

정을 파괴하면서 까지 진실한 연애를 하려고는 생각하지 않거든. 그거야 말로 그저 한 번 바람을 피워 보겠다는 건데…… 그런 건 막으려고 발버둥을 치면서 가정 파괴의 우려가 다분히 있는 연애는 도리어 내버려 둔다는 말이지?」

「나는 그럴 것 같아. 다른 사람은 어쩐지 몰라두……」

「어째 그럴까?」

「당신을 존경하기 때문에……」

「무슨 말이야?」

「동시에 나 자신의 자존심을 옹호하기 위해서도 그럴 것 같아.」

「음, 이쯤 되면 이야기는 좀 더 심각해지는 걸.」

무슨 뜻인지를 석운은 안다.

「그것이 진실할 경우에 있어서 연애의 자유는 인권의 자유를 의미하기 때문이예요. 그것을 방해하거나 하는 것은…… 물론 방해하고 싶은 질투감은 강렬히 작용하고 있겠지만 말이예요. 그렇지만 내가 당신을 진심으로 사랑하고 당신의 인격을 참되게 존경한다면 그러한 방해 공작은 당신의 인권을 무법하게도 유린하는 행동 밖에는 아무 것도 아닐 거예요. 따라서 그것은 내가 스스로 나 자신의 자존심에 상처를 입히는…… 뭐라고 하면 좋을까? 어리석은 행동이라고 해도 좋을 것이고…… 아, 참 제가 저를 모욕하는 행동이었기 때문이예요.」

「아이구, 손 들었다! 손 들었어!」

석운은 두 손을 번쩍 들었다 놓으며

「바람을 피려면 방해 공작이 심해서 못하고 연애를 하려면 방해 공작이 통 없어서 못하고…… 거 어디 손가락 하나 달싹 하겠오?」

「호호호홋……」

옥영은 유쾌히 웃고 나서

「그렇지만 낙심할 게 없어요. 당신의 의론에 의하면 가정은 상대방의 애정의 방랑을 감시하는 감찰기관이라고 하지만…… 그건 남편이 아내의 애정발산(發散)을 감시하는 기관은 될망정 아내가 남편의 그것을 감시하는 기관은 될 수가 없으니까 말이예요.」

「그럴까?」

「그렇지 않구요. 남편들은 밤 낮으로 가정을 비우고 나돌아 다니고 보니 어디 감찰기관의 손이 가 닿아야죠?」

「아, 거 참 그렇기도 하군.」

「그런 의미에 있어서 당신은 손해를 다소 보는 편이죠.」

「응?」

석운은 얼굴을 들었다.

「당신의 사무실은 바로 그 감찰기관 이층에 있으니까 말이예요. 헬리콥터를 이용하던가 도깨비 감투라도 쓰기 전에는 어림도 없지!」

그리고는 좋아라고 허리를 꼬며

「오호호홋…… 오호호홋……」

하고 한바탕 웃어대는데

「요것이?」

석운은 벌떡 일어나자 옥영의 손목을 휘감아 쥐고 휙 잡아 일으켰다.

일으켜진 자세가 그대로 〈록크〉가 되어 〈PSS〉로 접어들면서

「외로운 밤의 탱고여, 별빛처럼 흐르는 탱고여……」

석운의 입에서 「밤의 탱고」가 흘렀다.

〈푸롬나아드〉에서 〈아웃 더블 턴〉, 거기서 〈턴〉이 잘게 섞여진 〈스토핑 록크〉가 두 세 번 계속되다가 마침내

둘이의 몸뚱이는 〈휘거어〉를 상실하고 노래 소리만 흘렀다.

「…울고만 싶은 그 옛날, 밤의 탱고여……」

이윽고 방 안이 갑자기 조용해졌다. 움직임도 없고 음향도 없다. 빗발 소리가 엄청나게 커지면서 차양을 두드려 왔다.

몇 시나 되었는가?…… 그것을 알 필요도 여유도 또한 둘이에게는 없었다.

2. 수수께끼의 女人[여인]

강석운은 혜화동 로터리에서 버스를 기다리고 있었다.

회색 중절모에 역시 밝은 빛깔의 회색 춘추복이 가뜬하게 몸에 어울리고 있었다. 담배를 붙여 물고 강석운은 시계를 들여다보았다.

그것은 창경원 벚꽃이 채 떨어지지 않은 어느 일요일 오전, 열 시가 거의 가까운 무렵의 일이었다.

로터리 일대에는 봄 놀이를 떠나는 탐승객들이 여기 한 무더기 저기 한 무더기씩 너저분히 늘어 서 있었다.

서울 장안이 온통 떠난 것 같은 느낌이었다. 탑승객들을 만재한 뻐스, 지프 하이어, 트럭들이 기가 차서 교외로 달음질을 쳤다. 계절은 완전히 봄 속에서 무르익어 있었다.

강석운의 마음도 어지간히 화창해졌다. 의식주의 걱정만 없으면 어쨌든 동물은 심사가 평온한가 보다. 인간도 동물이기에 한 오라기의 근심 걱정도 없는 듯이 저처럼 신이 나서 봄놀이에 들떠 있는지 모른다.

「혜화동……혜화동……」

돈암동 쪽에서 버스 한 대가 달려와 멎었다. 만원 뻐스였다.

창경원 앞에는 사람이 부풀어 버스는 종로 오가 쪽으로 돌아 원남동에서 창경원 손님들을 부려 놓는다. 그래서 혜화동에서 내리는 사람은 봄놀이와는 인연이 먼 소수의 손님들뿐이었다. 어린애를 업은 허수름한 아낙네 하나가 머리에는 커다란 광주리, 한 손에 는 간장 도꾸리 병 두 개를 넣은 망태를 들고 이리 부딪치고 저리 부대끼며 가까스로 헤엄쳐 나왔다. 어린애의 머리가 떨어져 나가지 않는 것만이 다행이라고 색채 짙은 명암(明暗)의 대조가 뭉클하고 석운에게 왔으나 결국은 한낱 감상(感

傷)일 뿐, 그것을 하나의 사회적 인과율로서 추구하기에는 이 작가의 신경은 이미 피로해 있었고 도회인으로서의 감각은 벌써 면역이 되어 있었다.

「아, 빨리 좀 내려요?」

우락부락한 이십대의 차장이 꿰액하고 소리를 질렀다. 왕복시간에 제한이 생기면서 부터 어떤 때는 거북이처럼 느렸고 어떤 때는 토끼처럼 뻐스는 뛰었다.

「이 숱한 사람을 실어 놓고 어떻게 빨리 내리라는 말이야? 눈깔 하나가 삐뚤어져서 안뵈?」

그제서야 오르고 내리는 승객들은 차장이 사팔눈인 줄을 비로소 알았다.

그러나 그것은 사팔뜨기에게 꾸중을 들은 아낙네가 아니고 아낙네 뒤로 따라 내려오던 검은 곤색 양복의 여학생이었다. 조롱박처럼 달랑달랑 매어 달린 어린애의 대강이를 여학생은 한 손으로 받들고 있었고 한 손에는 카메라를 들고 있었다.

「뭐가 어때?」

사팔뜨기는 화를 벌컥 내며 땅에 내려선 여학생에게 달려들었다.

「인제 뭐라고 그랬지? 한 번 더 말해 봐!」

「눈 하나가 삐뚤어졌다고 그랬어. 왜 어쩔래?」

여학생도 딱 버티고 섰다.

나이는 둘이가 다 비슷했다. 스물 두 셋은 좋이 되어 보이는 여대생이었다. 홱 눈에 뜨이는 얼굴이기에 사람들은 싸움에의 관심보다도 학생의 얼굴을 더 많이 바라보았다.

「뭐야, 이년이……」

차장은 불끈 주먹을 쥐었다.

학생의 입술이 조용히 이그러지며 가느다란 조소 한 줄기가 흘러 나왔다.

흰 바탕의 피부를 지닌 얼굴에는 화장한 흔적이 하나도 보이지 않았다.

「왜 웃어? 왜 웃는 거야?」

「네 꼴이 한심해서 웃는다.」

학생은 이미 침착해져 있었다.

「애 내 꼴이 어떻게 한심하다는 말이냐?」

자기의 불구가 조소를 받았다. 그것은 진정 참을 수 없는 모욕이라고, 이점을 차장은 기를 쓰고 해 볼 판이다. 학생의 팔 소매를 차장은 덥썩 붙잡고 잡아 챘다.

「이 자식 봐? 아직도 정신을 못 차렸어?」

외치기가 바쁘게 손길이 들렸다.

「찰싹……」

차장의 따귀에서 소리가 났다.

「야아, 이놈의 계집애가 사람을 친다?」

내버려 두었으면 정말로 갈길 셈이었을까? 번쩍 들린 차장의 손목을 손길 두 개가 뻗어와 잡았다. 하나는 굵은 테 안경을 쓴 어떤 청년의 손길이었고 하나는 강석운의 그것이었다.

「놔요, 놔! 요 건방진 년이 사람을 마구 갈겨?」

「너 같은 건 좀 맞아야 해. 사내가 못 된 게 분하다. 분해!」

여학생은 잡혔던 팔 소매를 더러운 듯이 툭툭 털었다.

「이 우라질 년이?」

그냥 달려들려는 차장의 멱살을 청년은 휙 긁어 쥐며

「해 볼 테야?」

「당신은 뭐야?」

「지나가던 깡패다!」

「무슨 상관이요?」

차장의 어조가 누그러졌다.

빨리 가자던 버스 속의 손님들이 들창으로 저마다 머

리를 내밀고 이 진기로운 싸움의 연장을 은근히 바랐다.

「깡패는 싸움이 직업이야. 알아 듣겠으면 손님을 모시고 빨리 떠나!」

탁 하고 떠밀어 버리는데 운전수가 달려 왔다.

「왜 사람을 치는 거야?」

「넌 또 뭐야?」

「운전수다!」

「음, 보아하니 힘 깨나 쓸 것 같지만…… 모르는 척하고 가는 편이 유리할 거야.」

운전수도 갑자기 기가 죽으며

「당신은 도대체 누구요?」

「이름을 꼭 대야 하겠나? 호적등본을 꼭 봐야 하겠어?」

운전수는 잠자코 있었다. 형사인지도 모른다.

「생각 잘 했어. 쓸 데 없이 말대꾸하다가 녹아 떨어지는 것 보다는 유리할 테니 말이다.」

그러는데 차 안에서는 볼만하던 싸움이 점점 싱거워져 가는 것을 보고

「애, 시셋 장 틀렸다. 빨리 가서 창경원 꽃 구경이나 시켜다고 애.」

평안도 말씨가 튀어 나왔다. 사람들은 웃어댔고 운전수는 차에 올랐다.

『아, 선생님…… 강선생님이시죠?』

움직이는 버스에 올라 타려는데 등 뒤에서 누군가 강석운을 불렀다. 돌아다보니, 사팔뜨기의 따귀를 갈긴 사건의 여주인공이 빼곡 둘러선 구경꾼들의 틈에서 헤엄치듯이 하며 다가왔다.

『네?』

떠나 가는 버스를 내버려 두고 강석운은 돌아섰다.

『강선생님이시죠? 저 소설 쓰시는……』

『강석운인데요.』

『아이, 마침 잘 됐어요! 저 지금 선생님 댁을 방문 가던 참이예요.』

『그래요? 누구신데……』

그러나 거기는 대답할 사이도 없다는 듯이

『아이, 하마터면 선생님을 놓칠뻔 했어요! 사팔뜨기와 싸움을 하고 있었기에 다행이지 길이 어긋날 뻔 하잖았어요?』

강석운은 웃었다.

토 - 니 퍼머가 조촐했다. 흰 나일론의 하이 넥크 블라

우스, 검은 곤색 사지의 투피스가 비교적 늠름한 학생의 사지를 수수꼼하게 감싸고 있었다.

서글서글한 눈 매무시가 굵은 눈썹 밑에 시원했고 연지 없는 입술이 핑크색으로 뽀얗다.

「선생님, 바쁘시죠? 물론 바쁘실 거예요.」

「별로 바쁘달 건 없지만……」

「누구와 긴급한 약속이 계신 건 아니죠?」

「긴급하지는 않지만…… 어떤 출판사에 잠깐 들러 볼 일이 생겨서……」

눈 매무시처럼 음성도 서글서글했고 차림새처럼 어조도 어딘가 수수꼼 한데가 있었다.

단번에 느낀 강석운의 작가적 인상은 교양의 발판을 지닌 강렬한 소박성이었다. 아까 얼핏 보고 스물 두 셋으로 생각한 것은 착각인지도 모른다. 스물 너덧은 좋이 되어 보였다.

구경꾼들이 제각기 흩어져 갔다. 그 흩어져 가는 한 무더기의 군중 속에서 오늘의 영웅인 자칭 깡패가 천천히 이편으로 걸어오고 있었다.

「어디 다친 데나 없습니까?」

청년의 태도가 지극히 은근하다.

「아이, 정말 감사합니다.」

여학생은 허리를 약간 굽혀 인사를 하며

「저 때문에 공연히…… 미안합니다.」

「아닙니다.」

청년은 묻지도 않은 먼지를 양복에서 툭툭 털어 내며

「버스는 시민의 발이 돼야만 할 텐데, 이건 어디서……」

「그러기에 말이요. 그렇지만 아이를 업고 광주리를 이고 망태까지 들고 탄 내가 잘못이었지.」

싸움을 하는 동안 다리 쉼을 하고 난 장본인인 아낙네가 말을 받으며 가로수 밑에서 몸을 일으켰다.

「아가씨 미안합니다. 그리고 아저씨두……」

햇볕에 쪼들은 까무짭짭한 얼굴에 웃음 하나를 지어보이며 혜화동 골목으로 아낙네는 접어 들어갔다.

그러나 청년은 그 아낙네가 이 싸움의 장본인인 줄은 모르고 있는 것이다. 싸움 중도에서 걸려든 이 청년은 설명을 듣고 나서야

「아, 그러셔요?」

하고, 여학생의 의협심에 무척 감동한 듯한 태도와 어조로

「사실 차장 아이들의 꼴 사나운 건 볼 수가 없지요. 그렇지만 용하십니다. 남자들도 멍하니 보고만 있는 세상인데……」

그것은 동시에 자기의 의협심을 찬양하는 말이기도 했다.

잠자코 듣고만 섰던 강석운은 얼굴이 갑자기 간지러워졌다. 그러한 간지러움을 학생도 느꼈는지, 학생은 표정 없는 얼굴로 잠자코 있었다. 자기 대로의 인사는 차렸으니까 이상 더 이 청년과 말대꾸를 해야만 할 필요를 느끼지 않는지도 모른다.

「선생님.」

학생은 이윽고 강석운을 향하여

「선생님이 가시는 출판사는 어디시죠?」

「견지동입니다.」

「그럼 저걸 타고 가시지. 제가 거기까지 모셔다 드리겠어요.」

돈암동 쪽에서 자가용인 듯 싶은 플리머스 한 대가 호기있게 다가오고 있었다. 손을 들어 멈추며

「선생님, 타세요.」

강석운을 먼저 태우고 나서 자기는 그 옆에 적당한 간

격을 두면서 앉았다.

『견지동까지 가 주세요.』

『네.』

차는 떠났다. 종로 오가 쪽으로 돌아가야만 하는 차였다.

『쳇!』

청년은 발뿌리로 돌 하나를 찼다. 테일 라이트에 돌은 맞았으나 원체 중량이 적어서 플리머스는 다행히도 상처는 받지 않았다.

부리부리한 눈망울이 플리머스를 흘렸다. 곤색 더블에 모자는 없다. 키가 작은 편이었으나 체구는 야무지게 여물어 있었다.

『어떻게 찾아 오셨오?』

대학 정문 앞을 지날 무렵, 담배를 피워 물며 강석운은 물었다.

문학자는 젊은이들이 가끔 찾아 왔다. 그 중에는 여성들도 있었다. 그런 종류의 방문일 것이라고, 강석운의 직감은 벌써 넘겨잡고 있는 것이다.

『선생님, 생각하던 것 보다는 무척 젊으세요.』

묻는 말에는 대답도 않고 얼토당토 않은 소리를 학생

은 씨부렸다. 얼굴을 말끄러미 바라보며

『다행히 알아는 봤지만 사진과는 좀 다르세요. 이것 저것 선생님의 사진을 보아 왔지만요.』

석운은 웃으며 얼굴을 돌렸다. 시선이 마주치자 학생도 웃었다.

『묻는 말에는 대답을 않고 딴 소리만 하면 어떡하나?』

『...........』

학생은 잠자코 웃고만 있었다. 소리를 잃은 조용한 웃음이었다.

『이상한 학생이야. 남자의 따귀만 갈겨 대구……』

『후후훗……』

학생은 단정히 모아 앉은 두 무릎 위에서 카메라를 집어 얼굴을 가리우며 웃음을 감추었다. 그런 타이프의 학생의 웃음에서 석운은 순간, 아내에게서 느끼던 인상 한 조각을 불현듯 붙잡았다.

추억이 짙은 인상이었다. 약혼 전후를 통하여 그런 종류의 아내의 웃음에 석운은 잊지 못할 감각의 맛을 붙이고 있었던 것이다.

그러한 기억이 소생을 하며 이번에는 석운의 시선이

학생의 옆 모습을 찬찬히 훑었다. 웃음을 떨쳐 버린 학생의 얼굴에서 이미 아내의 인상은 찾아볼 수가 없었다.

「그래도 용하게 알아 보았군요. 난 줄을……」

「네 어딘가 사진과 비슷한 분이라고 생각은 했어요. 선생님이 사팔이의 손목을 붙잡았을 때 말이예요.」

석운은 또 성긋이 웃었다.

「그렇지만 그 때는 다소 흥분했었기 때문에 정신은 온통 사팔이에게만……」

「하하, 차장의 귀가 어지간히 가렵겠는 걸!」

「그러다가 선생님이 버스에 올라 타는 모습 한 조각이 무척 인상적이어서 우물쭈물 하다가 …… 헛걸음 칠 것이 불경제여서…… 눈을 딱 감고 불러봤지요.」

「음, 불경제! 헛걸음 칠 것이 불경제!」

이야기가 간략하고 요지(要旨)가 명백했다. 뿐만 아니라 그 신선하고 투명한 어휘에는 어딘가 현대 감각이 지닌 창조성을 엿볼 수가 있었다.

차는 이화동에서 원남동 쪽으로 줄기찬 물줄기와도 같이 반원을 그림 그리며 감돌고 있었다. 플리머스의 쿠션이 쾌적한 동요를 지니고 두 사람의 좌상(坐傷)을 한편 쪽으로 휙 몰아 놓았다가 다시금 바로 잡아 주었다.

그러나 두 줄기의 그 어떤 까다로운 의식의 흐름이 둘이의 육체로 하여금 접촉의 자연성을 부자연하게 방지하는 데 성공하였다.

『아이, 저 사람들 좀 봐!』

원남동에 다다르자 학생은 의외라는 듯이 중얼거렸다.

종로 사가 쪽으로 부터 창경원 쪽으로 향하여 꽃 놀이꾼들의 행렬이 파동치며 흘러가고 있었다.

『학생은 왜 꽃놀이 안 가시요?』

『선생님은?』

『나는 아직……』

『저도 안 갔어요.』

『왜요?』

『같이 갈 사람이 없어서요.』

『…………?』

강석운은 놀라며 이처럼 젊고 예쁜 학생이 고독하다는 것은 비극이라고 생각하였다.

칙칙한 사지의 검소한 복장이 도리어 어울리는 것 같은 품위있는 얼굴이었다. 그 얼굴이 곧장 프론트 글라스로 내다보며

『길이 어긋나지 않은 건 좋았지만 사모님을 못 뵙구

온 것이 서운해요.」

했다.

「아, 뭐 그런 용무가 있었오?」

「아냐요. 그저 이런 것 저런 것 다 보아 둠 좋잖아요, 참고 재료로……」

「참고 재료……」

어느 새로 나온 잡지사나 신문사의 신입 기자인지도 모른다. 그러나 찾아온 용무를 아직껏 이야기 하지 않는 것은 무슨 이유일까?

「집이 어디지요?」

「서대문 쪽이예요.」

「그런데 돈암동에서 오는 버스에서 내려요?」

「정능 다녀오는 길이었어요.」

「정능…… 시간이 이른 걸 보면 들놀이도 아닌 상 싶고…… 카메라를 들고 있는 걸 보면 그럴상 싶기도 하지만……」

「어떤 불량 노신사와 싸움을 하고 오는 길이예요.」

「싸움?」

석운은 웃으며

「그러다 보니 여자 깡패가 아니요?」

『후훗······』

하고 학생도 웃으며

『제가 존경하던 선생님이신데 그런 얌전치 못한 꼴만 보여서 어떡허나?』

말로는 걱정을 하는 것 같았으나 태도는 태연했다.

『괜찮소. 아까 그 청년의 이야기대로 용하십니다. 사내들도 모두들 잠자코 있는데······』

『아이, 선생님까지······』

예쁘게 흘겨 오던 눈 꼬리가 후딱 자제(自制)를 했다. 그래서 눈 꼬리는 애교가 되다 말고 찡그림이 되고 말았다.

『사실입니다.』

사실 강석운은 차장과의 대결에서 이 학생이 지닌 하나의 발랄한 미를 감취(感取)하고 있었던 것이다. 그것은 어디까지나 교양의 뿌리를 지닌 강렬한 순수성의 약동을 의미하고 있었다. 참된 의미에 있어서 현대 여성이 지녀야만 할 하나의 미덕인 동시에 한 송이 지성의 꽃이기도 하였다.

『그렇지만 선생님, 우연의 돌발로 말미암아 오늘은 그랬었지만······ 제게도 약간은 얌전한 데가 있어요.』

『자아, 어떤 때 얌전할까? 잘못하면 손길이 날아 올 텐데……』

그러나 학생은 웃지도 않는 얼굴로

『아리켜 드려요?』

『어디……』

『선생님이 얌전하실 때는 저도 얌전할 거고 선생님이 발악을 하실 때는 저도 발악을 할 거예요.』

『그게 무슨 뜻이요?』

석운은 정말 말귀를 못 알아 들었다.

『선생님의 작품을 저는 많이 읽었어요. 그래서 선생님이 어떤 분인가를 저는 잘 알고 있어요.』

『…………』

석운은 대답을 하지 않았다. 학생의 그 한 마디는 사고 방법에 있어서 둘 이가 똑 같다는 것을 의미하고 있었다. 그런 정도로 사물을 생각할 줄 아는 위인이었더냐고, 석운은 정신적인 동요 한 오라기를 희미하게 느꼈다. 그리고 그러한 동요를 상대편에게 보이지 않기 위한 침묵이었다.

구름다리를 빠져 나와 차는 돈화문 앞 광장을 기분좋게 미끄러져 내려가고 있었다.

「조금 더 가서 나는 내립니다.」

「그러세요.」

도대체 무엇 때문에 찾아 왔는지 알 수가 없다.

「용건은 극히 간단하니까 견지동까지라면 넉넉할 거예요.」

했다.

얼핏 보면 아쁘레 같기도 했지만 그렇지도 않았다.

「학생이라고 봤는데 그렇지도 않나보군요.」

석운은 여자의 가슴패기를 다소 열 없는 표정으로 바라보며 말했다.

「뺏지…… 뺏지가 없어서 말씀이죠?」

「아……」

「인제 다 아실 거예요.」

석운은 잠자코 있었다. 이상 더 이 학생에게 신경을 쓸 필요가 느껴지지 않았기 때문이다. 서스펜스의 효과를 지나치게 노리는 것 같았다.

앞 쿠션 등골에 달린 재떨이를 열고 담배를 비벼 넣었다. 그리고 무뚝뚝한 본래의 표정으로 석운은 돌아가 버리고 말았다.

「저 선생님……」

『말을 하시오.』

프론트 글라스를 똑바로 내다보는 자세 그대로 석운은 표정없는 대답을 했다.

『선생님, 기분 상하셨어요?』

학생의 센스는 빨랐다.

『아니요. 다만 말을 귀로만 들으면 부족없이 충분하니까요.』

『…………』

학생의 표정이 순간 당황을 하였다.

『알겠습니다. 무슨 말씀이신지……』

학생은 다소 기가 누그러지며

『제 말을 들으시는데 선생님의 시선까지 동원시킬 필요가 없으시다는 말씀이신데……』

『그렇소. 내 귀와 눈, 그리고 학생의 입이 형성하는 삼각형에서 귀와 입 사이에 눈과 입 사이에 가까울 테니까 말이요.』

『재미 있어요. 선생님! 무뚝뚝하지만……』

『학생도 그만 했으면 재미있는 편이요. 따귀도 곧 잘 갈기고 말귀도 곧 잘 알아 듣는군요.』

학생은 조용히 웃으며

「왜 갑자기 시선의 동원을 중지 시키셨어요?」

「요즈음의 학생들은 통 예의를 몰라 보지요. 그게 민주주의인가요?」

「무슨 말씀이신데요?」

「사람을 방문했으면 최소한 자기의 성함과 신분 쯤은 밝혀야만 하는 것이 아닐까요?」

「아, 그런 의미시람……」

학생은 얼굴을 붉히며

「선생님, 정말 실례했습니다.」

앉은 자세로 머리를 가만히 숙였다.

「다소의 실례가 되겠지요. 학생은 나라는 사람을 어느 정도로 알고 있지만 나는 학생을 전연 모르고 있지요.」

「그런 의미에서라면 저는 전연 딴 생각을 하고 있었어요.」

「딴 생각?」

「이처럼 제가 선생님 옆에 앉아 있는데 무얼 모르신다고 그러시는지…… 버스 간에서부터 이 순간까지 선생님이 보아 오신 제가 바로 저니까요.」

냅다 다가오는 풍경의 흐름 속에서 강석운은 후딱 시

선을 돌렸다. 학생은 방긋방긋 웃고 있었다.

「음……」

적지 않은 충격을 받으며 석운은 신음을 했다. 투명한 사고 방법을 이 학생은 지니고 있는 것이라고, 작가적인 호기심과 인간적인 흥미를 동시에 석운은 느끼는 것이었다.

「적어도 선생님과는 이름이라든가 신분이라든가 하는, 그런 종류의 편의상의 명칭이나 세속적인 환경을 가지고 대하고 싶지는 않았을 뿐이예요. 용서하세요. 그렇지만 서운해요.」

「스톱!」

강석운은 외쳤다. 차는 안국동 네거리를 돌아 견지동 어떤 출판사 앞에서 급정거를 하였다.

작가 강석운의 신경은 적이 앙양(仰陽)되어 있었다.

그것이 이 학생이 갖고 있는 한낱 언변의 재치일런지도 모른다고, 스톱을 호령하기 직전의 강석운은 순간적으로 그렇게 생각하였다.

사실 요즈음의 학생들은 남녀를 막론하고 주고 받는 회화가 무척 발랄하고 슬기가 있어 보였다. 상대편의 말이 떨어지기가 바쁘게 재치있는 대꾸로서 받아 넘겨야만 체면이 서는 줄로 알았고 교양이 있는 줄도 알고 있는 것이다. 그러나 그것은 지식의 한 조각일 뿐, 교양이 아니라는 사실에 대해서는 전연 깜깜이다. 따라서 대화는 조리를 상실한 한낱 재담으로서 결말을 맺을 수밖에 없었고 이치에 닿지 않은 자기네들의 이야기를 얼버무리기 위해서 그들은 반드시 「하하핫……」 「호호호……」의 웃음 하나로서 종지부(終止符)를 찍는 것이다.

실로 경박한 현상이라고, 그런 종류의 대화를 들을 때마다 작가 강석운의 마음은 어둡고 우울했다. 그들의 유일한 재산은 재치있는 대화와 반비례한 차림새일 뿐, 껍데기 하나만 벗겨 버리고 나면 있는 것은 다만 한 무더기의 잡연한 지식의 조각 조각과 유치하고도 편협한 한 오라기의 자존심과 그리고는 미끈하게 기름진 육체일 따름이다.

그러나 스토프를 명령하고 난 강석운은 이 학생의 언변이 한낱 재치에서 그치는 것이 아님을 다음 순간에 후딱 느꼈다. 학생의 이야기에는 계통의 흐름이 있었고 뿌리가 있었고, 인간이 지닌 소박한 조리를 사수(死守)하려는 불타는 의욕이 있는 것 같았다. 그것은 혜화동 버스 사건에서 젊은 차장의 따귀를 갈기던 행동에서 부터 쭈욱 연장되어 온 확고한 의욕의 발로라고 보는 것이 마땅하다고, 작가적인 냉정과 호기심을 가지고 강석운은 물었다.

『나는 여기서 내려야만 하는데, 학생의 용건은?』

『저도 여기서 내리겠어요.』

백환 짜리 몇 장이 학생의 손에서 운전수의 손으로 넘어가고 있었다. 핸드백도 들지 않은 학생이었다.

『학생이 무슨 돈이 있어서……』

강석운은 인삿말을 그렇게 하였다.

『글 쓰는 분이 무슨 돈이 있겠어요.』

학생은 인사말을 그렇게 받았다.

두 사람은 내리고 차는 갈대로 갔다.

『선생님, 용무를 마치고 곧 댁으로 들어가시겠죠?』

『오늘은 나왔던 김에 하루 휴양을 하겠읍니다.』

『그러시담 선생님의 시간, 한 시간 쯤 빌릴 수 없으시겠어요?』

『좋습니다.』

『이따 네 시 쯤…… 그 때 까지는 용무가 끝나시겠죠?』

『충분합니다.』

「선생님이 잘 가시는 다방이 어디신지……」

「잘 가는 데도 없지만 용무만 있으면 아무 데도 가지요.」

「그러시담……」

학생은 잠깐 생각하고 나서

「다동 호수 다방은 어떠실까요 호수 그릴 밑층인데요.」

「가까워서 좋군요.」

「그럼 선생님, 어서 들어가 보세요. 미안합니다. 처음 뵙는 선생님인데…… 대견치도 않은 일을 가지고……」

인사를 하고 몇 걸음 종로 쪽으로 걸어가다가 돌아서며

「선생님, 그 때 까지 시장하심 무얼 조금만 잡수시고 오세요. 조금만……」

양쪽 손가락으로 돈잎만한 조그만 동그라미를 학생은 그려 보였다.

석운은 웃었다. 싸움도 잘하지만 신경도 가냘픈 학생이라고, 석운은 웃는 얼굴을 그대로 가지고 S출판사 간판 밑을 들어섰다.

수수께끼 같은 여자였다.

3. 王者意識[왕자의식]

S출판사 사장과 출판 계약을 끝마치고 거리로 나온 것은 오후 한 시가 가까운 무렵이였다.

이번 계약으로 불원간 백여만원의 인세가 들어오는 것이다. 그 중에는 재판물도 몇 가지 섞여 있었다.

「이번에는 만사를 젖혀 놓고라도 피아노를 사 줘야지!」

맏딸 경숙(京淑)은 금년 들어 고등학교 이학년이다. 피아노에 소질이 있다고 해서 대학 진급은 음악과로 이미 집안에서는 결정 짓고 있었다.

그러나 피아노가 없는 탓으로 이 교습소 저 교습소를 미친 개처럼 싸돌아 다니면서 한 시간씩 얻어 치는 딸자식의 꼬락서니를 볼 때마다 부모로서의 책임을 다하지 못한 것 같아서 강석운 내외는 항상 마음이 언짢아 있었다. 어머니보다 그것은 아버지의 탓이라고, 강석운은 아내의 몇 갑절의 무게를 가지고 책임감을 느끼고 있던 터이었다.

「인제 조금만 더 참으면 된다!」

석운은 한결 마음이 가벼워졌다.

「자아, 어디로 갈까?」

양춘의 눈부신 햇볕 속에서 거리는 느릿느릿 움직이고 있었다. 겨우살이는 활짝 벗어 버린 춘장(春裝)의 남녀가 페이브에는 범람하고 있었다.

「봄은 왔다!」

종로 쪽으로 휘청 휘청 걸어가면서 석운은 경쾌한 기분으로 중얼거렸다.

봄은 벌써부터 이 거리에 와 있었다. 그러나 그러한 계절의 바뀜을 오늘 따라 완연히 느낀 것은 암만해도 피아노 구입의 가능성인지도 모른다고, 물질적인 행복과 정신적인 행복의 경중을 강석운은 저도 모르게 저울질해 보고 있는 것이다.

「어디로 갈까?」

쉼 없이 거닐고는 있지만 정말로 갈 데가 없다. 이처럼 용무나 빨리 끝날 줄 알았더라면 학생과의 약속을 좀 더 당겨 잡았어도 무방했을 것이라고, 세 시간 동안의 사무적 공백을 생각하면 일종의 진저리까지 석운은 느꼈다.

「학생의 말대로 어디 들어가서 돈잎만큼 무얼 좀 먹어 볼까?」

손가락 두 개로 조그만 동그라미를 그려 보이던 학생의 모습이 불현 듯 생각키었다. 시장기는 그러나 조금도 없다.

　『수수께끼 같은 학생이야!』

　차림새가 검소한 것을 보면 무역장이나 감투장의 딸 같지는 않았다. 뺏지가 없는 것을 보면 학생이 아닐런지도 몰랐고 점잖지 못하게 추측을 한다면 어느 삼류나 사류의 야간 대학생인지도 모른다.

　어쨌든 문학의 세계에서 호흡을 하는 여성임에는 틀림없는 것이라고, 형식과 세속을 전연 무시하려고 들어 붙는 학생의 순수한 태도를 석운은 찬양하고 있는 것이다. 진저리가 나게 생각키던 세 시간 동안의 공백이 차츰차츰 기다림에의 쾌감으로써 메꾸어지고 있었다.

　『응?』

　종로 네거리까지 와서 횡단 도로의 신호를 기다리고 섰을 때였다.

　맞은 편 종각 앞을 을지로 방면으로 걸어가고 있는 아내의 자태를 석운은 문득 통행인 속에 발견하였던 것이다.

　『어디를 가는 건가?』

보아 하니 무척 바빠하는 걸음걸이었다. 핸드백을 든 손목을 쳐들고 시간을 들여다본다. 회색 치마에 옥색 양단 반회장 저고리를 옥영은 입고 있었다.

　석운은 불현 듯 아까 집을 나올 때 생각을 했다. 출판 계약이 끝나는 대로 달려갈 테니 신신백화점 이층에서 구경을 하면서 기다리고, 그러면 그릴로 가서 점심을 한 턱 하겠노라고 했었으나 오늘은 일거리가 있다고 그것을 거절한 아내가 아니었던가!

　강석운 내외는 곧잘 동반을 하여 외출을 했다. 남편이 볼 일이 있는 날은 대개 백화점같은 데서 시간을 정하고 만나곤 하였다.

　그런데 옥영은 오늘 따라 무척 기뻐하면서도 냉큼 일어나지를 않았다. 이유는 다듬이 감을 마침 축여 놓아서 마르기 전에 식모와 다듬이질을 해야만 한다는 것이었다.

　「미안하지만 요 다음에 사 주세요. 오늘은 혼자서 한 잔 하시고⋯⋯」

　그러는 아내를 주부답다고, 하는 수 없이 혼자 나선 석운이었던 것이다.

　신호가 풀리며 석운은 인파와 함께 네거리를 건넌다.

아내는 벌써 저 만큼서 종각 모퉁이를 돌아서고 있었다.

시간이 남아서 걱정하던 판이라 마침 잘 만났다고 석운은 빠른 걸음으로 따라 갔다. 따라 가서 시치미를 딱 떼고 나란히 걸을라치면 옥영은 한 동안 무심히 걸어가다가 웬 사나이냐고, 호닥닥 몸을 비끼며 쳐다보다가

「아이, 깜짝이야! 난 또 누구라고……」

그런 경험이 과거에 한 두 번 쯤 있었다.

오늘도 그런 장난을 해 볼 셈으로 석운은 따라 갔다. 그러나 속도를 늦추었다.

「무슨 다른 장난은 없을까?」

똑 같은 장난에 흥미를 잃고 휘청휘청 아내의 뒤를 적당한 간격을 두고 따라 가면서 좀 더 창작성을 지닌 신통한 장난 하나를 석운은 골똘히 생각하고 있었다.

그러나 신통한 장난은 좀처럼 튀어 나오지 않았다.

그러는데

(다듬이 감은 어떻게하고 나왔을까?)

하는 생각이 되짚어 왔다.

원체 이 부부 사이에는 웬만한 행동을 가지고는 의심을 하는 법이 없다. 그것이 과거 십 팔년 동안의 경험 철학이었다. 아뭏든 무척 바쁜 일이 생긴 것만은 틀림없

다고, 축여 놓은 다듬이 감과 남편과의 점심식사를 대담하게 포기하고 나선 아내를 석운은 생각하지 않을 수 없었다.

무엇이 바쁜지 옥영은 연방 시계를 들여다보면서 걸었다.

「기다림」이라는 다방은 을지로 초입에 있었다. 그러나 자기 아내가 이 다방으로 들어갈줄은 꿈에도 모르고 있는 강석운이었다. 아내는 서슴지 않고 다방 문을 밀고 들어가 버렸다.

『응?』

석운은 문득 걸음을 멈추었다.

이 순간에 있어서 석운이가 느낀 것은 우선 일종의 허무감이었다. 좀 더 재치있는 장난을 꾸며 보려던 즐거운 기대가 무참히도 파괴되었기 때문이다. 그러나 그것은 한낱 근인(近因)일 뿐 그러한 허무감은 다음 순간, 좀 더 뿌리 깊은 원인(遠因)과 연결이 되면서부터 강석운은 비로소 한 줄기의 의혹의 염을 품기 시작하였다.

그것은 옥영의 주부다운 하나의 미덕과 습성에서 오는 의혹감이었다. 옥영은 아직껏 남편 이외의 사람과 다방 출입을 해 본 적이 없었다. 더우기 혼자서는 아무리 시장하더라도 음식점 같은데도 발을 들여놓기가 싫다고, 집으로 돌아와서야 요기를 했다.

그러한 옥영이가 오늘 다방 문을 서슴지 않고 들어선 것이 무슨 까닭인지 석운은 짐작조차 가지 않았다.

「갑자기 무슨 일이 생겼나?」

그렇게 생각해 보는 것이 이 부부의 습성으로 보아서는 가장 타당한 추측이었다. 그러다가

「혹시나……」

상스럽지 못한 생각 한 오라기가 머리를 스쳤다. 그러나 그것은 아내의 행동을 의심해서가 아니고 아까 그 수수께끼의 여학생과 네 시에 호수 다방에서 만나기로 약속을 한 자기의 행동에서 자연적으로 연결이 되어 버린 한낱 허황된 공상임을 강석운 자신도 알고 있었다.

「모를 일인 걸!」

적이 의아스런 감정을 가지고 강석운은 다방 앞으로 걸어갔다.

그 어떤 상스럽지 못한 공상을 품고 아내의 뒤를 밟아 다방으로 따라 들어간다는 하나의 행동이 자기의 인격을 스스로 모독하는 것 같은 생각이 불현듯 강석운은 들었다. 수치스럽기도 했고 멋쩍기도 해서 석운은 다방 문

앞까지 채 다다르기 전에 문득 걸음을 멈추었다.

이러한 경우에 있어서 세상의 남편들은 대체 어떻게 행동을 하는 것인지, 작가적인 상상력을 가지고도 석운은 짐작조차 꾀할 수가 없었다. 그 처럼 아내를 믿고 덮어 놓고 따라 들어가는 것이 순진해서 좋을 것 같기도 했지마는 이미 그 어떤 상스럽지 못한 공상에 붙잡혀 있는 이상 그것은 결코 신사답지 못한 비열한 행동 같아서 강석운의 교양이 도리질를 했다.

『나올 때까지 여기서 기다려 보지.』

결국 그러는 것이 가장 자기다운 행동 같았다. 사실 그 어떤 사나이와 마주 앉아 있는 밀회 (密會)의 장면을 목격해야만 한다는 것도 열없고 고통스런 일이지마는 남편에게 목격을 당하는 아내의 입장도 입장일 것 같았다.

그러나 다행히도 다방 「기다림」은 바로 옆 집에 꽃 가게를 갖고 있었다. 아니, 그 꽃집에서 다방을 경영하고 있는 것이다. 들여다보니, 이 편쪽에 새파란 짧은 커튼이 늘어진 유리 들창이 꽃 가게와 다방을 가로 막고 있었다. 발 디딜 곳이 없을 만큼 협소한 꽃집이었다.

석운은 꽃 가게로 성큼성큼 들어갔다. 다방에 접한 커

튼 밑으로 가지 각색의 꽃 화분이 주루루 놓여 있었다. 꽃 구경을 하는 체 하고 석운은 커어텐 밑으로 다방을 들여다 보았다. 그러나 틈서리가 원체 좁아서 다방 탁자 밑만 옆으로 길게 보일 뿐, 손님들의 얼굴은 볼 수가 없다.

「커어텐을 조금만 제끼면 될 텐데……」

석운은 뒤를 돌아다 보았다. 여학생들이 주인과 꽃 흥정을 하고 있었다.

어쩐지 마음이 떨린다.

「오오버 센스! 오오버 센스!」

어쨌든 그것은 한낱 망상이기를 이 순간에 있어서의 강석운은 절실히 바랬다. 손가락 하나만 움직이면 커어텐을 젖히고 다방 안을 들여다 볼 수가 있는 것이다. 그러나 그 손가락 하나를 움직이기가 강석운은 어쩐지 무섭다. 그 손가락 하나의 움직임이 십 팔년 동안에 걸친 평화로운 가정 생활을 일순간에 조각조각 부셔 놓을 것만 같았다.

그러나 마침내 손가락은 움직이고야 말았다.

다방 안은 컴컴해서 처음에는 손님의 얼굴이 잘 보이지가 않았다. 아늑하지도 쓸쓸하지도 않은 다방 안 풍경이었다.

『아, 저기 있다!』

커다란 파초분 옆 걸상 저 편을 향하여 옥영은 혼자 앉아 있었다. 누구를 기다리는지, 옥영은 초조한 듯이 거기서도 또 시계를 들여다 본다. 손님이 드나들 적마다 문깐쪽을 연방 바라보고 있는 것이다.

『도대체 누구를 기다리고 있을까?』

아무리 생각해도 이런 다방에서 기다려야만 될 사람이 있을 리가 없을성 싶었다. 아니, 없을성 싶었던 것은 자기 혼자만이고, 아내에게는 벌써부터 그런 종류의 기다림의 대상이 있었는지도 모른다고, 석운은 점점 괘씸한 생각이 머리를 들기 시작하였다.

(그러나 무슨 피치 못할 돌발 사건이 생겼는지도 모르지.)

괘씸한 생각을 억누르고 석운은 그렇게도 생각해 보았다.

그러는데 문이 열리며 흰 쿠크 복을 입은 요정 보이 같은 젊은이가 하나 들어서면서 두룩두룩 다방 안을 둘러보았다. 속에는 무슨 종이 조각 하나를 쥐고 있었다.

여자 손님은 옥영 혼자였다. 보이는 성큼 성큼 옥영의

앞으로 걸어가서 허리를 굽히며 뭐라고 몇 마디 수근거리고 나서 종이 조각을 내보였다.

순간, 아내의 옆 얼굴에서 초조감은 사라지고 반가운 웃음이 꽃피어졌다.

아내는 얼른 일어서서 보이의 뒤를 따라 총총히 다방을 나갔다. 나가는 길에 차 한 잔 값을 옥영은 레지 위에 올려 놓았다.

무슨 돌발 사건이 생겼는지도 모를 일이라고, 선의로 생각해 보던 강석운의 사념은 완전히 허물어지고 말았다.

소녀처럼 반가운 얼굴을 하고 보이 녀석의 뒤를 따라 나가는 아내의, 그 하느적하느적하는 뒷모습을 바라보는 순간, 강석운의 두 눈에는 새파란 불똥이 화악 튕기어졌다.

전신의 피가 무서운 속도를 가지고 우욱 하고 머리로 기어 올랐다. 고르지 못한 혈액의 순환이 강석운의 눈앞을 일시 암흑처럼 어둡게 했다.

그것은 실로 너무도 뜻밖의 일이었다. 십분 전까지도 전혀 예기치 못했던 이 돌발사는 강석운의 사고 능력을 완전히 마비시키고 말았다.

십 팔년 동안의 평화였다. 아니, 지금에 이르러서 깨닫고 보니, 십 팔년 동안의 방심(放心)이었던 것이다.

『침착하자! 침착해야만 한다!』

강석운은 자기의 성격 가운데 격하기 쉬운 일면이 있다는 사실을 알고 있는 것이다.

『어떡해야만 하나?』

보이 녀석의 뒤를 아내는 따라 나선 것이다. 아내는 필시 어떤 요정으로 끌리어 갈 것이다. 아니, 제 발로 자진해서 하느적하느적 따라가고 있는 것이다. 따라가서는? 따라가서는……?

순간, 징그러운 모습을 한 어떤 놈팡이 하나가 기다랗게 아랫목에 누워서 들어서는 아내를 히죽히죽 웃으며 맞이하는 광경이 번개처럼 머리를 스쳤다.

『위기!』

위기는 절박했다. 그것은 실로 순간적인 연상의 발전이었다. 아내의 뒷모습이 다방에서 사라진지 단 십 초도 못 되는 동안에 있어서의 강석운의 불길한 상상이었다.

강석운은 휙 몸을 돌이키며 총알처럼 꽃집에서 튀어나왔다.

『철썩……』

하고, 질그릇 깨지는 소리가 등 뒤에서 들리는 것 같았다. 뒤이어

『여보시오!』

하는 굵다란 목소리가 강석운의 발을 마침내 동여매어 놓았다.

문 밖까지 튀어 나왔던 석운이가 힐끔 뒤를 돌아다보는데 주인 사나이의 손길이 덥썩 따라 나오면서 석운의 팔 소매를 꽈악 붙잡았다.

『남의 물건을 망쳐 놓고 도망을 쳐야 옳다는 말이오?』

『아, 화분이……』

협소한 장소라, 황황히 뛰쳐 나오는 바람에 선반을 건드렸는지, 화분 하나가 떨어져 콩보숭이가 되어 있었다. 야쓰데를 심은 화분이었다. 석운은 당황한 목소리로

『미안합니다. 얼마 드려요?』

『오천환짜리요, 오천환……』

양복 안 주머니에 쑥 손을 넣으며 석운은 다방 앞을 후딱 바라보다가

『앗, 여보오!』

한길 건너 쪽을 향하여 고함을 쳤다.

그러나 이 번화한 거리의 소란한 음향은 이미 보이와 함께 전차길을 건너선 옥영의 귀에는 모기 소리만큼도 들리지 않았을 것이다.

「여보오! 옥영이…… 옥영이!」

목구멍이 찢어져도 좋았다. 고함 소리와 함께 튀어 나가려는 석운의 몸뚱이를 꽂가게 주인의 완강한 손길은 그냥 굵어 쥐고만 있었다.

「자아, 이검 되지! 거스름은 이따 오다가 찾아 갈게……」

걷어 잡히는 대로 만환 한 뭉치를 끄집어내어 주인에게 쥐어 주며

「스톱, 스톱! 그 차 스톱!」

미친 사람 모양 외치며 전차길을 튀어 건너가고 있는 석운의 등 뒤에서

「멀쩡한 양반인데 머리가 돌았어!」

만환 뭉치를 들여다보며 주인은 만족해서 투덜거렸다.

그러나 그 차…… 보이와 옥영을 실은 그 차는 이미 움직이고 있었다. 을지로 쪽으로 머리를 두고 한길 가에서 대기하고 있던 깜자주의 고급 자가용 차였다.

「스톱!」

전차길을 가까스로 건너 선 강석운은 낡아 빠진 시보레 하나를 잡아 세우며 부리나케 올라 탔다.

『대지급으로…… 저기 가는 저 깜자주 자가용을 따라가 주시오.』

『어느 차 말입니까?』

키다리 운전사가 물었다.

『저기, 저기…… 로타리로 빠져 나가 왼 쪽으로 달려가는……』

깜자주 자가용은 을지로 로타리를 삥 돌아 을지로 이가 쪽으로 빠져 나가고 있었다.

『아, 저 닷지 말이오?』

『저게 닷지요?』

『닷지 오십 삼년입니다. 쓸만한 차지요.』

『어쨌든 그 차를 놓치지 말아 주시오!』

『염려 마시오!』

그러나 네거리 왼쪽으로 커브를 하여 내무부 앞까지 다달았을 때는 이미 깜자주 닷지와의 사이에는 지프, 하이어, 추럭 등의 십 여대 차가 쪽 늘어서 있었다.

『어떻게 좀 앞설 수 없을까요?』

조바심으로 말미암아 석운은 발을 동동 구르고 있었

다.

『위험합니다. 눈에 띄이는 빨간 차이니까, 옆길로 빠지지만 않으면 문제 없읍니다.』

아내가 다방으로 들어갔을 때, 곧장 따라 들어가지 않은 것이 인제는 한이 되었다. 화분은 왜 또 건드렸는고? 그런 일만 없었더라면 아내의 위기는 좀 더 속히 방지되었을 것이 아니냐고, 강석운의 초조감은 이루 말할 수 없으리만큼 다급해 있었다.

『암만 해도 이즈음 당신 좀 수상해요.』

며칠 전 비오는 날 밤, 아내는 그런 말을 하여 남편을 의심하는 체 했다. 그리고 그것이 다 준비공작이 아니냐고, 남편의 마음을 견제해 놓으면서 실상은 자기대로의 딴 꿈을 아내는 꾸고 있었던 것이다.

『참으로 여자란 앙큼한 동물이다!』

혼자서는 음식점에 못 들어간다는 아내가 아니었던가. 그러한 아내가 남편의 외출한 틈을 타서 다방 출입을 하고 있었던 것이다. 요정 보이를 시켜서 아내를 불러도 무방하리만큼 자가용 차의 소유자와는 허물이 없는 옥영이었다.

『이런 허무맹랑한 일이……』

분노보다도 허무감이 앞장을 섰다.

『도대체 누구를 믿어야 하느냐 말이다!』

가정을 지상의 낙원이라고, 석운은 진심으로 그것을 믿어 왔었다. 세상에 온갖 중상 모략과 그리고 허위와의 절연(絕緣)을 꾀할 수 있는 다사로운 피난소가 가정인 줄만 알았다. 그렇거늘……

참으로 앙큼한 여성이라고 아내의 총명을 찬양해 오던 강석운은 그 총명이 이러한 불미로운 방향으로 이용되고 있는 줄은 정말 꿈에도 몰랐다.

남성들의 엉큼에는 그래도 관용이 있었으나 여자들의 앙큼에는 철두철미 냉혹한 사성(蛇性)밖에 없다. 여성의 역사가 그러하였다. 클레오파트라가 그랬고, 달기(妲己)가 그랬다.

칼멘이 그랬고 맥베스 부인이 그랬다. 그것은 에덴 동산에서 추방을 당한 원인이 아담에게 있지 않고, 염치를 모르는 대담성을 가지고 한 마리 간악한 뱀과 타협을 한 이브에게 있는 것이라고, 강석운은 작가적인 집념(執念)을 가지고 여성들의 냉혹한 간악성을 공박하고 있는데

『아, 닷지가 옆으로 빠졌읍니다.』

운전수가 부르짖었다.

「어디로?」

「을지로 삼가에서 수도극장 쪽으로 빠졌읍니다.」

「빨리 가요! 빨리……」

강석운은 꿈결처럼 외쳤다.

생각하면 생각할수록 아내의 간계가 깜찍해서 견딜 수 없었다.

가정이 상대편의 애정을 감시하는 감찰기관이기도 하다고 농담 삼아 말했을 때, 옥영은 뭐라고 대답했던고? 외출한 남편에게는 감시의 손이 닿지를 않는다고 했었지. 그러나 지금에 와서 가만히 생각해 보면 그것은 동시에 외출한 남편들의 감시의 눈이 가정에 있는 아내들에게도 닿지 않는다는 것을 암암리에 의미하고 있었던 것이다.

그렇게 생각하고 나니, 여태까지 하여 온 옥영의 재롱에 찬 한 마디 한 귀절이 모두가 다 하나의 복선(伏線)과 이중의 의미를 지니고 있었던 것이 차차 명백해졌다.

「앗, 저기 갑니다!」

을지로 삼가를 돌아섰을 때, 깜자주 닷지가 수도극장 앞 골목으로 속도를 늦추며 접어 들어가고 있었다.

번거롭지 않은 거리길래 운전사는 속도를 내어 따라갔다.

일시적인 난봉은 싫고 연구적인 연애를 하라고 옥영은 말했다. 그것을 옥영은 남편의 인권과 자기의 자존심에다 결부를 시켜서 설명을 했었지만 지금에 이르러 보면 모두가 다 그 어떤 현실적인 발판을 가지고 있는 말임에 틀림이 없다. 남편의 영구적인 연애 행동으로 말미암아 가정이 파괴되어도 무방한 준비 공작을 이미 옥영은 해 놓고 있는 것이 분명했다.

「그 골목으로 들어가면 무슨 요정이 있지 않소?」

「있읍니다. 북경루(北京樣)라는 커다란 중국 요리집이 있지요.」

석운은 눈을 감고 있었다. 숨결만이 무섭게 파동을 쳤다.

「아, 닷지가 저기서 멎었읍니다.」

석운이 다시 눈을 떴을 때, 차는 이미 골목으로 접어 들어가고 있었고, 저만큼서 깜자주 자가용은 멎어 있었다. 커다란 간판이 붙은 북경루 앞이었다.

「고맙소. 여기서 내려 주시오.」

요금을 치르고 석운은 내렸고 차는 다시 뒷걸음을 쳐

서 한길로 빠져 나갔다.

그러나 석운은 곧장 요정 앞으로 걸어가지를 못했다.

치가 떨렸다. 다리가 후둘거려 견딜 수 없었다.

이 순간에 있어서의 작가 강석운은 실로 갈피를 잡을 수 없는 착잡한 사념의 노예가 되어 있었다.

우선 불길처럼 타 오르는 질투의 일념이 명령하는 대로 맹수처럼 물불을 가리지 않고 뛰쳐 들어가는 것이 가장 소박하고 순수한 행동임을 석운은 안다. 동시에 그것이 십 팔년 동안에 걸친 뿌리 깊은 신뢰와 애정의 표현이기도 함을 석운은 안다.

그러나 석운은 감히 그것을 하지 않았다. 치가 떨리고 다리가 후둘거려서가 아니다. 그것을 감히 하지 않는데 현대인의 비극이 숨어 있는지도 모른다고 단순한 감정의 격동을 그대로 행동할 수 없는 한 줄기 까다로운 자의식(自意識) 속에서 강석운은 질식할 것 같은 숨가쁨과 현기를 느꼈다.

「이미 나는 그 누구도 사랑할 수 없는 인간이 되고 말았는가? 아내까지도…… 아내의 정조까지도……」

석운은 갑자기 자기 자신의 인간성이 무서워졌다.

「이러한 냉정은 과연 어디서 오는 것일까?」

강석운은 자기를 불현 듯 돌이켜 보며, 자기는 이미 인간성을 포기한 사람이라고 생각하였고 새로운 인간성을 창조하고 있는 것이라고도 생각하였다.

강석운은 천천히 자가용 앞으로 걸어갔다. 다리는 이미 후둘거리지 않았다.

「이 차는 자가용이지요?」

차 안에서 우동을 먹고 있는 젊은 운전사에게 석운은 물었다.

「그렇습니다.」

「차주는 누구시요?」

「어떤 회사 사장입니다.」

석운은 이미 떠들지를 않았다.

표정없는 얼굴을 가지고 요정 안으로 들어섰다.

그러나 이미 남편의 눈을 속이고 이 지경에 까지 이른 아내고 보면 떠들고 서둘러 보았댔자 소용 없는 노릇이었다. 그리고 또 이미 아내의 애정을 독점하지 못한 이 순간에 있어서 느낀 강석운은 가장 다급한 감정을 십팔년 동안에 걸친 인간적 신뢰와 뿌리 깊은 애정의 배반에서 오는 우주적인 고독과 허무와 그리고 절망적인 영혼의 흐느낌이어야만 하였다.

아니, 그러한 감정도 물론 절실했다. 그러나 그 보다도 한층 더 강력한 힘을 가지고 강석운의 감정을 지배한 것은 아내의 불미로운 행동에서 받는 한 사람의 남편으로서의 모욕감이었다. 남편의 존재가 헌 신짝처럼 무시를 당하고 있는데서 오는 비참한 굴욕감이었다.

이러한 암담한 굴욕감에 비하면 인간적 신뢰의 배반이라든가 애정의 변모(變貌) 같은 것은 그다지도 다급한 문제가 아니었다.

『어서 오십쇼.』

장개석 총통의 초상화 밑에 앉아 있던 뚱뚱보 주인이 몸을 일으키며 석운을 맞이하였다. 보이 하나가 옆에 서 있었으나 아내를 인도해 온 젊은이는 아니었다.

아랫층 식탁은 죄 비어 있었다. 석운은 거의 쓰러지다시피 하며 털썩 걸상 하나에 주저앉았다. 다리의 후둘거림도 멎고 인제는 완전히 냉정해졌다고 생각하면서 걸어 들어온 석운이었는데도 불구하고 두 다리는 이미 석운의 십 칠관 반의 체중을 지탱하지 못하고 있었던 것이다.

『무어 잡수십니까?』

보이 하나가 보리 차를 따르면서 물었다.

『인제 저 차로 여자 손님 한 분을 모시고 온 청년은

어디 있나?」

「이층에 있읍니다.」

그러는데 빈 소반을 들고 바로 그 청년이 층계를 내려 오고 있었다. 차를 따르던 보이는 자기네들 말로 뭐라고 전언을 했다. 이윽고 소반을 든 보이가 다가왔다.

「인제 자네가 모셔 온 여자 손님은 이층에 있나?」

「네, 있읍니다.」

석운은 명함 한 장을 꺼내 주며

「올라가서 이런 사람이 찾아 왔다고 전해.」

「네, 잠깐만 기다리십쇼.」

보이가 소반을 식탁 위에 던져 놓고 이층으로 걸어 올라갔다. 우쭐우쭐 걸어 올라가는 보이의 뒷모양을 물끄러미 바라보면서 강석운은 이상하게도 한 줄기 상쾌한 감정을 느끼고 있었다. 그것은 무슨 복수자의 감정 같기도 하였고 이십 년에 가까운 평화로운 가정을 일순간에 파괴해 버릴 수 있는 고성능 수소탄의 소유자 같은 그것이기도 했다.

그리고 이러한 종류의 악마적이요 독재자적인 강자 의식(强者意識)의 발동만이 인간적인 배신과 애정의 배반과 그리고 남편으로서의 위신을 유린당한데서 오는 강석운의 이 비참한 굴욕을 무마할 오로지 하나의 길이었다.

「파괴다!」

그렇다. 파괴만이 한 사람의 남편인 강석운을 구제할 수 있는 것이다. 한 사람의 지성인으로서 강석운이가 지금까지 지니고 있던 온갖 교양과 민주정신은 완전히 멸각(滅却)되어 있었다. 왕자(王者)는 그가 지배하고 있는 국가를 파괴할 수가 있는 것처럼 강석운은 평화를 가장(假裝)했던 자기네 가정은 일순간에 산산이 파괴해 버려야만 하는 것이다.

아내의 불미로운 행동을 눈 앞에 목격하면서도 한 마리 짐승처럼 뛰어 올라가고 싶은 질투의 본능을 억제하고 강석운은 점잖게 명함을 올려 보냈다.

이러한 냉정은 과연 어디서 오는 것일까? 강석운은 그것을 자기의 교양이라고 생각하고 있었다. 그러나 그것이 작가 강석운의 교양이나 지성이 아니고 파괴를 전제로 한 하나의 왕자 의식의 발동인 사실을 강석운은 모르고 있는 것이다.

「아, 아내가 내려온다!」

보이의 뒤를 따라 내려오는 옥영의 회색 양단 치맛귀와 옥색 고무신 부리가 우선 강석운의 시야에 뛰어 들어

왔다.

「어마, 그이가 어떻게 알고 왔을까?」

명함을 쥔 채 옥영은 당황한 걸음으로 보이를 따라 나섰다.

아무리 생각을 해보아도 남편이 이런 구석진 요정에 나타날 리는 만무했다.

「어머나? 어떻게 아시구 오셨어요?」

보이를 따라 충계를 내려오면서 옥영은 의아 절반 반가움 절반이 뒤섞인 밝은 목소리를 냈다.

그러는데 찻종지 하나를 앞에 놓고 부처님처럼 앉아 있던 남편이 훌쩍 몸을 일으켰다.

「아니, 정말 어떻게 알으셨어요?」

방글방글 웃는 얼굴을 가지고 옥영은 남편의 곁으로 다가갔다.

그러나, 어떻게 된 셈인지 남편은 대답이 없다. 무서운 눈초리가 옥영의 아래 위를 열심히 핥고 있을 뿐이다.

「왜 그러세요?」

옥영의 얼굴에서 후딱 웃음이 사라졌다.

「당신이야 말로 어떻게 이런 데를 다 찾아 왔오?」

남편은 비로서 입을 열었다. 남편의 음성은 떨고 있었

다.

『아, 당신은……』

그제서야 옥영은 눈치를 챘다. 몸소 따라 올라오지를 않고 명함을 올려 보낸 이유를 희미하게나마 짐작을 하고 옥영은 금새 얼굴을 붉혔다.

『무얼 하러 왔오? 누구를 만나러 왔오? 분명한 대답이 필요하오!』

『아, 당신은…… 알았어요. 무슨 뜻인지 인제 알았어요.』

『알았으면 대답을 하시오!』

그러나 옥영은 얼른 대답을 하지 못했다. 대답을 하지 못하리 만큼 옥영은 억한 감정과 부끄러움으로 말미암아 얼굴이 확확 달아 올랐다.

『어쩌면 당신은……』

옥영은 사람의 눈이 부끄러워 불현 듯 뒤를 돌아다 보았다. 보이 둘은 이층으로 올라가고 없었다. 저만큼서 뚱뚱보 주인이 장부를 들여다보면서 주판을 튕기고 있었다.

그러나 그처럼 부끄러워하는 자기의 태도가 남편의 감정을 한층 더 자극하고 있는 줄을 옥영은 모른다.

『왜 빨리 대답을 못하는 거요?』

분노가 억압되어 있는 남편의 음성이었다.

순간, 옥영의 부끄럼은 돌연 커다란 서글픔으로 변해 버렸다.

『어쩌면 당신은 사람을 그렇게도……』

못 미더워 하느냐고, 옥영은 눈시울이 갑자기 뜨거워졌다.

『응?』

그제서야 석운은 펄떡 정신이 드는 것 같았다.

『당신이 정말로 그런 생각을 하셨다면……』

옥영은 저고리 고름으로 눈꼬리를 찍어 내며

『아직도 당신이 저를 몰라 주는 것이 슬퍼요!』

『아니, 여보! 도대체 어떻게 된 셈이요?』

커다란 안도감이 석운에게 왔다. 금새 감정은 밝아지며 석운은 열없어 견딜 수가 없다.

『정능 아버님이 오셨어요. 어머님과 함께……』

『아버지?』

석운은 아연하게 입을 벌리며

『아버지가 어떻게 저런 자가용 차를 다……』

『아, 그래서 당신이 의심을 하셨군요.』

눈꼬리에서 저고리 고름을 떼며 옥영은 어린애처럼 남편을 흘겼다.

『어쩌면 남자들이란 그 처럼 자기 아내를 못 미더워할까?』

세상의 남편들은 모두가 다 의처증(疑妻症) 환자인지도 모른다고, 옥영은 자기 또래의 아내들의 입에서 들은 한 마디를 불쑥 생각하였다.

4. 姜敎授[강교수]와 高社長[고사장]

『아까 아침, 당신이 외출한 직후에 아버님이 오셨어요.』

마침 일요일이라, 정능 사는 강학선 교수는 들놀잇꾼들이 들볶는 난장판이 보기 싫다고 부인을 동반하여 반대로 시내로 들어와서 영화 구경을 할 생각이었다. 혜화동을 지나다가 문득 손자들의 얼굴이 보고 싶다고, 이 늙은 부부는 아들의 집에 들렸다.

그랬던 것이 집에는 며느리가 혼자 남아서 다듬이질을 하고 있을 뿐, 아들도 없고 손자들도 없다. 맏손자 딸 경숙은 동생 셋을 데리고 명륜동 동무의 집에 초대를 받아 가서 생일 잔치를 얻어 먹고 있는 판이라고 하였다.

「너무 어머니를 정능 구석에만 쳐박아 두었더니 곰팡이가 쓸 것 같아서 데리고 나왔는데.」

그러면서 강교수는 집안을 한 바퀴 휘이 들러보고 나서

「들놀이니 꽃놀이니 하고, 세상에 떠나갈 판인데 애어멈도 어디 같이 영화 구경이나 가보지.」

「너의 아버지가 구경을 하고 나서는 명동으로 가서 점심을 한턱 하신다는데 ……」

시모도 자꾸만 옥영을 재촉했다.

시부모의 권이 고맙기도 하고 해서, 그럼 구경은 그만두더라도 점심이나 사주십시고, 그 동안만이라도 다듬이질을 하고 나갈 생각을 옥영은 했다. 정히 그렇다면 그러자고, 수도극장의 제 일회가 끝나는 대로 가서 기다릴 테니 을지로 네거리에 있는 「기다림」이라는 다방으로 한 시 까지만 나오면 된다고 시부는 말했다.

옥영은 교양도 있고 금슬도 좋은 이 늙은 시부모를 무척 따랐다. 마르면 다시 축여서 할 수밖에 없다고, 절반도 더 남은 일감을 식모에게 맡겨 놓고 옥영이 집을 나선 것은 열 두시 십분, 종로 이가에 있는 단골 양재점에 들려서 며칠 전에 주문한 경숙이의 스커트가 됐느냐고 알아 보았다. 아직 채 되지 않았다기에 버스를 기다리는 것도 싫고 이십환도 아까워서 을지로까지 옥영은 걸었다.

약속 시간은 한시가 다 됐기에 들어만 서면 시부모 두 분이 점잖게 마주앉아서 차를 마시고 있는 줄로만 옥영은 믿었었다. 그러나 시부모는 보이지 않았다. 다방에 혼자 앉았기가 싫어 밖에서 기다릴까도 했었으나 비교적 한산한 분위기에 안심을 하고 옥영은 파초 나무옆에 앉고 말았다. 그러는데 보이가 들어 와서 종이 쪽지를 내보였다.

《경숙 어미 보아라. 손님을 만나서 지금 수도극장 앞 골목 북경루에서 식사 중이다. 손님의 차를 보내니 이 인편을 따라 오너라. 시모 씀 》

그리고는 착 착 접은 표면에 「김옥영 앞」이라고 씌어 있었다. 낯익은 시모의 글씨였다.

「왜 저 정능 아버님 댁 바로 옆에 희한한 이층 양옥

있잖아요? 크림색 나는……」

「아, 바로 그 사람이오? 젊은 이호를 데리고 산다는 영감님?」

「네, 바로 그 이호를 데리고 수도극장에 구경을 왔었데요. 극장에서 아버님을 만났는데 꼭 아버님께 식사를 대접하겠다고요. 같은 동네에 살면서도 인사를 못 차려서 미안하다구요.」

「그래 이호도 지금 여기와 있오?」

「그럼요. 아주 이쁘고 말 잘하는 분이니까 당신 조심해야 해요!」

「요것이?」

석운이가 손을 드는데

「너희들 거기서 뭘 하고 있는 거냐? 빨랑 빨랑 들어오지 못하고……」

층계를 내려오던 강교수 부인이 번쩍 들린 아들의 손길을 후딱 바라보며

「쟤들이 그저 만나기만 하면 ……」

금년 들어 육십 오세의 강교수 부인이었으나 교양에서 오는 일종의 품위가 그의 단정한 차림새와 함께 부인을 무척 고상하게 하였다.

「그런데 너 어떻게 알고 찾아 왔느냐?」

아들과 며느리를 데리고 이층으로 올라가면서 어머니는 물었다. 그것은 동시에 옥영의 물음을 대신하는 역할까지도 하고 있었다.

「마침 이 앞을 지나가는데 저 양반이 차에서 내리길래 ……」

그 말에 어머니는

「어쩌면 ……」

하고 신통하게 만났다는 듯이 감심을 했고 옥영은

「정말이세요?」

하고 남편의 말을 곧이 듣지 않는다.

석운은 눈을 번 껌벅해 보이며

「가만 있어. 내 이따 집에 가서 죄다 이야기할게.」

어머니 등 뒤에서 둘이는 마주 보며 싱긋이 웃었다.

「너희들은 무슨 이야기가 그처럼 많으냐?」

저만큼서 걸어가시기에 못 들은줄 알았던 어머니였다.

「어머니는 못 들은 척 하세요. 어머니는 귀두 밝으셔.」

「옛날부터 하는 말이, 아들 며느리의 속삭임은 귀머거리 시어머니도 듣는 다더라.」

아들의 말이 풍자(風刺)를 띠어 왔기에 강교수 부인도 한 마디 대답 쯤 없을 수가 없다.

「어머니는 참 재미 있는 말씀을 잘 하세요.」

옥영이가 감탄을 하는데

「여보오.」

석운의 음성이 갑자기 낮아지며

「나는 오늘 홍역을 했오! 홍역……」

「홍역?」

「인생의 홍역 말이오. 땀 바가지나 흘렸으니까……」

「후훗……」

하고 옥영은 나지막이 웃다가

「참 나빠요, 당신은!」

눈흘김과 함께 옥영의 손길이 남편의 손가락 두 개를 휘감아 쥐고 비틀어 댔다.

그러나 그 순간, 후훗하고 웃음을 죽이며 흘러나오는 아내의 입매 눈매에서 강석운은 불현 듯 아내 아닌 딴 사람의 환영 한 조각을 발견하였다. 그것은 아까 견지동까지 차를 같이 타고 온 수수께끼 같은 여학생의 옆 모습이었다.

「참 오늘 당신과 비슷한 인상을 주는 학생을 한 사람

만났는데 ……」

「학생? 여학생?」

「음……」

「누군데요?」

그러는데 앞장 서 가던 어머니가

「애들아, 좀 빨랑 빨랑 오너라, 손님들이 기다리고 계
시는데……」

「네 네.」

석운은 빠른 걸음걸이로 따라가며

「내 이따 이야기할게.」

「아이구, 오늘 밤도 또 새우게 되나봐.」

어머니의 뒤를 따라 강석운 내외는 방으로 들어갔다.
십조 넓이는 쾌히 될 성 싶은 다다미 방이었다.

커다란 식탁 위에 요리 접시가 흩어져 있었고 맥주 병
이 서 넛 있었다.

안경을 쓴 강교수의 머리는 글자 그대로 설백(雪白)처
럼 희었고, 그 맞은 편에 앉아 있는 육십객의 회색을 이
루는 반백의 머리를 가지고 있었다.

「바로 옆 댁에 계시는 고(高)사장 내외 분이시다. 인사
를 여쭈어라.」

「그러십니까! 송구스런 자리에 처음 뵙겠읍니다. 석운이라고 불러 주십시오.」

아버지의 소개로 석운은 꿇어 앉아 정중한 인사를 하였다.

「고명은 이미 다 듣고 아는 바요. 편히 앉으시오.」

「황송한 말씀입니다.」

그러는데 옆에서 명랑한 목소리 하나가 뛰어 나왔다.

「소설은 아주 말쑥하던데 사람은 약간 십 구세기야! 오, 호호호 ……」

「…………」

석운은 후딱 고개를 들었다.

함박꽃이 웃고 있는 것 같은 요염한 얼굴 하나가 그 사람 옆에 있었다.

「하하하하 ……」

일동은 유쾌히 웃었다.

「아, 십 구세기?」

그 함박꽃 같은 여인을 쳐다보면서 석운은 조용히 웃었다.

「아니예요. 정말은 저한테도 꿇어 앉아서 십 구세기 인사를 하실까 무서워서 그래 본 겁니다. 호호호 ……」

「이 사람은 개방주의(開放主義)가 되어서……」

고사장은 다소 겸연쩍은 얼굴로 동반자의 성품이 본시부터 그렇다는 것을 은근히 변명해 주었다.

부대한 체구에 장년들처럼 혈색이 좋았고 그런 색이 조금씩 섞인 선명한 회색 양복이 액면(額面)대로의 고사장의 연령을 완강히 거부하고 있었다. 옅은 고동색 양복에 두루미처럼 말라 빠진 강교수와 좋은 대조가 되고 있었다.

「아이 참, 개방주의, 좀 좋아요? 선생님」

여인은 석운을 말끄러미 바라보며 동의를 구해 왔다.

「좋습니다.」

하는 수 없이 석운은 대답하였다.

「그러나 이 사람아, 초면 인사나 하고 나서 개방을 할 것이지. 그게 무슨 실례요?」

「웃어 버리면 인사지, 인사가 뭐 따로 있어요? 머리를 숙이고 절을 하는 것이나 입을 벌리고 웃는 것이나 매일반이지 뭐예요? 하하하……」

이번에는 남자들처럼 웃어댔다. 강교수 내외도 웃고 옥영도 웃었다.

「그래도 자기의 성명 삼자는 통해 놔야만 할 게 아니

겠오?」

그러면서도 고사장은 젊고 명랑한 동반자를 귀엽다는 듯이 실눈을 뜨며 바라보았다.

「내 이름 같은 게 뭐가 그리 신통하다고 …… 아르켜 드려도 이런 훌륭한 선생님들은 금새 잊어 버리는 거예요. 영감님은 괜히 알지도 못하고 ……」

그래서 또 일동의 웃음은 연장이 되었다.

옥영과는 동년배의 여인이었다. 흰 양단의 금박이 회장 저고리, 같은 양단의 다홍 치마를 그 여인은 입고 있었다. 옥영의 말대로 이야기가 참으로 청산 유수와 같은 여인이다.

「자아, 작은 강선생님, 한 잔 드세요.」

여인은 잔을 권해 왔다.

「고맙습니다. 저는 술을 잘 못합니다.」

「아이, 그러다 보니 정말 효자이시네요!」

「괜찮다. 한 잔 받아라.」

강교수 부인이 옆에서 권해 왔다. 석운은 하는 수 없이 맥주 잔을 들고 비스듬히 돌아앉아 조금만 마셨다. 그리고는 자기 손으로 고사장과 아버지의 여인의 잔에 골고루 따라 놓았다.

『아이구, 맙소사!』

여인은 표정을 크게 쓰며

『숫제 요리도 돌아앉아서 잡수시지!』

그 말에 일동은 또 하하 웃었다.

『여보, 여기는 점잖은 좌석이요. 그 만큼 개방을 했으면 인제 문을 좀 닫구려.』

『점잖은 분네들은 뭐 별 다른 것 있을상 싶으세요? 한 껍질 벗기고 나면 모두가 벌거숭인데 ……』

웃음 소리는 한층 더 커졌고 옥영은 얼굴을 붉혔다.

『하아, 이러다가는 강선생 내외 분을 모신 것이 도리어 실례가 되지 않겠오?』

고사장은 다소 엄숙한 어조로 동반자를 견제하였다. 그때서야 여인은 강교수 내외에게 머리를 약간 숙이며

『너무 헤실펐읍니다, 용서하세요.』

했다.

『괜찮읍니다. 무얼 그런 ……』

강교수가 부드럽게 웃고 있는데

『그리고 작은 선생님, 인사 드리겠어요. 이름은 황산옥(黃山玉)이지만 한성양조(漢城釀造) 고종국(高宗國)사장이 요거라고만 생각해 두시는 것이 기억에 편하실거에

요. 요거 아시죠?」

그러면서 여인은 새끼 손가락 하나를 쳐들어 가지고 까딱까딱 해 보였다.

「하하하하……」

사람들은 또 웃었다.

「나 원 참……」

고종국 사장은 입맛을 다셨다.

황산옥의 새끼 손가락은 그냥 까딱거리고 있었다.

「아, 여보! 당신을 데리고 다니다가는 어디 거 창피해서 견디겠오?」

고종국 사장은 노골적인 투정을 해 보였다.

「뭐 어때요. 사실이 그런 걸.」

까딱거리는 새끼 손가락 다음 약지에는 비취 가락지가 끼어 있었고 장지에는 캐러트 반의 다이아 반지가 빛나고 있었다. 금박이 끝동에서 하얗게 드러나 보이는 기름진 손목에 백금 시계가 번쩍이었고 맥주 잔을 든 바른편 팔목에는 파아란 비취 팔찌가 눈부시게 호화롭다.

「아, 글쎄 누가 사실이 아니래요? 강선생님 내외 분도 다 알고 계시는 이야긴데, 무얼 새삼스레 들추어 내가지고 그러는 거요? 참 성미도 고약하다니까…… 에잇, 내

참……」

그 말에 산옥은

「아, 하하핫…… 아, 하하핫……」

하고 자지러들게 웃어대며

「사실 말이지, 영감이 있으니까 제가 있는 것이지, 영감 없이야 어떻게 제가 빛을 낸다는 말씀이예요.」

「글세, 인제 그만 했으면 손님 접대나 좀 해 보구려. 한 동네 살면서도 데면데면 하던 강선생님을 오늘 일부러 모신 자리가 아니요?」

「참 선생님이나 사모님이나 옆에서 늘상 뵈면서도 인사 한 번 번번히 못 차리고……」

황산옥은 그러면서 강교수에게 또 맥주를 권했다.

「원 무슨 말씀을 …… 우리들이 도리어 부끄러울 지경입니다.」

강교수는 잔을 받아 쥐면서 그렇게 대답을 하였다.

「인가가 드문 외따른 산 밑이라, 영감만 나가 버리면 하루 진종일 혼자 있어야만 하죠. 쓸쓸해서 견딜 수가 없어요. 인제부터는 저의 집에도 가끔 오시고 저도 종종 놀러 가겠어요.」

「정말 그렇답니다. 놀러 오시우.」

강교수 부인은 그리고 나서

『오셔야 별반 대접할 것도 없지만 계란은 있답니다. 호호……』

『참 닭을 치시던데…… 터가 넓어서 참 좋으시겠어요.』

그것이 행인지 불행인지는 물론 알 수 없었다. 어쨌든 생활 방식이 전연 다른 두 가정이 정능 산 밑에 있었던 것이다.

양조계에 있어서 거물급의 한 사람인 고종국씨는 금년 들어 환갑을 맞이하는 연령에 있었다. 그러나 고사장은 시내에 있는 본집은 항상 비다시피 하고 이 정능 집에만 나와 있었다. 그 별장 비슷한 이층 양옥이 바로 강교수가 만년(晚年)을 보내고자 자리를 잡은 삼간두옥의 바로 옆이었던 것이다.

그러나 일년에 한번, 이태에 한 번씩 안주인을 갈아대는 고사장의 호화판인 만년 생활과 한 주일에 두 번씩 K대학에 강의를 나가는 이외에는 태반 집에 들어박혀서 저술을 하거나 그렇지 않으면 채소 밭이나 닭장을 거들어주는 강교수의 생활과는 인연이 멀었다.

그래서 서로 얼굴을 마주치면 인사나 할 정도 밖에 안

면이 없었다. 그러던 참에 오늘 우연히 극장에서 만나게 되었고 또한 고사장의 초대를 받게 된 강교수 내외였던 것이다.

『인제부터는 강선생님을 자주 좀 뵙겠읍니다. 알고 보니 주량도 비슷하고…… 외따른 곳이라 밤에는 더구나 고적해서 ……』

『감사합니다. 내 집에도 좀 놀러 오시오.』

그러는데 황산옥이가 냉큼 나서며

『아이구, 영감도 …… 영감 같은 술장수 오야붕이 강 선생님 같은 학자님의 친구가 될 것 같아서 그러세요?』

했다. 그래서 또 웃었다.

그러나 오늘의 이 초대연이 실상인즉, 강교수 내외에 대하여 고사장 내외가 개시하는 일종의 인생 도전(人生 挑戰)을 의미하고 있었다는 사실을 깨닫기에는 강교수 내외의 인품이 극히 선량했고 생활 체험이 너무도 단조로왔다.

인류 역사에 전쟁이 없어지지 않는 것과 마찬가지로 인간은 또한 어려서나 젊어서나 늙어서나를 막론하고 각기 자기다운 투쟁 의식을 가지고 살아 가는 데 그 어떤 행복한 쾌감을 느끼는지도 모른다.

이미 육순칠순을 맞이한 이 두 노인에게도 그런 종류의 우월감은 확실히 있었던 것이다. 다만 강교수로서는 그러한 감정을 입 밖에 내지 않는 수양을 쌓았을 뿐, 사람을 저울질하는 가치 기준이 없을 리가 없었다.

더욱이 강학선 교수는 윤리학(倫理學)의 노대가로서 자타가 공인하는 사계의 권위자였다. 해방후 K대학 문리과 학장을 거쳐 육이오 전후를 통하여 사년 동안이나 총장의 자리에도 있었다. 그러던 것이 환도 이후, 강교수는 건강을 이유로 하여 모든 책임 있는 자리에서 떠나 동란 전부터 살아 오던 정능 산 밑으로 완전히 은거(隱居)하고 말았다. 지금은 청에 못 이기어 한 주일에 두 번씩 강의를 나갈 뿐이다.

주택은 비록 삼간 두옥이었으나 삼백 평 가까이 되는 넓은 대지가 강교수 내외의 유일한 낙원이었다. 동리에서 한참 떨어져 있는 산 기슭이라, 심산유곡의 절간처럼 집안은 조용했다.

그러던 것이 칠이칠 휴전 협정이 조인되기가 바쁘게 이층 양옥이 한 채 옆에 생겼다. 빨간 슬스렛트 지붕에다 크림색 타일의 아주 말쑥한 양옥이었다.

그것도 역시 삼백평 남짓한 대지를 갖고 있었다. 정원

에는 가지각색의 울창한 나무가 추력으로 운반되어 왔다. 그 울창한 수목 사이에 연못을 파고 연못에는 붉은 난간을 가진 예쁜 다리를 만들어 놓았다.

그때만 해도 이 양옥 안주인은 오늘의 황산옥이가 아니었다. 좀 더 젊은 삼십 전후의 아주 몸이 가냘픈 여인이었다. 그리고 그것이 어느 새 황산옥으로 변환 것은 약 일년 전부터의 일이었고 그들은 항상 자가용으로만 출입을 하였다.

강교수는 비록 고사장의 이름을 모르고 있었지마는 고사장은 물론 강교수가 어떤 사람이라는 것을 잘 알고 있었다. 알고 있으면서도 고사장은 오늘날까지 몸소 성명을 통할 생각을 통 않고 있었다.

그것은 일종의 이유 모를 반감에서였다. 신문이나 잡지 같은 데서 사회의 부정과 불의를 때리고 규탄할 적마다 고종국 사장은 공연히 강교수 내외의 조촐한 생활이 미워지는 것이었다. 무엇인가 모르게 항상 무언의 견제를 받는 것만 같았기 때문이다.

그러나 고사장은 고사장 대로의 인생 항로가 이미 결정되어 있었다. 일제시대, 경성 제대 법과를 나온 고종국 씨는 중학 교원, 총독부 관리, 금융조합, 상사 회사 등

여러 가지로 직업을 바꾸어 오다가 해방 후에는 애국도 하여 보고 정치도 하여 보았으나 결국에 있어서 제일로 실속 있고 보람 있는 감투는 황금의 감투였다. 그리고 그러한 인생관에 대해서는 황산옥이도 전적으로 찬성을 하고 있었던 것이다.

지금까지 고사장 내외는 그 어떤 자격지심에서 강교수 내외를 경원해 왔었다. 그러나 그럴 필요가 어디 있느냐고, 좀 더 강교수의 생활에 접근해 볼 생각을 가지고 오늘의 연석을 베풀게 된 것이다.

따라서 고사장은 산옥이의 개방주의를 탓하는 것 같은 투정을 하여 보였지마는 실은 산옥의 말에는 벌써부터 동감이어서 산옥의 입을 빌어 강교수 내외의 근엄한 생활을 한번 건드려 보고 있는 것이었다.

『인제 이 사람이 말한 것처럼 술장수 오야붕이니 만큼 술은 얼마든지 집에 있읍니다. 인제부터는 종종 자주 뵙고 좋은 말씀 듣기로 하겠읍니다.』

이야기는 봄바람처럼 대탕하지마는 그 이야기가 양파처럼 껍질이 많은 줄을 단순한 강교수 내외로서는 물론 알 길이 없었다.

이윽고 연회는 끝났다.

강교수 내외는 권하는 대로 황산옥과 함께 정능까지 편승하기로 하였고 고사장은 볼일이 있다고 남았다.

「애 경숙 어미도 그럼 같이 타고 들어가자꾸나.」

앞장 서서 내려 가던 강교수 부인이 며느리를 돌아다 보며 불렀다.

「네.」

그러는데 옥영을 보고 석운은 물었다.

「당신 집으로 곧장 들어가겠오?」

「들어가야겠어요. 오늘 정말 바빠요.」

「다방에서 어떤 학생과 만나기로 했는데 당신도 같이 가서 차나 한 잔 하구려.」

「아, 아까 그 여학생? 나하고 비슷하다는 ……」

「응, 아주 재미 있고 똑똑한 학생이야.」

석운은 거기서 학생에 대한 이야기를 간단히 하였다.

「오늘은 혼자 가서 만나 보시고 오세요. 그처럼 똑똑한 학생이람 무슨 긴한 이야길런지도 모르겠군요.」

「글쎄.」

그러다가 석운은 문득 생각난 듯이

「실은 오늘 내가 당신한테 하고 싶은 이야기가 있는데……」

「아, 아까 홍역하셨다는 이야기?」

「웅.」

석운은 멋적은 웃음을 띄었다.

「아이, 당신두 참······」

눈을 흘기는데 시어머니가

「애, 경숙어미, 빨리 나와 타려므나.」

「네.」

옥영은 뛰어 나가 차에 올랐다. 여자 셋은 뒷간에 타고 강교수는 운전수 옆에 올라 앉았다.

「작은 선생님은 안 타세요?」

황산옥의 명랑한 소리가 차 안에 들렸다.

「예쁜 여학생과 약속이 있대요.」

옥영이가 웃으면서 말을 받았다.

「어쩌면······ 그래 그걸 보고도 그냥 내버려 두세요?」

「···········」

옥영은 잠자코 웃었다. 이 여자의 윤리와 생리로서는 모든 것이 다 그런 방향으로 비치는지도 모른다고, 습성의 차이가 이내 머리에 왔다.

「작은 선생님, 정능에도 자주 좀 놀러 나오세요. 여학생만 만나러 다니시지 말고 ……호호홋 ……」

「네, 놀러 가겠읍니다.」

「지금 K신문에 쓰시는 「유혹의 강」은 참 재미 있게 읽고 있답니다.」

「그러세요?」

그러는데 계산을 치르고 나오는 고사장을 가리키며

「영감님도 대단한 애독자랍니다. 강 선생님이 쓰시는 「유혹의 강」 말이예요.」

「아, 참 좋은 소설이더군!」

고사장은 숨김없이 동감을 하며

「박목사가 바람을 피우는 과정이나 심리 파악이 대단히 훌륭해 그러다 보니 강군도 그방면에는 녹록치 않은 선수인 모양이야. 하하핫 ……」

「호호홋 ……」

그러나 웃지 않는 것은 운전수 옆에 앉은 강학선 교수 혼자 뿐이었다.

「그럼 강선생님, 볼 일이 있어서 나는 여기서 실례하겠읍니다.」

「고사장, 과용하셨읍니다.」

이윽고 차는 떠나고 고사장과 석운은 한길로 나섰다.

「참, 훌륭한 작품이요. 색즉공(色卽公)이라고, 인생 자체가 텅 비인 것이고 보면 무엇인들 안 비었겠오만 그러나 박목사의 엽색(獵色)에는 철학이 있어서 참 좋았오.」

「과분하신 말씀입니다.」

「강교수 같으신 분은 원체 목석 같은 분이니까 논지할 바가 못 되지만도…… 아, 강군!」

「네?」

「강군의 생각은 나와 통하는 데가 있어서 좋다니까 글쎄. 인제부터 우리 색시 집에 한번 가볼까? 아주 좋은 데가 있다니까」

「감사합니다만…… 네 시에 누구와 약속한 바가 있어서……」

「색신가?」

「아니올씨다. 어떤 여학생입니다.」

「여학생은 색시가 아닌가? 어쨌든 강군은 나보다 급이 하나 높으이!」

고사장이 여학생을 탐내기 시작한 것은 실로 순간부터의 일이었다.

강석운은 수도극장 앞에서 고사장과 헤어져 을지로 네거리로 천천히 걸어가고 있었다. 여학생과 만나기로 한

네 시까지는 아직 한 시간이나 여유가 있었다.

『거리는 밝다!』

그리고 그 거리처럼 석운의 마음도 점점 명랑해지고 있었다.

『나는 오늘 정숙하지 못한 아내를 가진 한 사람의 남편의 감정을 절실히 경험했다.』

현실적으로 가정을 파괴함이 없이 그 뼈저리고 가슴 아픈 감정의 풍경을 경험했다는 사실은 인간적으로나 작가적으로나 하나의 성장을 의미하고 있는 것이라고, 강석운은 해석하였다.

그러나 그것은 동시에 상대적인 위치에 놓여 있는 아내의 심정을 미루어 볼 수 있는 좋은 재료도 또한 되고 있었던 것이다.

강석운은 여태까지 자기의 방탕으로 말미암아 상처를 입은 아내의 괴로운 감정을 단지 관념적으로만 상상해 왔었다. 아니, 그것은 혼자 강석운 뿐만이 아니었다. 난봉을 피우는 세상의 뭇 남편들은 모두가 다 그러하였다. 참으로 참을 수 있을 정도의 마음 고생 쯤으로만 생각하고 있는 것이다.

사실 아내들은 태반이 다 참아 왔다. 울고 불고 하다가도 결국은 참을 수밖에 없었다.

『왜? 남편들이 참을 수 없는 것을 세상의 아내들은 어째서 그 처럼 강인한 인내성을 가지고 참아야만 했는가?』

그것을 남편들은 주부다운 미덕이라고 불렀다. 그러나 남편들은 남편다운 미덕으로써 아내의 방탕을 눈감아 주지는 않았다. 그 눈감아 주지 못할 무서운 감정의 폭발을 강석운은 오늘 실제로 체험했다. 다른 사나이에게 아내를 빼앗겨 본 남편들과 똑같은 비참한 감정 속에서 강석운은 마침내 교양의 가면과 민주정신의 탈을 벗어 버리고 한낱 왕자의 권위로써 가정의 파괴를 기도했던 것이다.

『그렇건만 세상의 아내들은 곧잘 참아 왔다!』

남편들에게는 왕자와 같은 독재 의식의 발동이라는 최후의 무기라도 있었다. 그러나 아내들에게는 그것조차 있을 수가 없었다. 남편들처럼 가정을 파괴하는데 상쾌한 감정을 맛보기에는 불행히도 약자 의식이 먼저 머리를 들었다. 비장한 참을성을 가치고 허수아비 같은 아내의 자리를 사수(死守)하든가 그렇지 않으면 비장한 열등감을 의식하면서 감정을 버려야만 했다. 사회는 쌍벌죄

(雙罰罪)의 원고인 아내들에게 동정을 보내기 전에 먼저 비웃음으로 대했다.

「아내를 위하자! 아내를 열심히 사랑하자!」

강석운은 중얼거렸다. 아내들의 입장이 약한 줄을 비로소 느끼는 강석운은 물론 아니었다. 다만 오늘에 와서야 느낀 강석운의 그 비참한 감정 체험을 살림으로써 약자로서의 아내의 입장을 이해하는 데 좋은 약이 되기를 석운은 절실히 원했다.

지금까지도 강석운은 가정 파괴의 우려가 있는 행동은 될 수 있는 한 피해 왔었지마는 오늘의 이 절실한 체험은 앞날에 있어서의 자기의 행동을 견제하는데 좋은 브레이크(制動機[제동기])가 될 것만 같았다.

아까 그 수수께끼의 여학생에게서 정신적인 매력 한오라기를 느끼고 다소 명랑한 마음으로 기다려지던 네 시의 약속이 인제 한낱 무미건조한 사무적인 일거리로 변해 버리고 말았다.

일시나마 아내를 의심한 것은 미안한 일이지마는 뜻하지도 못했던 오늘의 체험은 과거 십 팔년 동안에 걸친 애정의 타성과 때(垢[구])를 세탁해 준 것만 같았다. 따라서 아내의 존재가 차차 더 소중해지는 반면에 여학생과의 약속이 점점 더 귀찮아졌다.

화분을 깨뜨린 꽃집 앞에서 석운은 걸음을 멈추었다.

나이 환갑을 맞이하면서도 고종국 사장은 젊은 황산옥과 여생을 즐기고 있다. 그것도 일년에 한 번 이태에 한 번씩 새것으로 갈아 댄다고 했다. 아까 헤어질 때는 강석운더러 색시집에를 가자고 하였다.

고종국 사장의 그러한 삶의 태세(態勢)를 한낱 방종이라고 간단하게 규정지어 버림으로써 인간의 윤리(倫理)는 만족할런지 모른다. 그러나 윤리의 자(尺[척])로써만은 재단(裁斷)할 수 없는 그 무엇이 인간의 생명력 깊숙이 도사리고 있는 것이 아닐까?

어제도 오늘도 그리고 내일도 수많은 윤리의 파괴자들이 이 거리에는 범람했고 또한 범람할 것이다. 그리고 거기에 생명력의 신비는 깃들어 있는 것이 아닐까?

사십 고개를 넘으면서 부터 강석운의 머리에는 한 오라기 두 오라기 흰 머리털이 보이기 시작하였다. 그리고 한 오라기 흰 머리카락을 처음으로 발견한 순간, 석운은 생명력의 전율 같은 것을 전신에 느꼈다.

「청춘은 이미 갔다!」

희미한 한 줄기 서글픔 속에서 석운은 흰 머리 털을

뽑아 버렸다. 어느 틈에 어물어물 도망을 쳐 버린 청춘이었다.

그 순간까지도 자기는 청춘의 소유자인 줄로만 생각하고 있었다. 그러기 때문에 아내 이외의 딴 여성들과의 교제에 있어서 일정한 한계선을 넘지 않았다는 데는 한 사람의 남편으로서의 근신도 있었지마는 청춘의 권리를 일부러 행사(行使)하지 않는다는 긍지도 또한 있었던 것이다.

그러나 흰 머리털 한 오라기를 뽑아 버린 후부터는 그러한 긍지가 차츰차츰 희박해졌다. 권리의 불행사(不行使)가 아니고 권리 행사의 위축을 의미하는 것이다.

동시에 과거 십 팔년 동안에 걸친 성실한 가정 생활에 대한 이유 모를 반동(反動)같은 것을 강석운은 희미하게 느꼈다. 그리고 그것은 실로 예측하지 못한 복병(伏兵)과도 같은 강적이었다.

젊었을 때는 도리어 여자들의 얼굴이 쳐다보이지를 않았다. 무관심에 가까운 존재들이었다.

그러던 것이 청춘의 상실을 분명히 자각하면서 부터는 젊은 여성들에 대한 관심이 차차 늘어갔다. 손을 뻗쳐도 손길이 잘 가 닿지 않는 데 인간의 이상은 깃들어 있는 것일까? 밤 하늘의 아득한 초록 별과도 같은 그들 젊은 여성의 존재였다.

남녀 관계의 이상적 결합은 단란한 가정에 있는 것이라고 그리고 그것을 몸소 실천해 오던 강석운이가 아득한 초록 별과도 같은 젊은 여성을 가끔 생각해 본다는 것은 확실히 자기 모순인 동시에 사자심중(獅子心中)의 해충(害蟲)이 아닐 수 없다. 그리고 이 해충을 소탕하기 위하여 강석운은 비상한 노력을 하지 않으면 아니되었던 것이다.

「인생이란 생리와 윤리의 투쟁의 그래프(圖表[도표])다!」

이것이 자기 모순에 대한 강석운의 결론이었다.

그러나 다행인지 불행인지, 강석운은 작가였다. 현실적으로는 윤리의 편에 서서 생리와의 투쟁을 꾀하는 한편 작품 「유혹의 강」에서는 생리의 편에 서서 주인공 박목사로 하여금 윤리를 파괴시켜 봄으로써 인생 하나를 더 경험해 보고 있는 것이다.

그러한 투쟁의 한낱 수단으로서 강석운은 꽃집으로 들어가서 아까 자기가 깨뜨린 야쓰데를 달라고 했다. 야쓰데는 이미 새파란 도기(陶器)분에 옮겨 심어져 있었다.

화분 값을 제하고 강석운은 거스름을 받았다. 화분이 좀 더 작았으며 호수 다방까지 들고 가도 무방했으나 두자 반 길이나 되어 보이는 야쓰데였다.

「이따 오다가 가져갈 테니까 맡았다 주시오.」

「네 네, 언제든지 좋읍니다.」

꽃집을 나서서 강석운은 호수다방으로 천천히 걸어갔다.

그 야쓰데 화분을 바라보며 강석운은 오늘의 기억을 항상 새롭힐 작정이다. 불륜한 아내를 가진 남편의 심정을 연장시켜 불량한 남편을 가진 아내의 심정을 미루어 봄으로써 마음의 동요를 방지하는 약제로 삼으려는 것이었다.

5. 女人二態[여인이태]

「결국 만나 보길 잘했어!」

용기를 내어 강석운을 만나 본 것을 곤색 양복의 여학생은 잘했다고 생각하였다.

견지동 S출판사 옆에서 강석운과 헤어진 여학생은 다

소 흥분한 얼굴로 종로 네거리를 건너서 을지로 쪽을 향하여 나불나불 걸어갔다.

걸음걸이가 지극히 명랑하였다. 자색 평화(平靴)가 남자들처럼 페이브를 탄력있게 아로 새기고 있었다. 몸집 전체에서 젊음의 향기가 구름처럼 뭉게뭉게 피어 오르는 것 같은 걸음걸이었다. 쭉 쭉 다리를 뻗었다.

화장도 않고 수수꼼한 복장이었으나 손에 든 카메라는 콘텍스 신형의 고급품이다.

다동 입구로 접어 들어가다가 호수다방의 곰보 유리문을 학생은 서슴지 않고 열고 들어갔다. 레지 앞으로 성큼 성큼 걸어가서

「미안하지만 나 종이 한 장만 빌려 주세요.」

「어서 오세요.」

아는 얼굴이기에 레지는 인사를 하며 학생에게 흰 종이 한 장을 내 주었다.

학생은 주머니에서 파카 오십 일을 꺼내 들고 빈 테이블로 가서 다음과 같이 썼다.

《미스터 송

오늘 뜻하지 않은 돌발사가 생겨서 한시 약속을 이행

하지 못하게 되었어요. 따라서 오늘의 촬영 대회에는 혼자 다녀 오셔요. 모델이 이쁘니까 신이 나실 거예요. 그렇지만 그 모델에게는 집의 오빠가 매니저로 항상 따라다니니까 웬만큼 마력을 내기 전에는 함락이 잘 안 될 거예요. 어쨌든 성공을 빌어요, 미안해요.

즉일 열 한시 쟈스트.

고영림》

고영림(高英林)은 편지를 착착 접어 가지고 「송준오(宋準五)앞」이라고 겉에다 썼다. 그리고는 울긋불긋 비단 테이프로 엮어 놓은 전언판 한 구석에 끼워 놓았다.

오늘 두시부터 한강 백사장에서 아마추어 촬영 대회가 있다. 모델은 이애리(李愛梨) —— 고영림과는 고등학교 동기동창, 대학 이학년까지 다니다가 가정 사정으로 중퇴를 하고 목하 오빠가 전무로 되어 있는 한성 양조회사의 여사무원으로 있는 것이다.

고영림은 다방을 나섰다. 한길로 빠져 나오며 손을 들었다.

「아현동까지 가 주세요.」

택시 하나를 잡아 타고 고영림은 일렀다.

차는 뺑 돌아 종로로 해서 광화문을 향하여 달렸다.

달리면서 고영림은 자기의 편지를 보고 무척 불유쾌해할 송준오의 얼굴을 생각하고 있었다. 그렇지만 세상에는 불가항력도 있는 것이라고, 자기의 행동을 정당화시키고 있는 것이다.

여러 가지 의미에 있어서 작가 강석운을 한 번 방문하고 싶은 생각은 벌써부터 있었다. 그러나 그것이 오늘로 실행될 줄은 꿈에도 모르고 있었던 것이다. 만일 오늘 아침, 정능에 나가서 아버지와 싸움만 하지 않았던들 강석운 방문은 후일로 밀었을 것이요, 따라서 송준오와의 약속을 배반하지는 않았을 것이었다.

아현동 고개 중턱에서 차는 멎었다. 오십, 건평에 이백 평 대지를 가진 커다란 한옥 앞이었다. 대리석 문패에는

—— 高宗國(고종국)——

이라고 씌어 있었다.

뜰 한가운데 수목이 우거진 돌산이 있었고 그 돌산 한복판에 조그만 삼층탑이 한 기둥서 있었다. 가지각색의 화분이 돌산을 뺑 둘러 싸다시피 놓여 있었다.

으리으리한 대청 마루에서 늙은 침모는 바느질을 하고

있었고 주방 찬 마루에서 젊은 식모는 양념감을 다지고 있었다. 쇠갈비 한 채가 찬 마루 기둥에 매달려 있었다.

「엄마랑 다들 가셨어요?」

「그럼요. 벌써들 떠나셨는데…… 아가씨는 왜 안 따라가셨우?」

침모가 돋보기를 벗어 놓으며 영림을 맞이하였다.

「아이구, 할머니도…… 그런 델 뭘하러 다 따라 다녀요?」

「왜 좀 좋으셔요? 진종일 들에 나가서 실컷 자시구 실컷 노시구 할 텐데……」

곗군들과 함께 우이동으로 들놀이를 간다고, 어젯밤부터 식찬 준비를 하고 있던 어머니였다.

「난 또 정능에 들르셨다가 우이동으로 곧장 따라 가신 줄로 알았더니만……」

어머니랑 어머니의 친구들이랑 자꾸만 같이 가자고 하길래 영림은 하는 수 없이 정능에 나갔다가 우이동으로 뒤 쫓아 간다고 얼버무려 둔 이야기를 이즈음 갓 들어온 늙은 침모는 곧이 듣고 있었던 것이다.

「할머니도 참, 금덩어리가 나온데도 그런 델 덜렁덜렁 따라다닐 아가씨 같이 보이셔요? 어떻게나 꼬장꼬장하고 괴벽스런지, 할머니도 인제 좀 두고 보셔요.」

젊은 식모 덕순(德順)이는 그리고 나서 하하 웃었다.

「아니, 뭐 어째?」

영림은 익살스런 얼굴을 하고 찬 마루 앞으로 달려 가면서 콘텍스를 둘러 메어 보였다.

「아이구, 그걸로 한 대 얻어 맞았다간 대강이가 부서져 나가요.」

덕순이는 두 팔로 머리를 싸 매어 보였다. 이 덕순이와 영림은 세 살 차이 밖에 되지 않는다. 오 륙년이나 한 집에서 살고 보면 형제처럼 친했다.

「내가 언제 덕순 언니한테 괴벽스럽게 그랬어?」

식모를 언니라고 부른다고, 집안에서는 모두가 다 못마땅하게 여겨 왔으나 영림은 끝끝내 자기 고집을 세워 왔다. 그것을 덕순이는 무척 고마와 했지마는 그런 것이 다 괴벽 가운데 하나라고, 식모는 식모대로 계산을 하고 있는 것이다.

「아냐요, 아냐! 저한테는 안 그러셨지만……」

「그럼 왜 그런 소리를 하는 거야? 인젠 아예 언니라고 안 그럴 테다. 식모! 어멈!… 그렇게 부름 좋겠어?」

「제발 좀 그렇게 불러 주어요. 언니란 소리를 들을

적마다 눈총만 맞는 줄은 모르시고……」

「눈총을 맞는 사람이 나쁜가? 눈총질을 하는 사람이
나쁘지. 입 벌려요!」

「네?」

덕순은 어리둥절했다.

「빨리 입 벌리래도! 눈은 감고……」

덕순은 하라는 대로 눈을 감고 입을 벌렸다.

추잉껌 두개가 주머니에서 나왔다. 그 하나를 까서 쩍
벌린 식모의 입에다 홀랑 넣어 주었다.

「씹어 봐요. 눈을 뜨고……」

「아, 껌이네요!」

「이번엔 할머니두……」

대청으로 영림은 깡충 깡충 걸어갔다.

「아가씨두 어쩌면……」

「빨리 할머니, 입 벌리세요.」

「자아.」

홀랑 또 한 개가 들어갔다.

「아, 하하핫…… 아 하하핫……」

세 사람은 유쾌하게 웃었다.

「그렇게 재미있는 아가씬 줄은 몰랐었오.」

껌을 씹으면서 침모는

「그렇지만 아가씨, 밖에 나가서는 껌을 씹지 마시우.」

「왜요?」

「양갈본 줄 알면 어떡해요?」

「으왓, 양갈보?」

영림은 허리를 꼬며 자지러들게 웃어댔다.

「덕순 언니, 오빠 나갔어?」

돌아 앉은 사랑채를 바라보면서 영림은 물었다.

「벌써 나가셨어요.」

「삼청동 간다지 않았어?」

올케의 친정이 삼천동에 있다. 친정에서 올케는 지금 병상에 누워있는 것이다.

「그런 말씀 없었어요. 한강에서 무슨 사진 찍는 대회가 있다고 하면서 사진기를 메고 나가셨어요.」

「흥, 내 그럴 줄 알았어!」

이번 일요일에는 올케한테 가 본다고 하던 오빠였다. 그 오빠가 종시 애리를 따라 한강으로 나가고 만 것이다.

「남들은 들놀이니 뱃놀이니 하면서 모두들 따라 나서는데 아가씨는 왜 도루 들어오셔요?」

침모는 다시 돋보기를 꼈다.

「같이 갈 사람이 없어서 그래요. 할머니두……」

대청으로 올라서면서 영림은 웃는 얼굴로 대꾸를 하였다.

「아이구, 왜 같이 갈 사람이 없겠우? 학교 동무들두 있을 테구, 점잖은 신랑감도 수두룩 할 텐데……」

「후훗……」

하고 영림은 웃고나서 자기 방인 건넌방으로 들어가며

「할머니, 나 신랑감 하나 골라 주세요.」

했다.

「원 황송도 허지. 나 같은 늙은이가 뭘 안다고……」

그때, 또 덕순이가 냉큼 나서며

「할머니, 아예 중신들 생각은 마세요. 성미가 어떻게 나 괴벽스런지 글쎄…… 돈 있는 양반은 돈이 있다고 싫어하고…… 고관의 아드님은 감투 놀음만 한다고 싫어 하고…… 젊은 양반은 비린내 난다고 튕겨 버리고…… 나이 지긋한 양반이 좋다지만 그런 양반들은 모두가 다 처자가 있고 보니, 하늘의 별 따기보담 더 어렵지 뭐예요.」

「아니, 정말 그럴 테야?」

건너방 문을 홱 열어 젖뜨리며 영림은 약간 엄숙한 표정으로 눈을 흘겼다.

「아이, 무서워라!」

덕순이는 두 손으로 눈을 가리우고 고개를 슬며시 돌리다가,

「아이, 쓰려! 아이, 눈이 쓰려!」

양념을 다지던 매운 손이라, 눈알이 콕 콕 쏜다.

「아, 하하핫…… 쌤통이다. 쌤통이야! 남의 흥을 그렇게 보다가는 인제 눈알이 홀랑 썩어 빠질 테니, 두고 봐요!」

「아니, 정말 남 쓰려서 죽겠는데……」

덕순이는 떼굴떼굴 굴르다시피 하며 부엌으로 나가서 푸푸 세수를 한다.

침모는 웃으며

「젊었을 적이 그저 꽃이지, 늙으면 만사가 파이지, 파이야!」

「할머니도 젊었을 적이 있었어요?」

「낸들 왜 없었겠오만……」

영림은 양복 저고리를 벗어 걸며

「그러셔요? 난 또 할머니는 배에서 나올 때부터 머리

가 하얀 줄만 알았어요.」

「머리가 파 뿌리 될 때까지 살다 죽자던 양반이 사십 도 못 돼서 덜컥 죽어 버렸다우.」

「그래 그때서 부터 쭉 혼자 살았어요?」

「그럼 혼자 살지, 어떡하우?」

「아이, 가엾어라!」

영림은 뛰쳐 나가자 침모의 얼굴에다 자기 볼을 한 번 비벼 주었다.

「아이, 황송두 해라! 아가씨는 정말로 재미있는 분이셔요.」

침모는 또 돋보기를 벗으면서

「그런데 아가씨는 왜 화장을 안 하셨우? 입술 연지두 찍구 눈썹두 곱게 그리고, 좀 그러시지. 그냥도 이처럼 예쁜 아가씬데…… 화장을 하면 참 굉장히 예쁠 거야.」

「그러니까 괴벽하다는 거예요.」

덕순이가 또 부엌에서 나오면서 말을 가로챘다.

「그 칙칙한 곤색 양복은 좀 벗어 버리고…… 왜 그 옷장에 말쑥한 양복이 많이 걸렸던데……」

「글쎄 말이예요, 할머니! 그 옷들을 한 번이라도 입어 본 줄 아세요? 지어만 놓고는 바라만 보는 아가씨래도!」

「후훗……」

하고 영림은 웃고 나서

「인제 입을 때가 오면 입는 거야!」

했다.

세칸 넓이의 건넌방이었다. 책상과 양복 장이 나란히 놓여 있었다. 파란 비니루 상보가 덮인 책상 위에 분홍갓을 쓴 스탠드, 그리고 이층으로 된 책꽂이에는 대학 영문과 교재와 강석운의 소설 책도 몇 권 꽂혀 있었다.

영림은 동편 쪽 미닫이를 열고 양실로 꾸며 놓은 마루방으로 나갔다. 남쪽과 동쪽이 다 유리 문이어서 무척 밝은 방이었다. 유리 문 밖으로 정원이 내려다 보이고 처마 끝에 매여 달린 조롱 속에는 목과 배가 샛노란 밀화부리 한 쌍이 졸고 있었다.

「아가씨, 점심 자셔야지?」

벌써 한 시가 되었다. 덕순이가 상을 봐 가지고 들어왔다.

「아니, 나 먹고 싶지 않아. 나 인제 또 나가야겠어.」

「어딜 또 나가세요?」

「중신을 들러 나가는 거야.」

『중신을요? 어머나!』

덕순이는 일부러 더 놀라 보인다.

『왜 나는 중신 들면 안 돼?』

『아가씨, 제 일이나 좀 **빨랑빨랑** 해결하세요. 남의 일은 참견 마시고……』

『그런 게 아니야. 덕불고(德不孤)라고, 덕을 베풀어 놔야만 후일 나도 덕을 보는 거야.』

『그런데 어느 분의 중신을 드시는 거예요?』

『안 돼. 그건 안 가르쳐 줘.』

『앗, 알았어요. 제가 제 중신을 드시는 거 아냐요?』

『어쩌면 덕순 언니는……』

그 순간, 이상하게도 영림은 약간 얼굴을 붉혔다. 그것은 실로 영림 자신도 거기까지는 의식하지 못했던 한 줄기 부끄럼이었다.

한 사람의 성실한 독자로서 작가 강석운에 대한 호기심은 벌써부터 있었다. 그리고 그것은 주로 인생관의 일치에서 오는 호기심이었을 뿐이었다. 그것을 지금 덕순이는 여성 대 남성의 관계로서의 극히 세속적인 해석을 하여 버린 것이다.

『아가씨, 제 말이 맞았어?』

「아냐. 정말 아냐! 어디까지나 나는 제 삼자로서 중신의 역할만 하고 있는 거야.」

영림은 열심히 변명을 했다.

「암만해도 좀 이상하세요. 어쨌든 양복이나 새 것으로 갈아 입고 나가세요. 그리고 화장도 좀 하시고……」

「그럴까?」

영림은 옷장을 열었다. 가지각색의 블라우스와 스커트, 그리고 산뜻한 그린 색과 선명한 회색 스으츠가 장안에 걸려 있었다.

「그 파아란 양복, 좀 근사해요?」

「싫어, 그만 둘 테야.」

영림은 탁 장문을 닫았다.

「아이고, 성미도 참…… 그럼 화장이나 좀 하세요.」

「화장?」

영림은 벽에 걸린 둥그런 거울을 불현 듯 들여다 보다가

「있을 건 다 있구먼. 눈도 있고 코도 있고 입도 있고…… 그랬음 됐어!」

그리고는 휙 돌아서 벗어 놓았던 칙칙한 저고리를 다시 입었다. 그리고는 다 낡아 빠진 껌정 핸드백을 들고

방을 나섰다.

『아가씨도 참, 종시 그냥 나가시는군.』

침모가 영림을 바라보며 중얼거렸다.

『그러기에 말이예요. 핸드백도 흰 나이롱으로 만든 아주 근사한 것이 있답니다.』

덕순이가 상을 들고 일어서면서 하는 말이다.

『후훗!』

하고 영림은 웃으며

『나 삼청동 좀 다녀 올 테야.』

『정말 아가씨처럼 올케 생각하는 사람도 없을 거야.』

영림의 등 뒤에서 덕순은 감심을 하는 것이다.

택시로 십 오분, 올케 한혜련(韓惠蓮)의 친정은 삼청동 막바지에 있었다.

열 다섯간의 한옥이 삼청동 공원 옆에 조촐하게 들어앉아 있었다. 아버지는 없고 어머니 혼자 뿐이다. 해방 이후 아버지는 쭈욱 신병으로 누워 있다가 삼년만에 돌아가셨다.

일제시대에는 어떤 사립중학의 교원이었다.

영림이가 들어섰을 때, 쉰 넘은 어머니가 울타리 밑

꽃밭 옆에서 딸의 탕약을 달이고 있었다. 일찌감치 파종을 한 꽃밭에는 봉선화를 비롯하여 채송화, 백일홍, 금송화, 분꽃 등의 재래종이 새파랗게 자라나고 있었다. 그중에서도 봉선화가 제일 많았다. 봉선화는 올케 혜련이가 가장 좋아하는 꽃이었다.

「얘, 혜련아, 아현동 아가씨가 오셨구나.」

부채질을 하던 손을 멈추며 늙은이가 일어섰다.

「어머니, 안녕하세요? 언니 좀 어떤가요?」

「그저 그 모양이지.」

영림은 성큼 성큼 대청으로 해서 안방으로 들어서며

「괜찮아, 괜찮아! 어서 누워 있어요.」

아랫목 이부자리 속에서 일어나려는 올케를 영림은 도로 뉘었다.

「그냥 각혈해요?」

「오늘은 아직……」

「얼굴이 무척 창백해요.」

「피가 줄어드니까 그렇겠지.」

지분 한 점 없는 파리한 병인의 얼굴이었으나 어딘가 서양 사람처럼 투명하고 야리야리한 피부를 가진 대단한 미인형의 여인이었다. 전형적인 포류형(蒲柳型)이다.

금년 들어 서른 둘, 혜련의 미모를 탐내어 물불을 가리지 않고 덤벼든 영림의 오빠였다. 그러나 아버지의 피를 다분히 물려 받은 오빠로서는 한 사람의 미모를 붙들고 일생을 조용히 살다 죽을 위인은 아니었다.

아무리 예쁜 꽃도 서 번만 보면 흥취가 없다. 신비로움이 깃들어 있지 않은 곳에 아름다움의 생명은 짧다. 영림의 오빠는 이미 혜련의 육체에서 신비로움을 모조리 박탈해 버린 사나이였다.

「어머니 안녕하세요?」

「응, 곗군들과 오늘은 들놀이를 갔어.」

「아가씬 왜 놀러 안 가세요?」

「언니가 앓아 누웠는데 나만 놀러 감 좋겠어?」

「흐흥……」

혜련은 쓸쓸한 미소를 지으며 영림의 손길을 가만히 잡았다.

「케익을 사 왔어요.」

사 갖고 온 과자 상자를 영림은 끌렀다.

「올 적마다 사 갖고 옴 어떡하세요?」

「내버려 둠 오빠와 아버지가 다 써 버릴 돈인데, 뭘 그래요?」

「아가씨도……」

「언니, 이것 좋지. 슈우크림…」

「아가씨, 고마워요.」

「아이고, 언니는 인샷성이 너무 밝아서 싫어.」

그러면서 영림은 약병들과 함께 머리맡에 놓인 접시에다 과자 몇 낱을 담아 들고 약을 달이는 어머니한테로 나갔다.

「이거라도 좀 잡수시면서 약은 천천히 다려도 무방하세요. 언니의 병은 한 달 이내에는 꼭 낫기로 마련이 돼 있으니까요.」

「아이유, 황송도 해라! 한 달은 고사하고라도 일 년 앞으로만 나아 주어도……」

「아냐요. 인제 정말 두고 보심 아실 거예요. 이 세상에서 제일 가는 명의(名醫)를 초청해 오기로 했어요. 지금 그 의사 선생님을 만나 뵙고 오는 길이예요.」

무슨 영문인지를 어머니는 모르고 그저 히쭉히쭉 웃고만 있었다.

그러나 방 안에 누워 있는 혜련은 그 순간, 영림의 이야기에서 일종 형언할 수 없는 전율을 전신에 느끼며 부르르 몸서리를 쳤다.

「아, 아가씨가 종시……」

종잇장처럼 해말쑥하던 혜련의 얼굴이 처녀인 양 빨갛게 물들기 시작하였다.

스물 한살 먹은 해 봄에 약혼을 하고 그 해 가을로 영림의 오빠 고영해(高英海)는 부랴부랴 혜련과 결혼식을 올렸다. 그때 혜련은 K대학 가사과 졸업반이었으나 결혼을 하고는 그대로 가정에 들어앉고 말았다.

학생 시절부터 몸이 무척 약해서 결혼 생활이 어떨까고, 집안에서도 걱정을 하고 의사도 염려를 했으나 막상 결혼을 하고 보니, 처음 이 삼년 동안은 별반 몸에 지장이 없었다.

세살잡이 사내 아이가 있었으나 육이오 통해 건사를 잘못해서 이질로 죽었다. 어린애를 잃어버린 심뇌도 물론 있었다. 그러나 결혼한지 반 년도 되기 전에 남편이 딴 여자에게 손을 댄 사실이 좀 더 극심한 타격을 혜련이에게 주었다. 그 때부터의 혜련의 심뇌였다. 그렇다고 남편이 아내를 소홀히 취급하는 것도 아니기에 혜련은 그저 태양을 못 보는 그늘의 꽃처럼 집안을 지켜왔다.

눈에 띄게 혜련의 건강이 쇠약해진 것은 육이오와 일사 후퇴로 말미암은 고된 몸 움직임과 섭생을 돌보지 않은 악식에 그 원인이 있었다. 그 동안 약재도 많이 썼고 마산 요양원에도 몇 달 가 있었다. 그러나 혜련의 병세는 일진 일퇴 격으로 가뜬하게 나아 주지를 않았다.

소위 긴 병이라고 해서 시가에서도 인제는 겨워했다. 남편은 또 남편대로 회사일이 바쁘다고, 밤낮 집을 비우고 나다녔다. 늘 자리에 누워만 있는 아내에게 남편은 곧잘 역정도 냈다. 혜련은 그저 모든 것을 단념하고 죽는 날을 고요히 기다림으로써 온갖 저항을 고스란히 포기하고 있었다.

그 중에서도 시누이 영림만이 혜련의 눈물을 거두어 주는 단 하나의 소중한 인물이었지마는 영림은 또 영림이대로 학교에 나가 버리면 혜련은 정말 고적해서 견딜 수가 없었다. 그래서 혜련은 석달 전부터 친정 어머니의 신세를 지고 있는 몸이 되고 만 것이다.

「언니, 나 오늘 선생님 만나 뵈었어요.」

혜련의 자리 앞으로 바싹 다가앉으며 영림은 다소 흥분한 어조로

「인제 네시에 다방에서 또 만나기로 했어요.」

「어마, 아가씨도……」

커다랗게 뜬 혜련의 두 눈이 무슨 기적이나 바라보는

것처럼 영림의 얼굴을 빠안히 쳐다보았다. 두 볼을 물들인 한 오라기 홍조가 좀처럼 가시지를 않는다.

강석운을 만나 보고 왔다는 이 한 가지 사실이 병상에 누워 있는 이 여인에게는 비길 데 없이 커다란 충격을 준 듯 싶었다.

「아가씨, 정말이유?」

「내 언제 거짓말 했어요?」

「어쩌면 아가씨도……」

「언니 문제를 갖고 아침에 정능엘 갔었어요. 그랬더니 아버지는 내 말은 귓등으로도 안 듣고 둘이서 영화 구경갈 타령만 하고 있지 않겠어요. 화가 나서 한 바탕 해대고 왔어요.」

「글쎄 인제 그 문제는 내버려 두라니까요.」

「언니는 마음이 너무 약해서 싫어. 저 때문에 사는 세상이지, 남 때문에 사는 세상인가?」

「저 때문에 사는 세상도 인제 얼마 남지 않았는 걸…… 무얼 구태여 그럴필요 없어요.」

「아이구, 요 못난 페시미스트(悲觀論者[비관논자])야!」

홍조를 띤 혜련의 볼 하나를 가만히 꼬집어 주며

「끝까지 싸우다 쓰러지는 것이 현대인의 특징인 걸 모르슈?」

「흐흥……」

하고 혜련은 쓸쓸히 웃으며

「나는 암만 해도 현대인이 아닌가봐요.」

했다.

고영림은 올해 영문과 졸업반이지마는 올케인 한혜련의 결혼 생활을 비난하기 시작한 것은 고등학교 시절부터였다.

처음에는 오빠를 비난하였다. 그러나 동생의 비난쯤으로 행실이 바로잡아질 오빠는 아니었다. 거기 대한 좋은 선철(先轍)을 영림은 지긋지긋하게 아버지에게서 보아 오고 있기 때문이다. 영림은 오빠를 단념하고 올케를 나무라기 시작하였다.

「어머니는 시대가 달라서 하는 수 없다고 쳐도 무방하지만 언니는 도대체 무엇 때문에 오빠의 시중을 들어주고 있는 거예요?」

「그럼 어떡하라는 말이세요?」

「언니는 무엇 하러 학교에 다녔우? 일생 동안 우리 오빠의 종 노릇이나 하려고 다녔우?」

『아가씨도 참……』

『뭐가 아가씨도 참이에요? 애정의 독점없는 결혼은 결혼이 아니라고, 이건 강석운 선생의 지론인데, 강선생의 열렬한 애독자인 언니가 그걸 모를리는 없을거 아냐요?』

『글쎄 누가 모른데요?』

『알기만 함 뭘 해요. 실행을 해야지.』

『실행이 그처럼 쉬운 일인 줄 아세요?』

『뭐가 어려워요?』

『참 해방 후에 학생들은 생각이 단순해서 좋겠어요. 실천력이 강하고……』

이런 종류의 대화가 교환된 것이 지금으로부터 사오년 전의 일이었다.

엄격히 따져 보면 한혜련이가 일제시대의 사년제 여학교를 마친 것이 열 여덟살 되는 봄이었다. 때는 태평양전쟁이 한창 벌어지고 있는 시기라, 물자 부족으로 일반의 생활은 더욱 궁핍해 갔고 징병이니 지원병이니 보국대니 근로봉사니 젊은이들은 자연 결혼의 시기를 놓치게 되었다.

그 때만 해도 아버지는 중학교에 봉직하고 있는 몸이

었기 때문에 몸도 허약한 딸의 결혼을 단념하고 M전문 학교에 넣어 두었다. 혜련이가 사학년 때, 해방이 되었으니까 스물 한 살 먹은 여름의 일이었다.

그러니까 고영림이가 순전히 전후파(戰後派)에 속하는 사고 방법으로 자기의 일생을 대담하게 처리해 나가는데 반하여 한혜련은 완전히 전전파(戰前派)적인 세태(世態) 속에서 그의 청춘의 생태(生態)가 영위되어 온 계산이 되는 것이다.

그리고 여기에 고영림과 한혜련의 사상과 행동에 대한 현저한 차이가 있다고 보는 것도 하나의 객관적이 견해 일런지 모르지만 성격의 차이도 또한 등한히 할 수는 없었다.

「언니는 결국에 있어서 결혼을 잘 못한 사람이예요. 우리 오빠에 대한 애정의 자세의 중량을 엄밀히 재 보지도 않고 그저 오빠가 잡아당기는 데로 끌려 들어갔을 뿐이니까요.」

「그건 나도 잘 알고 있어요. 그렇지만 그 때는 오빠보담 더 난 사람이 내 앞에 나타나지 않았으니까 하는 수 없었어요. 오빠가 그처럼 방탕한 사람인 줄을 누가 알았어요?」

『언니는 내 말을 못 알아 듣는군요. 오빠가 났다든가 오빠보담 난 사람이 없었든가 하는 비교의 문제가 아니라니까요. 문제는 오빠에 대한 언니의 애정의 자세라니까요. 영롱(玲瓏)하지 못한 애정을 가지고 결혼하는 건 위험하다는 말이에요.』

『영롱한 애정! 영롱한 애정!』

영림은 남들이 쓰지 않는 말을 곧잘 창작해서 섰다. 그런 말을 들을 때마다 혜련은 일종의 존경의 염을 가지고 영림의 어딘가 모르게 천재적인 센스를 높이 평가하고 있었다.

『참 좋은 말이에요. 확실히 오빠에 대한 나의 애정은 영롱하지를 못했어요.』

『그것이 도대체 잘못이었어요. 영롱할 수 있는 애정의 대상이 나타날 때까지 기다려야 하는 거예요.』

『영원히 나타나지 않으면……』

『영원히 혼자 살아야죠. 고독하지만……』

이런 대화를 바꾼 것은 영림이가 대학 이학년 때의 일이었다.

6. 칸나의 意慾[의욕]

고영림과 한혜련의 이년 전의 대화는 좀 더 계속이 되었다.

그렇지만 명민한 눈을 가지고 가만히 주위를 돌아보면서 기다리노라면

「언젠가 한 번은 영롱할 수 있는 애정의 대상이 나타날 것이라고 나는 믿어요.」

「그렇지만 아가씨, 그런 대상이 절대로 나타나지 않는다는 사실을 알고 있을 경우에는 어떻게 할 꺼예요?」

「신이 아닌 이상, 그걸 어떻게 안담?」

「나는 이미 그걸 알고 있었어요. 그걸 알고 있었기 때문에 영롱하지 못한 애정을 가지고 오빠와 결혼을 한 것이예요. 그러니까 오빠만 방탕하지 않았던들 나는 나대로의 평범한 행복 속에서 살았을런지 몰라요.」

「가만 있어요!」

영림은 그 순간, 그 무엇을 언뜻 생각하며

「언니, 결혼 전에 실연했우?」

「아니요.」

「그럼?」

「말하자면 일종의 불가항력이었어.」

「무슨 말인데?」

「아가씬 그런 거 알 필요가 없어요.」

「비밀주의! 언니는 나빠!」

「개방주의에도 미는 있지만 비밀주의에도 아름다움은 있는 거라우.」

「그런 아름다움은 인제 낡아 빠졌어요. 있는 건 있고 없는 건 없고…… 흉금을 탁 터 놓는데 현대적 미는 깃들어 있는 거예요.」

「눈부신 햇빛 속에서 새빨갛게 피어난 칸나꽃의 불타는 의욕도 이쁘지만, 그늘진 응달에서 아쉽게 시들어 버리는 봉선화의 애수도 이쁘지 않아요?」

「아이구, 또 봉선화 예찬이야?」

「아가씨가 칸나 예찬자니까……」

「맙소사. 사센티멘틀! 곰팡이 냄새! 춘향전이나 심청전이야?」

「새로운 것만이 가치가 있다면 학교에서 고전(古典)은 뭣하러 배우시우?」

「좋아요. 비밀주의! 남의 속은 다 털어 놓게 하구선 자기 속은 꽁꽁 묶어만 두구……」

『묶어 두는 게 아니예요. 묶어 둘만한 이야기 거리조차 못 되는 건데요.』

『아이, 안타까워! 정말로 언니는 그늘진 응달에서 아쉽게 시들어 버리는 봉숭아가 되고 싶은가봐.』

『좀 이뻐요? 애수가 있구…… 꿈이 있구…… 신비가 있구……』

『아이구, 그 폐병환자 같은 넋두리는 좀 집어 치워요.』

『폐병 환자가 폐병 환자 같잖으면 어울리지가 않아서 걱정일 거예요.』

『철저한 페시미즘(悲觀論[비관론])이다!』

그것이 이년 전 이야기였다.

그러던 것이 지금으로부터 석달 전, 혜련이가 친정으로 옮아 온지 한 주일만에 영림은 비로소 혜련의 비밀을 알고 무척 놀랐다.

영림은 퍽 오래 전부터 강석운의 소설을 탐독하고 있었다. 그리고 그 작품 속에서 작가가 보는 인생의 눈과 영림이가 보는 그것이 태반은 일치해 왔었다 그러한 일치점을 발견할 적마다 영림이가 받는 감정은 말할 수 없이 컸다.

그것은 주로 사고 방법의 투명성과 감정의 소박성에 있었다. 그리고 그것은 고영림의 생리와 윤리의 한계가 작가 강석운의 그것과 일치하는 데서부터 기인하는 감정 이입(感情移入)의 극치를 의미하고 있었다. 예술을 향수(享受)하는데 있어서 작가와 독자의 기질적 조건이 이렇듯 일치한다는 것은 독자나 작가에게 있어서 가장 행복한 이상적인 상태라고 아니볼 수 없는 것이다.

영림은 차츰 차츰 작품과는 떠나서 작가 강석운 그 사람을 환영에 그려보기 시작하였다.

영림이가 하나의 인격체(人格體)로서의 강석운을 마음 속에 그려보기 시작한 것은 벌써 오래 전, 고등학교 시절부터의 일이었다.

『속속들이 이야기 해보고 싶은 사람!』

온갖 세속적인 탈을 대담하게 벗어 버리고 이야기해 보고 싶은 사람, 흉금을 탁 터 놓고 있는 것은 있고 없는 것은 없다는 이야기를 끝장까지 해 보고 싶은 사람, 그 이야기로 말미암아 설령 자기의 일신을 망치는 한이 있다손 치더라도 뉘우침이 없을 사람, 무한이 높은 창궁(蒼穹)처럼, 무수히 많은 별의 종족들처럼 일생 동안을 이야기해도 이야기의 끝마무리가 없을 것같은 사람 —— 그것이 강석운만 같았다.

『강석운이란 어떤 사람일까요?』

투명한 논리와 소박한 감정이 불똥을 튕기면서 부딪칠 때, 그 일순간이야 말로 인간 최고의 보람이요, 진리요, 가치요, 행복일 것만 같았다.

그러나 그것은 어디까지나 인격과 인격의 대화였고 육체와 육체의 대화는 아니었다. 그러기 때문에 영림이가 나이 차서 이성을 생각할 때는 언제나 강석운 그 사람을 생각하는 대신에 강석운을 표본으로 한 딴 남성을 환영에 그리고 있었다.

영림의 나이 올해 스물 넷, 그 동안 보이 프랜드도 여럿 사귀어 보았고 나이가 지긋한 사회인과도 교제를 맺어 보았다. 그러나 영림은 종시 강석운의 소박한 감정과 순수한 논리를 발견하지 못하고 그들의 세계로 부터 도피해 나왔다.

지난 겨울, 영림은 정중한 편지와 함께 거의 이백장이나 되는 감상문을 강석운에게 보냈다. 그것은 영림 자신의 거짓없는 생활 체험의 기록이었다.

제목은 「칸나의 의욕(意慾)」── 「칸나의 의욕」은 과거 고영림이가 사귀어 본 남성들의 기록을 중심으로 하여 영림 자신의 솔직 대담한 생태 묘사(生態描寫)로써 일관되어 있었다. 그 적나라한 묘사 가운데는 섹슈얼 미스테리(性的神祕[성적신비])에 대한 과학적인 규명과 아울러 철학적인 당위성(當爲性)에 까지 언급되어 있었다.

《누가 먼저 나를 칸나(canna)라고 불러 주었는지, 기억은 아득하다. 중학시절부터 나는 칸나를 무턱대고 좋아 했다. 그래서 불리워진 별명이긴 했으나 그 때까지도 나는 칸나가 어떤 꽃인지를 모르고 좋아했다. 어떤 서구(西歐) 작가의 작품에서 나는 이 꽃 이름을 알았다. 정열에 불타는 빨간 꽃이라고도 했고 다년생(多年生)이어서 생명력도 강인하다고 했다. 그러나 그보다 칸나라는 엑소틱(異國風[이국풍])한 어감이 좀 더 구미에 당겼었는지도 몰랐다.

나는 부랴부랴 도서관으로 달려가서 식물 도감(植物圖鑑)을 찾아 보았다. 칸나는 담화과(曇華科)에 속하는 다년생 꽃으로서 난초(蘭蕉) 혹은 미인초(美人蕉)라고도 불렀다. 미인이 못 되는 나이기에 「미인초」 라는 이름에다 꿈만을 얹어 보았다. 키는 삼사척에서 오륙척, 잎사귀는 파초와 비슷했고 여름부터 가을에 걸쳐 노랑색 혹은 빨간 꽃을 피운다고 했다. 마레에와 인도지나가 원산이나 아메리카와 화란에서 많이 난다고 했다.

　이러한 지식을 가지고, 나는 꽃 집으로 가서 칸나를 사자고 했다. 주인은 홍초(紅蕉)한 분을 내놓으면서 그것이 칸나라고 했다. 나는 놀랐다. 홍초는 우리 집 뜰에도 있었기 때문이다.

　그리 푸대접도 하지 않았지만 별로 소중히도 여기지 않던 홍초가 그 순간부터 나에게는 화중(花中)의 여왕이 되어 버렸다……》

　　이상은 「칸나의 의욕」 의 맨 첫 대목이었다.

　《칸나의 주위에는 남자 동무가 많았다. 젊은이들도 있었고 사회인도 있었다. 그들은 모두가 다 칸나를 우대해 주었다. 칸나의 분부가 떨어지기가 바쁘게 그들은 시종들처럼 칸나에게 영합(迎合)하였다.

　그렇건만 칸나는 슬펐다. 불행히도 칸나에게는 요기(妖氣)가 부족했는지 모른다. 보이프랜드들의 젊음은 좋았으나 그것은 태반이 다 풋 병아리의 비린내를 지닌 치졸(稚拙)의 영역에서 멋 없이 우쭐댔고 지긋한 사회인들의 분별(分別)은 좋았으나 그것은 언제나 세속의 누룩(麴子[국자])으로 말미암아 발효(醱酵)해 버린 술찌꺼기처럼 텁텁했다. 독도 되지 않고 약도 되지 않는 이미 알맹이를 상실한 분별이었다. 영롱한 애정을 발견하지 못하고 칸나는 그들의 세계에서 뛰쳐 나왔다……》

「칸나의 의욕」의 한 구절이었다. 또 다음과 같은 대목도 있었다.

《우주는 신의 게당케(思想[사상])라고 독일의 시인 〈셸러〉는 말했다. 이 말에는 칸나도 수긍을 한다. 그리고 그 사상의 실천으로서 생물(生物)에 웅자(雄雌)의 구별을 두어 섹스(性[성])의 매력을 부여하였다. 이 섹스의 매력이야말로 인류의 행복한 번영과 아울러 온갖 문명의 원동력을 마련하고 있었다는 사실은 실로 위대한 신의 창조가 아닐 수 없다.

그러나 칸나는 슬펐다. 그것은 동시에 또 하나 인류의 불행을 마련하고 있었기 때문이다. 온갖 연애의 비극은 신의 무시려(無思慮)하게 부여한 성의 인력에 있었다. 한 사나이에게 두 여자, 한 여자에게 두 사나이의 비극……

그것을 방지하기 위하여, 그대 간음하지 마라는 치졸한 미봉책을 십계명(十戒命) 속에 집어 넣지 않으면 아니 된 신의 무분별을 칸나는 슬퍼했다.

칸나는 어떤 청년에게 열렬한 구애를 받았다. 칸나도 그 청년에게 애정을 느끼고 있었다. 청년은 칸나의 영혼 보다도 더 열심히 칸나의 육체를 요구했다.

그러나 칸나는 정신적으로 청년을 존경할 수가 없었다. 여성(특히 칸나)에게 있어서 존경은 애정의 발아(發芽)를 의미하는 동시에 애정의 극치이기도 하다. 존경의 염이 없는 애정은 다만 육체의 발화(發火)일 뿐이다. 시간이라는 물만 끼얹으면 불은 꺼진다고, 칸나는 앞질러 생각했다.

그러나 조물주가 부여한 섹스에의 신비로운 매력은 칸나도 느끼고 있었다.

그래서 청년의 요구에 응할까도 생각했다. 그러나 영혼과 육체가 분리된 애정 행위는 십계명의 간음을 의미하는 것이라고 칸나는 생각했다. 칸나는 청년의 요구를 거절했다. 청년은 자살을 하려고 독약을 먹었다.

그러나 다행인지 불행인지 가족에게 발견되어 청년은 목숨을 건졌다.

칸나는 가끔 생각한다. 청년이 가엾어서 이왕 조물주가 주신 양성의 일력이고 보면 청년의 요구를 들어 주어도 무방한 것 같은 생각을 가끔 해 보다가도 칸나는 결국 머리를 흔들었다.

칸나는 하나지만은 그 한 사람의 칸나 가운데 육체적인 칸나와 정신적인 칸나의 두 사람이 들어 앉아 있는 사실을 생각했다. 정신적인 칸나가 그 어떤 이상적 남성을 동경하면서 육체적인 칸나가 청년과 결합한다는 것은 확실히 일종의 간음을 의미하고 있는 것이다. 육체와 정신의 분열…… 칸나의 비애는 그 곳에 있었다……》

「칸나의 의욕」에 대한 강석운의 독후감이 며칠 후에 왔다. 그것을 요약하면 다음과 같았다.

강석운의 독후감은 무척 간략하고 침착한 글이었으나 적지 않은 흥분이 일면에 배이 있었다.

《칸나가 지닌 정신 연령(精神年齡)의 높이를 가상(嘉尙)합니다. 또한 칸나의 투명한 순수한 감정은 칸나로 하여금 오늘의 성실을 지니게 한 동시에 그것은 이미 칸나에게 있어서 하나의 모랄(도덕률(道德律[도덕률])을 형성하고 있는 것입니다.

칸나는 모랄의 탐구라고 생각하고 싶을 것입니다. 그러나 모랄은 이미 형성되어 있는 것입니다. 정신적인 칸나를 통솔하는데 성공했읍니다.

단지 여기서 한 가지 문제가 되는 것은 영혼과 육체의 분열에 대한 칸나의 비애입니다. 모랄 형성에 이르기까지의 맛본 칸나의 심각한 번민입니다. 그것을 칸나는 신의 탓으로 돌렸읍니다. 그러나 결국은 신의 섭리(攝理)에 맞도록 칸나 자신을 이끌어 가는데 칸나는 성공했습니다.

그러나 자기 분열의 비애를 칸나가 남달리 절실히 맛본 데는 다음과 같은 이유가 있다고 나는 봅니다. 그것을 신의 탓으로 돌리기 전에 칸나의 육체 연령보다도 칸나의 정신 연령이 훨씬 높았다는 데 원인은 있을 것입니다. 칸나의 연세가 어떻게 되는지는 모르지마는 칸나의 육체 연령을 부쩍 끌어 올리거나 그렇지 않으면 반대로 칸나의 정신 연령을 끌어 내리든가 하기 전에는 그러한 비애를 모면하기는 어려울 것이라고 나는 생각했읍니다. 따라서 그것은 칸나에게 있어서 영원한 비극이 될 수밖에 없을 것입니다.

실물도 보기 전에 칸나 꽃이 좋아진 칸나…… 인간 고영림의 아름다운 꿈은 그 곳에 깃들어 있었읍니다. 칸나 꽃에 대한 지식을 완전히 마스트한 후에야 비로소 실물을 사러간 칸나…… 인간 고영림의 현실은 그 곳에 뿌리를 박고 있습니다.

칸나, 칸나! 참으로 어여쁜 이름입니다. 칸나의 아름다운 의욕이 영원히 살찌고 여위지 않기를 진심으로 빌어 마지 않습니다.

추신(追伸) —— 혹시 이 글을 발표하고 싶다면 알선의 노력을 아끼지 않으려 합니다.》

그러나 영림은, 선생님의 고평을 얻은 것만이 뼈저리게 황송할 뿐, 발표의 욕망은 추호도 없노라고 하고 후일 몸소 원고를 찾으러 가겠노라고, 감사의 뜻을 표하는 간단한 회장을 띄웠다.

그것이 벌써 지나간 겨울 철의 일이었다. 그리고는 오늘까지 강석운을 찾아보지 못했던 영림이었다.

어느 날 영림은 강석운의, 독후감을 올케인 혜련이에게 보이었다. 그것은 영림과 혜련이가 강석운의 작품을 중심으로 하여 작중 인물의 운명, 성격, 인생관 등에 관하여 밤을 새워 가면서 토론을 하고 있었기 때문이었다.

그런데 강석운의 답장을 보는 순간, 혜련은 깜짝 놀라며 글자 그대로 얼굴의 핏기가 해말쑥하니 가시기 시작하였다. 영림은 혜련의 놀라움이 하도 크기에 그 이유를 물어 보았으나,

『아이, 아가씨는 정말로 행동성이 발랄해서 좋아요!』

했다.

그것은 일견, 아가씨가 무슨 편지를 했기에 이처럼 감동에 찬 회답을 강선생에게서 받았느냐는 놀람같기도 하였다. 그러나 아무리 생각해도 그 이외에 무슨 놀람의 원인이 있는 것 같아서 이리 저리 찔러 보았으나 혜련은 좀처럼 입을 열지 않았다.

이럭저럭 해는 바뀌어 신정이 왔다. 영림이가 올케의 비밀을 안 것은 정월 보름을 지나 혜련이가 친정으로 옮아간지 한 주일만의 일이었다.

해방 후 약이 좋아서 혜련의 병세가 급속도로 악화하지 않은 것만은 불행중에도 다행한 일이었다.

그러나 절대적인 안정이 필요하고 온갖 심뇌를 잊어버려야만 하는 혜련의 몸인 만큼 시집살이는 역시 병인

의 심신을 적지 않게 피로하게 하였다. 더구나 남편의 알뜰한 애정까지 잊어 버린 몸이고 보면 차라리 친정 어머니의 다사로운 간호 밑에서 사는 날까지 살다 죽기를 혜련도 원했고 영림도 권했다. 그래서 친정으로 옮아 간 혜련이었다. 그리고 혜련 모녀의 생활비와 치료비는 시집에서 부담해 준다고 했다.

사흘이 멀답시고 영림은 올케의 문병을 갔다. 그리고 그것은 정월 하순, 어떤 눈 내리는 날 오후의 일이었다.

영림이는 들어가다 닷새에 한 번씩 왕진을 오는 주치의(主治醫) 김박사가 가방을 들고 안방에서 나오는 것과 마주쳤다.

「아, 김선생님 오셨어요?」

아현동에 있을 적부터 왕진을 오는 김박사를 영림은 잘 알고 있는 것이다.

아버지나 오빠와도 잘 아는 오십객이었다.

「언니 좀 어때요?」

「주위에 신경을 덜 써서 그런지는 몰라도 아현동 시절보다는 경과가 좋아요. 열은 삼십팔도를 오르내리는데, 절대 안정이 필요하오.」

「선생님, 정말 좀 고쳐 주세요. 저는 선생님만 믿고

있어요.」

대문 밖까지 따라 나가면서 영림은 애원하듯 말했다.

「그런데 날 좀 보오.」

김박사는 대문 밖에 세워 놓은 택시 앞으로 걸어 가며 눈짓으로 영림을 오라고 했다.

「눈이 오는데 우리 차 안에서 이야길 좀 하지」

「네.」

영림은 김박사를 따라 차에 올랐다.

「절대 안정이 필요하다고 한 것은 육체 뿐이 아니요. 정신적인 안정도 동시에 필요하다는 건데……」

「그건 저도 잘 알고 있어요. 그래서 언니의 기분을 명랑하게 해 주느라고 애를 쓰고 있어요.」

「좋은 말이요. 그런데 내가 보기에는 암만해도 무슨 지나친 심뇌가 있는 것만 같은데… 오빠가 그렇고 보면 심뇐들 없겠오마는……」

「그러나 오빠에게 관해서는 벌써부터 단념하고 있으니까, 별반 마음의 짐은 되지 않을 거예요.」

「그럼 그 밖에 무슨 마음 고생 같은 것은 없오.」

「그런 건 저도 알 수 없어요. 원체가 명랑한 편이 못돼서 옆에서 보면 늘상 우울해 뵈죠. 그래서 제가 〈프라우 조르게〉（憂愁夫人[우수부인]）라고 불러 주죠.」

「음, 〈프라우 조르게〉! 무슨 소설에 그런 이름이 있던 것 같은데……」

「독일 작가 〈주우데르만〉에게 그런 작품이 있어요.」

「어쨌든 그 우수부인에게서 우수를 쫓아 내는 것이 이 병에는 약 이상의 효력이 있을 것 같소. 그 점을 주의해서 마음을 늘 즐겁게 갖도록 해 드리시요. 그럼 나는 가겠오.」

「선생님, 고맙습니다.」

영림은 내리고 차는 떠났다.

「아가씨, 무슨 이야기를 그처럼 오래 하셨우?」

방으로 들어서기가 바쁘게 혜련은 누운 채 물었다.

「아냐, 아무런 것도 아냐.」

「흐흥.」

혜련은 가볍게 받아 넘기며

「나도 다 알고 있어요.」

「알긴 언니가 뭘 안다는 거유?」

「인제 얼마 남지 않은 목숨이니, 그리 알라는 거지요.」

『어마?』

영림은 놀라며 병인의 그 절망적인 신경에 눈시울이 뜨거워졌다.

『아냐요. 아현동에 있을 적보다 경과가 무척 좋다고 하면서 〈프라우 조르게〉 우수(憂愁)만 떼 버리면 문제없이 났는다고요.』

그리고 나서 영림은 김박사와 바꾼 이야기를 숨김없이 털어 놓았다.

『그걸 떼 버리지 못하면 암만 약을 써도 소용 없다는 건가요?』

혜련은 조용히 웃으면서 말했다.

『약이 소용 없다는 게 아니고, 우울을 없애 버리고 명랑한 기분을 늘상 갖게 됨 병은 훨씬 속히 날 거라구요.』

『············』

그러나 혜련은 아무런 대답도 없이 한참 동안 영림의 얼굴만 빤히 쳐다보다가

『아가씨!』

하고, 어조에 다소 힘을 주어 불렀다.

『웅?』

「영원히 나는 우수부인으로서 죽을 거예요. 영원한 프라우 조르게!」

그 말에 영림의 표정이 긴장을 하며

「언니, 그게 무슨 뜻이야요?」

혜련은 가만히 도리도리를 하며

「아냐요. 괜히 그저 그래 본 거예요.」

했다.

「아냐, 뭐가 있어요. 언니의 우울에는 기필코 무슨 이유가 있는 것 같아

요. 무슨 말 못할 이유가……」

「흐흥, 말 못할 이유!」

그리고는 또 한참 있다가

「정말 인제는 말 못할 이유가 되고 말았어요.」

「내게도? 아니, 내게도 말을 못 해요?」

적지 않게 서운하다는 표정을 영림은 노골적으로 나타냈다.

「아가씨, 미안해요. 그렇지만 서운히 생각지는 마세요.」

「왜 서운하지 않을까? 언니는 나를 아무 것도 아닌 거로 여기고 있는 증거예요.」

평하고 눈물이 감도는 시선으로 영림은 혜련을 흘겨 주었다.

혜련은 백납처럼 하얀 손을 뻗혀 영림의 손길을 더듬어 잡으며

「내가 죽기 전에 적어도 아가씨에게 만은 이야기하고 죽고 싶었어요. 그렇지만 그것도 얼마 전까지의 생각이었고…… 이제는 정말 아가씨에게도 이야기 할 수가 없게 되었어요. 용서해요.」

「도대체 무슨 말인지 알 수가 없어. 얼마 전까지도 그렇게 생각하고 있던걸 왜 인제는 못 한단 말이야? 아냐, 나는 듣고 말 테야. 해요. 어서 해요!」

영림은 혜련의 여윈 손길을 자꾸만 흔들어 댔다.

「나는 듣고 싶음 들어야만 하지, 참지는 못 해요. 나는 칸나야! 칸나의 의욕이 강하다는 걸 몰라? 남의 호기심만 건드려 놓고 뭐에요? 해요. 어서 빨리 해요!」

혜련은 그러나 오랫동안 눈을 감고 있었다.

「언니는 나빠! 나를 그처럼 믿지 못하우?」

「아냐요, 믿지 못하는 건 아냐요.」

그리고 또 한참 있다가 눈을 감은 채

「아가씨, 조금도 숨기지 말고 대답할 테에요?」

하고 조용히 물었다.

「무언데?」

「무어든……」

「네버 마인! 책임지고 솔직할 테야!」

「그럼 묻겠어요.」

「뭐든지 물어요.」

「저어……」

적이 혜련은 망설이다가

「저 강석운 선생님 말이예요.」

「응? 강석운 선생님?」

「그 후 강선생님에게 또 편지 냈었우?」

「아아니!」

영림은 그 순간, 강석운 선생의 회답을 보고 새파랗게 안색이 변해지던 얼마 전의 올케를 불현 듯 연상했다.

「아니, 그건 왜 물어요? 언니의 이야기라는 게 무슨 강선생님과 관계가 있는……」

영림의 신경이 날쌔게 귀를 기울이었다.

「아냐요. 난 또 그 후에도 쭈욱 편지 왕래가 있는가 하고……」

창백한 혜련의 얼굴에 한 줄기 발기우리한 핏기가 떠

오르고 있었다.

『아냐, 원고를 보내 달라기도 미안한 일이고 해서 한 번 찾으러 가겠다는 간단한 답서를 냈을 뿐인데…… 그것과 무슨 관련 있는 이야기유?』

그랬더니 혜련은 영림의 안색을 살펴 가며

『아가씨, 강선생님을 무척…… 무척 좋아하시지?』

『거야 뭐…… 나쁘다고 생각해야 할 하등의 재료도 없으니까……』

『사랑하시는 건 아니예요?』

『어머나? 어쩌면 언니두……』

이 뜻하지 않은 올케의 물음에 영림은 실로 여러 가지 의미에서 놀라지 않을 수가 없었다.

『아가씨, 정말 진심을 말해 주세요.』

『언니는 그처럼 사람을 홀가분히 사랑할 수가 있을 것 같으세요?』

『아니, 내 얘기가 아니고 아가씨 말이예요.』

『글쎄 그 아가씨가 고영림이야. 고영림이가 사람을 그리도 간단하게 사랑할 수가 있을 것 같아요?』

『정말?』

『나는 거짓말 안해! 무엇 때문에 거짓말까지 하면서

살아요? 진심만 이야기 할래도 못다 하구 죽을 몸인
데……」

　「아가씨가 정말 그렇담……」

　「슈어(정말)! 네버 네버!」

　영림은 새끼 손가락을 내밀고 올케의 새끼 손가락을
깍지를 끼워 주며

　「언니, 인제 마음 놓고 이야기해요. 프라우 조르게의
우수의 원인이 강석운선생에게 있다는 걸 인제는 알았으
니까 말이야.」

　「정말 아가씨, 괜찮겠우?」

　「아이, 답답해! 괜찮지 않더래도 하는 수 없는 일이지
뭐예요? 사실은 사실대로 알아야만 하니까요.」

　순간, 강석운에 대하여 지니고 오던 영림의 존경의 염
은 차차 희박해져 갔다. 올케처럼 착하고 고운 마음씨를
가진 한 여성을 이렇게까지 마음의 고생을 시켜온 강석
운이란 사나이의 이중 인격이 점점 무서워졌다.

　존경은 여성에게 있어서, 특히 영림 자신에게 있어서
애정의 극치인 동시에 애정의 싹이기도 하다고, 칸나는
말했다. 그리고 칸나는 작가 강석운을 존경한다고도 했
다. 그러니까 고영림은 강석운에게 대하여 일종의 애정

의 발아(發芽)를 고백한 셈이 결론적으로 되고 말았던 것이다.

그러던 것이 강석운의 이중 인격을 발견한 이 순간, 존경의 염도 애정의 싹도 고영림에게 있어서는 깨끗이 가시기 시작했다.

「자아, 언니 어서 이야기해요!」

어떠한 일이 있을지라도 올케는 이처럼 불행하게 만든 강석운의 행동에 역사를 영림은 알아야만 했다.

「그렇담 이야기하겠어요. 아가씨는 작품을 통해서 그분을 아셨지만…… 나는 벌써, 벌써부터 알고 있었답니다.」

「벌써부터…… 그게 언젠데?」

「여학교 일학년이었으니까 열 네 살 때에요. 그때, 그이는 동경 W대학 재학중이었어요. 헬렌과 돌구름의 이야기……」

「무슨 뜻이예요?」

「내 이름을 서양식으로 부르면 헬렌(Holen)이 되구요, 그이의 이름을 새겨서 부르면 돌구름(石雲)이 되지요.」

「어쩌면……」

영림의 호기심은 극도에 달해 있었다.

7. 鳳仙花[봉선화]의 哀愁[애수]

천 구백 삼십 팔년, 그러니까 그것은 혜련이가 열 네살 적 여름 방학의 일이었다.

그때, 혜련은 아버지가 봉직하고 있는 서울 어떤 기독교 계통의 여학교 일학년이었다. 어렸을 적부터 선병질(腺病質)의 허약한 몸을 가진 혜련의 건강을 부모네는 매우 걱정을 하고 있었다. 의사의 권고도 있고 해서 여름 방학 한 철을 이용하여 원산으로 해수욕을 갔다.

그때만 해도 태평양 전쟁이 발발하기 전이라, 송도원(松濤園) 해수욕장은 대단히 다채로왔다. 가지 각색의 비취 파라솔과 수영복이 눈부시게 화려했다.

혜련 모녀는 송도원 뒤로 인접해 있는 개말이라는 마을에서 민가 한 방을 빌려 가지고 자취를 하고 있었다. 혜련 모녀 뿐 아니라, 피서객의 태반은 다 그러하였다. 여관들이 해변 솔밭 사이에 있었으나 대부분은 다 민가로 몰려들었다. 반농 반어(半農半漁)의 이 마을은 여름 한 철 피서객에게 방을 빌려 줌으로써 다소의 부수입을 집집마다 노리고 있었다. 마을 전체가 피서객으로 득실거렸다.

혜련은 매일처럼 어머니를 따라 해변으로 나가서 미역도 감고 일광욕도 했다. 어머니도 가끔 물에 들어갔으나 모녀가 다 헤엄을 못 치는지라, 어머니는 태반 비취 파라솔 밑에서 혜련의 물장난을 바라만 보고 있었다. 깜자주 수영복의 혜련의 모습이 조금만 보이지 않아도 어머니는 덜컥 덜컥 가슴이 내려앉았다. 그러다가 죽 끓듯 하는 욕객 속에서 깜자주 수영복을 발견하고 야 마음을 놓곤 하였다.

어머니는 무서워서 이튿날부터는 사람이 적은 데를 찾아서 해수욕장 맨 끝으로 혜련을 데리고 갔다. 거기서는 혜련을 잃어버릴 염려가 통 없었기 때문이다.

깜장 수영복을 어머니는 입었으나 물에는 별반 들어갈 생각을 않고 태반은 파라솔 밑에서 허벅다리를 내놓고 일광욕만 했다. 그때 어머니는 서른 다섯이었다.

처음 얼마동안은 혜련도 무척 좋아했으나 날이 갈수록 점점 쓸쓸해졌다.

본시부터가 고독한 혜련이기도 했다. 헤엄이라도 칠 줄 안다면 또 모르지만 허구한 날을 무연한 바다만 바라보는 것이 혜련은 싫어졌다.

그러나 한 달만이라도 해수욕을 하면 건강에 무척 좋

은 것이라는 의사의 권고가 귀에 남아 어머니는 또 어머니대로 고집을 세웠다.

그러던 어떤 날이었다. 혜련 모녀가 바다로 나가 보니 매일처럼 자기네가

자리를 잡고 있던 맨 끝의 장소에서 어떤 청년 하나가 수영을 하고 있었다. 혜련 모녀도 그 옆에다 비취 파라솔을 세워 놓고 물에 들어갔다.

「어머나, 이 조개 좀 봐!」

주먹만큼씩 한 숭굴숭굴한 조개가 한 무더기 모래 웅덩이 속에 가득 차 있었다. 조그만 가막 조개는 혜련이 모녀도 잡아 보았지만 이처럼 큰 조개는 물 속 깊이 들어가야만 잡혔다.

「엄마, 우리도 이런 것 좀 잡았으면……」

혜련은 쪼그리고 앉아서 조개를 어루만져 보았다.

「우리가 어떻게 잡니? 저것 좀 봐라. 저렇게 한참 동안이나 물 속에 들어가서야 잡는데……」

바라다보니, 청년은 한참씩 숨박꼭질을 했다. 그러다가는 푸푸 하면서 조개를 잡아 나오곤 했다.

「인제 저이가 나오면 우리 몇 개 돈 주고 사자.」

「응, 그래요! 꼭 사요!」

혜련은 조개를 들여다보며 청년이 나오기만 기다렸다.

그러는데 청년이 조개 세 개를 움켜 쥐고 물에서 나왔다. 그래서 어머니는 물었다.

「이거 보세요. 우리 애가 조개를 무척 갖고 싶어 하는데 몇 개 파실 수 없겠어요?」

그 말에 청년은 단발을 한 혜련의 얼굴을 물끄러미 바라보면서

「아주 귀여운 소녀군요. 그 처럼 귀여운 소녀가 팔라는데 왜 안 팔겠읍니까?」

혜련은 얼굴을 붉히며

「한 개에 얼마씩이예요?」

「한 개에 일원씩만 내려므나.」

「어머나?」

쌀 한 말에 일원 오륙십 전 하던 세월이었다.

그 날, 혜련은 하루 종일 기뻤다. 꽃 조개, 호랑 조개를 비롯한 가지 각색의 조개를 청년에게 선물 받았다. 헤엄을 못 치면 어떡하느냐고, 청년은 혜련에게 헤엄도 열심히 가르쳐 주었다.

물결이 드나들어 곱게 젖은 해안선에서 뜀박질도 했다. 삼십 미터 가량 접어 주고 하는 뜀박질이었다.

청년은 오후 세 시쯤 해서 혜련 모녀와 헤어져 들어갔다.

「좀 더 놀다 가세요.」

혜련은 갑자기 쓸쓸해졌다. 혜련으로서는 이 해수욕장에 온 이래로 실로 처음 맞이한 즐거운 날이었기 때문이다.

「시내에 들어가서 누구 잠깐 만나 보고 올 사람이 있어서……」

「내일 또 나오세요?」

내일 또 나오기를 고대하면서 묻는 혜련이었다.

「나오고 말고. 해수욕을 하러 온 사람이 안 나오면 어떡하니?」

「언제 오셨어요?」

이번에는 어머니가 물었다.

「한 십여일 됐읍니다.」

「서울서 오셨어요?」

「네.」

「저희도 서울서 왔지만 얘가 몸이 너무 허약해서 해수욕을 하면 좋겠다기에 데리고 왔는데, 너무 고적하다고 자꾸만 집으로 가자는 거예요. 될 수만 있으시다면 내일도 나오셔서 수영도 좀 가르쳐 주시고, 좀 같이 놀아 주셨으면……」

「그렇다면 마침 잘 됐습니다. 저도 혼잡니다. 저기 보이는 저 송학관(松鶴舘)에 묵고 있으니까 매일처럼 나올 수 있지요.」

「그러시면 서로 잘 되셨군요. 저희들은 마을에서 방 하나를 얻어 가지고 있답니다. 이 애의 식성이 별나서 아무거나 고분고분 먹어 줘야지 말이죠. 꼭 내 손으로 찬 걱정을 해줘야 한답니다.」

「편식은 몸에 좋지 않습니다.」

「편식도 이만 저만한 편식이 아니랍니다.」

청년은 혜련의 어깨를 툭툭 치며

「안돼요. 편식을 하면 신체 발육에 균형이 잡히지 않아요.」

인삿말이 아니라, 진정으로 실감을 가지고 걱정하는 말이었다.

「오늘 저녁 찬은 그 조개를 끓여 먹어요. 아주 몸에 좋으니까……」

「조개는 입에도 대지 않는 애랍니다 글쎄.」

「안되겠는 걸!」

청년은 혜련의 얼굴을 들여다보며 머리를 기웃거렸다.

「저도 어렸을 때는 편식이 심했어요. 그렇지만 나이 자라니까 차차 나아 가더군요.」

「그것 좀 봐요, 어머니! 어머니는 괜한 걱정만……」

혜련은 자기 편 하나를 얻은 것 같아서 청년이 차차 더 좋아졌다.

「그럼 내일 또 수영 배워요.」

청년은 케에프로 어깨를 가린 채 송학관 쪽으로 성큼성큼 걸어갔다.

성큼성큼 걸어가는 청년의 뒷모습을 오랫동안 혜련은 바라보며, 자기는 이처럼 오랫동안 눈 전송을 하는데 끝끝내 한 번도 뒤를 돌아보지 않고 송학관 울타리 안으로 사라져 들어간 청년을 가볍게 나무랐다.

마음이 허전했으나 발부리 앞에 쌓인 한 무더기 조개를 바라보니, 허전하던 마음 한 구석이 어쩐지 메꾸어지는 것도 같았다.

그 날 저녁, 혜련은 조갯국을 먹었다. 눈을 딱 감고 약 먹듯이 혜련은 먹었다.

「어쩌면 혜련이가……」

어머니는 놀랐다.

이튿날도 청년은 와서 혜련과 함께 놀아 주었다. 고무 뜨개에 태워서 밀어도 주고 수영도 가르쳐 주고 물 속 깊이 들어가서 조개도 잡아 주었다. 공치기도 하고 뜀박질도 했다. 어머니는 파라솔 밑에서 잡지 책을 읽으며 둘이의 노는 양을 미소와 함께 바라보곤 했다.

『이름이 뭐지?』

파도가 넘나드는 기슭에 나란히 앉아서 청년은 물었다. 혜련은 장난이 하고 싶어 물이 젖은 모래 위에다 잠자코 손가락으로 썼다.

── Helen Han ──

『헬렌한?』

소녀의 얼굴을 들여다보면서 청년은 표정을 크게 썼다.

『정말은 한혜련이지만 우리 학교 미스 부라운이 서양 이름과 발음이 비슷하다고 해서 늘 그렇게 불러 줬어요.』

『미스 부라운은 영어 선생이냐?』

『네, 회화 선생이예요.』

『음, 그러고 보니, 헬렌의 살결이 너무 맑아서 서양 아이들과 비슷도 해.』

「휠 이스 유어 네임(이름이 뭣이예요)?」

혜련은 갓 배운 영어가 자꾸만 쓰고 싶었다.

그랬더니 청년도 혜련의 본을 따서 모래 위에 썼다.

── 돌구름 ──

「돌구름이 뭐예요.」

「강석운(姜石雲)이란 이름을 우리 말로 부르면 돌구름이 되는 거야.」

「아이, 재미 있어요. 그럼 이제부터 돌구름이라고 불러도 괜찮으세요?」

「괜찮구 말구.」

「돌구름, 돌구름! 아이, 우스워!」

가냘픈 허리를 꼬며 혜련은 캬득 캬득 웃어대다가

「아이 저 갈매기 좀 봐.」

멀리 갈마반도(葛麻半島)에서 갈매기 떼가 구름처럼 뭉게뭉게 나부끼고 있었다.

「한 마리 잡았으면……」

혜련에게는 곧잘 불가능에 가까운 욕망을 불태우는 버릇이 어렸을 적부터 있었다.

「조개는 잡을 수 있어도 갈매기는 좀 어려운 걸.」

「어려운 걸 극복하는데 가치가 있대요. 우리 아버지

가 그랬어요.」

「아버지는 뭘 하시니?」

「우리 학교 역사 선생이예요.」

「음, 그래?」

그러나 그 날은 좀 더 일찌감치 청년이 시내로 들어갔다.

혜련은 또 갑자기 쓸쓸해졌다. 모래 위에 씌어진 〈헬렌 한〉과 〈돌구름〉을 혜련은 발길로 힘껏 문질러 버렸다. 청년이 일껏 잡아 준 여남은 개의 조개를 무슨 투정이나 하듯이 하나하나씩 바닷물 깊숙이 던져 넣었다.

어머니는 놀라 물었으나 혜련은 종시 그 이유를 말하지 않았다.

그 날 저녁 후, 전깃불이 휘황한 송도원 유원지를 거닐고 있는데 시내에서 나오는 청년과 혜련 모녀는 만났다. 검은 학생복에 뾰족뾰족한 사각모를 청년은 쓰고 있었다.

「어마? 아버지와 같은 학교가 아냐?」

학생 시대의 아버지의 사진을 혜련은 보아 왔었기에 그 독특한 사각모만 보고도 W대학인 줄 모녀는 알았다.

셋이서 그날 밤은 아이스크림 먹고 송학관에도 들렸

다. 헤어질 무렵, 청년

은 혜련 모녀를 마을 집까지 데려다 주었다. 문 밖에 채마 밭이 우거진 초가였다. 산보를 나은 피서객들이 좁은 길에 흩어져 있었다.

달 밝은 밤이었다. 주인 노친이 뜰 한가운데서 모깃불을 피워 주었다. 그 모기 쑥 냄새를 맡으면서 혜련과 청년은 토방 마루에 걸터앉아서 「달아 달아 밝은 달아」를 밤 깊은 줄도 모르고 불렀다.

밤이 으슥해서 청년은 돌아갔다. 혜련은 자리에 들어서 아까 낮에 청년이 잡아 준 조개를 모조리 바닷물 속에 던져 넣은 것을 무척 뉘우치면서 잠이 들었다.

「인제 안 그럴께 또 잡아 주세요.」

혜련은 꿈 속에서 청년에게 빌었다.

이튿날, 하루 종일 청년은 바다에 나오지 않았다. 혜련은 송학관으로 가서 물었더니, 아침 녘에 시내로 들어가서는 아직 돌아오지 않았다는 것이었다.

혜련은 하는 수 없이 어머니 옆에 쓸쓸히 앉아서 갈마 반도에 낙엽처럼 나부끼는 갈매기떼만 하염없이 바라보고 있었다. 그 갈매기를 잡을 수 없는 것처럼 청년을 바닷가에 붙들어 둘 힘이 없는 것을 혜련은 슬퍼했다.

「오늘은 조개를 하나도 못 잡았네!」

「잡아 주면 뭘 하니? 도로 물 속에 집어 넣는 걸.」

아, 그래서 돌구름이 오늘은 나타나지 않는 것이라고, 혜련은 절망에 가까운 생각을 했다. 그렇지만 어젯밤 꿈에서 잘못했다고 빌었는데…… 그래서 혜련은 한 줄기 희망을 끝끝내 버리지 않았다.

아니나 다를까, 그날 저녁 후, 돌구름은 크림 초코렡를 한 봉지를 사 들고

와서 해변으로 놀러 나가자고 했다. 혜련은 기뻤다. 어젯밤 꿈에 잘못했다고 빈 보람이 있었던 것이다.

청년이 찾아 왔을 때, 어머니는 일광욕을 지나치게 해서 머리가 아프다고 누워 있었다. 혜련은 토방 마루에 외로이 걸터앉아서 동리 처녀 아이들에게서 백반(白礬)에 절인 봉선화를 얻어다가 새끼 손가락에 들이고 있었다.

「아, 봉사를 들이는군.」

「한 손으론 맬 수가 없어요.」

「어디, 내가 매 주지.」

달이 밝아서 불은 안 켜도 좋았다.

나릇나릇한 조그만 흰 손이었다. 청년은 보드러운 어

저귀(水麻) 잎사귀로 척척히 절은 봉선화 꽃을 혜련의 새끼 손가락 손톱 위에 올려 놓고 곱게 싸맨 후에 실로 동여 주었다.

「이편 손톱도……」

혜련은 또 다른 손을 내밀었다.

「왜 새끼 손가락만 들이니?」

「다 들이면 미워요.」

이윽고 청년과 혜련은 해변으로 나갔다. 청년은 혜련의 손길을 잡고 달 밝은 모래 밭을 걸었다. 혜련은 만족했다.

「혜련은 무슨 꽃이 제일 좋은고?」

「연꽃……」

「옳지, 연꽃!」

「어머니가 꿈에 연꽃 핀 걸 보고 저를 낳았대요.」

「옳지, 그래서 좋아했군. 그래서 혜련이구……」

「돌구름은 무슨 빛을 좋아하세요.」

「음, 돌구름은…… 돌구름은 무슨 꽃을 좋아하나?」

「제가 좋아하는 것도 모르세요?」

「나는 구름꽃을 제일 좋아한다.」

「구름꽃이 뭐예요?」

「타오르는 노을 속에서 뭉게뭉게 피어 오르는 구름꽃 말이다. 좀 예쁘냐?」

「아이, 정말! 구름꽃! 구름꽃!」

혜련은 청년의 이야기가 신통하게 재미 있는 것이다.

「참, 혜련에게 재미있는 이야기 하나 들려 줄까?」

「무슨 얘긴데요?」

「봉선화 꽃 이야기다. 봉선화를 지방에 따( )서 봉사라고도 하고 봉숭아라고도 하지만…… 이 꽃에는 무척 재미 있는 이야기가 하나 있단다.」

「빨리 해 주세요. 무슨 얘긴데요?」

「저기 저 나무 다리로 나가서 해 주마.」

삼십 미터 가량 되는 잔교(棧橋)가 바다로 쑤욱 기어 나가 있었다.

혜련과 청년은 그리로 걸어 나가서 맨 끝에 다리를 늘어뜨리고 나란히 걸터앉았다.

해풍이 무섭게 거칠다. 둘이의 머리는 흐트러질 대로 흐트러졌다. 출렁출렁, 다리 밑에서 들리는 파도소리가 혜련에게는 무서웠으나 눈물겨운 봉선화 이야기에 혜련은 참아야만 했다.

청년의 입에서 흘러 나온 봉선화의, 주옥처럼 아름답

고 기라(綺羅)처럼 어여쁜 한 토막의 서글픈 전설은 이리하여 시작되었다.

『옛날, 옛날…… 그것이 백제 시대인지 고구려 시대인지는 분명치 않지만……』

돌구름은 이야기를 시작하였다.

『어떤 고을에 주씨(朱氏) 내외가 살고 있었는데, 이 주씨로 말하면 당대 일류로 가는 금장(琴匠)이었다.』

『금장이 뭐예요?』

혜련은 물었다.

『금장이란 거문고를 만드는 사람이다. 가야금이라든가 비파 같은 것을 만드는 사람인데 사십이 넘도록 슬하에 자식이 없어서 쓸쓸히 지내던 중, 어느 날 밤, 주씨 부인은 흰 옷을 입은 어여쁜 선녀가 봉황새 한 마리를 안아다 주고는 다시 하늘로 올라가는 꿈을 꾸었단다. 그리고 그 날부터 태기가 있어서 낳은 것이 무남독녀 외딸인 봉선(鳳仙)이었다. 선녀가 봉황새를 안아다 준 꿈을 꾸고 낳았다고 해서 이름을 봉선이라고 지었다는거야.』

『정말 꿈이 맞나봐요. 우리 어머니도 연꽃을 보고 저를 낳았다는데……』

혜련은 소녀다운 호기심을 가지고 꿈의 세계를 신통하

게 여기지 않을 수 없었다.

「참 혜련이도 그랬었지!」

「그래 어떻게 됐어요.」

「봉선이는 인물도 예뻤을 뿐 아니라, 어렸을 적부터 거문고를 무척 잘 탔대요.」

「어쩌면!」

「그런데 그 때의 젊은 임금님이 음율(音律)을 몹시 좋아했다는 거야. 요새 말로 하면 음악이지. 봉선이가 생각하기를, 어떻게 하면 자기의 거문고 소리를 임금님께 한 번 들려 드릴까 하고 머나 먼 길을 걸어 궁궐을 찾아 갔어요. 비가 오나 눈이 오나 높다란 궁궐 담장 밑에서 앉아서 열심히 거문고를 탔대요. 봉선이의 나이가 그때 열 여섯, 음율을 좋아하는 젊은 임금님을 단 일순간이라도 위로해 드리고 싶은 일념이 봉선이의 가슴 속에 꽈악 차 있었지. 그런데 말이야, 거기에 뜻하지 않은 적수가 한 사람 나타나서 봉선이를 무척 슬프게 했대요.」

「뜻하지 않은 적수가 누구에요?」

「당시 전국에서도 제일 피리를 잘 부는 학녀(鶴女)라는 열 아홉살 먹은 처녀가 역시 궁궐 담장 밑에서 열심히 피리를 불고 있었대요. 그러니 불행히도 거문고 소리는 피리 소리보다 낮아서 손톱에서 피가 흐르도록 타도 임금님의 귀에는 좀처럼 들리지가 않았대요.」

「가엾어라!」

거기서부터 혜련은 봉선이를 무척 동정하기 시작하였다.

「그러던 어떤 날, 매일처럼 들려 오는 처량한 피리 소리에 젊은 임금님은 마음이 움직여 사람을 시켜서 학녀를 궁궐 안으로 불러 들여다가 왕후를 삼으려고 약속을 했대요.」

「어머나!」

혜련은 가슴이 뜨끔 했다.

「봉선이는 기가 막혀서 거문고 소리가 작은 것을 한탄했으나 어쩌는 도리가 없었어요. 그래도 언젠가 한 번은 자기의 거문고 소리가 임금님의 귀에 들어갈 것을 기약없이 기다리기를 또 일년, 그러나 임금님은 종시 봉선이를 불러 들이지는 않았대요. 그러다가 마침내 봉선이는 몸에 병을 얻고 하는 수 없이 그 머나먼 길을 걸어서 자기 집으로 돌아오자 그만 병석에 눕는 몸이 되었대요.」

「아이, 가엾은 봉선이!」

혜련은 꺼질 것 같은 한숨을 푸욱 내쉬었다.

「그러기를 또 일년, 임금님은 학녀와 결혼을 해 가지고 어떤 날, 봉선이가 살고 있는 마을 앞으로 행차를 하시게 되었는데, 그 소문을 듣자 봉선이는 앓는 몸을 간신이 일으켜 가지고 한길 가로 나가서 거문고를 타기 시작했대요.」

「그래서…… 그래서 어떻게 됐어요?」

「글쎄 이제 좀 이야기를 들어 봐요. 정말로 측은한 이야기야.」

해풍은 그냥 거세기만 했다. 물 소리도 그냥 요란했다. 창백한 달빛이 해면에서 자꾸만 부서지고 있었다.

「그때, 봉선이는 열 여덟살, 임금님이 행차하시는 길 옆에서 단정히 꿇어 앉아 그것이야말로 일편 단심의 지극한 정성을 가지고 열심히 거문고를 뜯고 있었대요. 그랬더니 임금님은 행차를 멈추시고 오랫동안 봉선이의 거문고 뜯는 양을 물끄러미 바라보고 있었대요. 임금님이 타고 계신 가마 바로 뒤에는 왕후가 된 학녀가 가마를 타고 있었지요.」

「어쩌면……」

「거기서 학녀가 임금님께 아뢰기를, 저 여자는 자기

와 함께 비가 오나 눈이 오나 궁궐 성벽 밑에서 거문고를 타고 있던 사람이라고요. 그 말에 임금님은 대단히 감동을 하여 신하를 시켜 봉선이더러 고개를 한 번 들어보라고 명령했어요. 고개를 숙이고 정신 없이 거문고를 타고 있던 봉선은 임금님의 분부를 듣자 조용히 고개를 들었어요. 그랬더니만 임금님의 얼굴과 함께 봉선이의 시선에 뛰어 들어온 것은 잊혀지지도 않는 피리의 주인공 학녀의 모습이었지요. 그 순간, 봉선은 거문고 위에 탁 쓰러지면서 죽어 버리고 말았지요.」

「어마?」

혜련의 감동은 무척 컸다. 돌구름에게 잡힌 손아귀 속에서 혜련은 조그만 손이 오들오들 떨고 있었다.

「임금님이 놀라서 가마에서 내려와 보니, 거문고 위에 쓰러진 봉선의 열 손가락이 모조리 벗겨져 나가고 새빨간 피가 거문고를 적시었대요.」

「아이, 봉선이가 불쌍해요.」

소녀 혜련의 눈에는 눈물이 고이어 있었다.

「임금님은 사람을 시켜 백반을 빨리 가져오라고 했어요. 옛날부터 백반은 일종의 지혈제(止血劑)로서 손이 비어져서 피가 나올 때는 백반 가루를 발랐대요.」

『…………』

혜련은 이미 대답을 못할 지경으로 슬픔이 커 있었다.

『임금님은 손수 봉선이를 일으켜 안고 피가 흐르는 열 손가락에 백반 가루를 바르고 길옆에 돋아난 어저귀 잎사귀로 동여매 주었으나 한 번 끊어진 봉선이의 목숨은 다시 살아 날 수는 없었어요. 임금님은 봉선이의 죽음을 무척 슬피 생각하여 훌륭한 장례를 치러준 후에 그 피묻은 거문고를 죽는 날까지 자기 옆에서 떼 놓지를 않았대요.』

『…………』

혜련은 이미 훌쩍훌쩍 울고 있었다.

『혜련아, 그런데 말이야. 여기 한 가지 이상한 일이 있어요.』

『…………』

『봉선이가 죽은 바로 그 자리에서 이듬해 봄이 되자 아주 예쁜 꽃 나무가 하나 돋아났대요. 그 꽃이 꼭 봉황새와 같더란다. 새빨간 꽃이 줄기와 가지 사이에 피어났는데 말이야. 그 꽃의 형상이 꼭 봉황새의 머리, 날개, 꼬리, 발과 같이 생겼더란다. 그래서 사람들은 그 꽃을 봉선화라고 불렀대요.』

「오오, 그래서 봉선화로군요.」

그제야 혜련은 입을 열었으나 울음 섞인 목소리였다.

「그런데 말이다. 마을 사람들이 어쩌다 손을 베이면 백반에다 봉선화 꽃을 섞어서 임금님의 본을 따라 어저귀 잎사귀로 동여매곤 했는데 아침에 일어나 보면 손톱이 새빨갛게 변하곤 하더란다. 그런데 일단 새빨개진 손톱은 한 달이 가고 두 달이 가도 없어지지 않더라는 거야. 그래서 사람들은 그것을 봉선이의 단심(丹心)이 피가 된 것이라고들 생각했어.」

「봉선이의 혼이지 뭐!」

혜련은 흑흑 흐느끼며 가만히 대답 했다.

「음, 그 때부터 처녀 색시들이 봉사를 들이기 시작했다는데, 봉사를 들이면 봉선이처럼 일편 단심의 열녀가 된다고 해서 저마다 들이게 된 거래. 그후 이 풍습이 널리 퍼져서 멀리 중국으로 건너 가고 또 일본으로도 갔대요.」

봉선화의 애달픈 전설은 거기서 끝났다.

달빛 속의 갈마반도가 무슨 신화에 나오는 거대한 짐승처럼 해상에 길다라니 엎디어 있었다.

혜련은 바람 속에 가물거리는 등대 불을 하염없이 바

라보며 무언지 모르게 운명에 대한 막연한 서글픔을 전신에 느꼈다. 그러나 청년이 이야기하는 봉선화의 전설 가운데는 혜련의 열 네 살로서는 잘 이해하지 못할 대목이 있었다. 그래서 물었다.

『임금님을 바라보는 순간, 봉선이가 죽었다지만…… 왜 죽었어요?』

『학녀가 임금님 옆에 앉아 있었기 때문이지만…… 이제 혜련이가 좀 더 크면 다 알게 될거야.』

왜 그런지, 돌구름은 그 이상 더 자세한 설명을 해 주지 않았다. 그래서 혜련은 그것이 학녀의 피리 소리가 봉선의 거문고 소리보다 높았다는데 대한 단순한 질투심 뿐만은 확실히 아닌 것 같았다. 그것이 소위 사람들이 말하는, 그리고 영화나 소설 책에 곧잘 나오는 「사모」나 「사랑」의 탓일런지도 모를 거라고 생각하였다.

그러나 혜련의 열 네 살과 소녀다운 수줍음은 봉선이가 임금님을 사모하고 있었느냐는 물음을 도저히 입에 담을 수가 없었다. 뿐만 아니라 청년의 이야기에는 사모한다든가 사랑한다든가 하는 귀절은 한 대목도 없었기 때문에 자기의 그러한 해석이 전연 잘못인지도 모른다고, 자기의 엉뚱한 생각을 마음 속으로 문질러 버렸다.

그날 밤, 혜련과 청년은 「봉선화」의 노래를 부르면서 밤 늦게 까지 해변을 걸었다.

울 밑에 선 봉선화야
네 모양이 처량하다.
길고 긴 날 여름 철에
아름답게 꽃 필적 때
어여쁘신 아가씨를
너를 반겨 놀았도다.

바다 바람이 몸이 거칠어 둘이는 집으로 돌아갔다.

「내일 또 이야기해 주세요.」

「그래, 내일 또 해 줄께.」

혜련은 나불나불 손을 내저으며 호박 덩굴이 얽힌 수수 밭 옆에서 청년과 헤어졌다.

어머니는 이미 잠들어 있었다. 청년이 봉선화를 들여준 양쪽 새끼 손가락을 애처롭게 만져보며 가엾은 봉선이의 혼이 자기 몸에 차차 배어드는 것같이 느끼면서 혜련은 잠이 들었다.

그날 밤, 꿈 속에서 혜련은 완전히 봉선이가 되어 있었다. 임금님은 돌구름이었고 학녀는 자기 반에서 제일 키가 크고 선생님에게 귀염을 받는 김순희였다. 거문고 위에 엎드려 져서 혜련은 죽어 있었으나 피는 열 손가락에서 다 나지를 않고 봉선화를 들인 새끼 손가락 두개에서만 났다. 그래서 그런지 임금님인 돌구름은 안아 주지도 않고 손가락을 동여매 주지도 않았다.

돌구름은 빙그레 웃으면서, 그건 피가 아니고 자기가 들여 준 봉선화 물이라고 하면서 학녀인 김순희와 함께 창황히 지나가 버리고 말았다. 그것이 더 슬프고 원통해서 혜련은 그만 목을 놓아 엉엉 울었다. 그러다가 자기 울음 소리에 놀라서 혜련은 꿈에서 깨어났다.

벌써 아침이었다. 어머니는 뜰에서 밥을 짓고 있었다. 혜련은 무언지 모르게 일종의 불안을 희미하게 느꼈다.

조반을 먹고 혜련은 송학관으로 돌구름을 찾아가 보았다. 그러나 청년은 아침 일찌감치 시내로 들어가고 없었다. 하는 수 없이 혜련 모녀는 한나절 해변에서 쓸쓸히 지냈다. 그래도 청년은 나타나지 않았다.

「엄마, 돌구름이 왜 안 올까?」

「글쎄, 무슨 일이 생겼나 보지.」

혜련은 청년이 나타나기를 기다리면서 봉선화의 전설

도 이야기했고 어젯밤 꾼 꿈 이야기도 하였다.

그러는데 청년이 학생복으로 나타났다. 그러나 청년은 혼자가 아니었다.

전문학교 학생인 듯 싶은 스물 안팎의 여자를 동반하고 왔다. 흰 적삼에 파란 치마 백색 하이힐에, 파라솔을 쓰고 있었다. 어디를 앓았는지, 여자의 갸름한 얼굴이 약간 파리하다.

혜련은 눈을 동그랗게 뜨고 그처럼 기다리던 돌구름보다도 여자의 얼굴을 더 열심히 바라보고 서 있었다. 말문이 막힌 오뚝이 모양 말끄러미 바라보고 서 있었다.

청년은 서로 인사를 시키고 나서

「얘가 바로 그 귀여운 소녀 미스 헬렌이랍니다.」

하고, 저희들끼리는 이미 혜련에 대한 이야기를 많이 해온 모양으로 동반한 여자를 돌아다 보았다.

「아이, 어쩌면 정말 불란서 인형처럼 귀여워요!」

김옥영이라는 이름을 가진 그 여자는 물에 젖은 혜련의 단발머리를 쓸어보며

「미스 헬렌!」

하고 웃는 낯으로 혜련의 얼굴을 갸웃하고 들여다 보았다.

그러나 혜련은 대답도 않고 웃지도 않고 수줍어하지도 않은 표정 없는 얼굴로 건드리지 않은 오똑이 그대로의 자세로 말똥말똥 서 있었다.

「이 아저씨한테서 혜련의 이야기를 많이 들었어요. 일학년이라지?」

「…………」

혜련은 그래도 대답이 없다.

「애두 참, 갑자기 벙어리가 됐나 봐? 묻는 말에 대답도 못하구……」

옆에 있던 어머니가 무안해서 혜련을 바라다 보았다.

「…………」

그러나 혜련의 침묵은 그만한 말로서는 좀처럼 깨뜨려지지가 않았다. 쥐고 있던 조그만 까막 조개 한 알을 이빨로 빠득득 빠드득 소리가 나도록 깨물어 대며 보살처럼 그 자리에 꼬박 서 있었다.

옥영은 하는 수 없이 혜련의 어머니를 향하여

「제가 급성 관절염으로 어저께까지 입원을 하고 있었어요. 그런데 이 며칠 동안 이 이가 한 번씩 찾아와서는 혜련의 이야기를 많이 했어요. 불란서 인형처럼 귀엽다고요.」

「귀엽긴 뭐가 귀여워요. 몸도 약하구. 그거 하나 뿐이라고, 집에서들 오냐 오냐 하니까 제멋대로 자라서……참 애두 왜 갑자기 벙어리가 됐어!」

「어젯밤엔 또 봉선이의 이야기를 했다면서?」

옥영은 그러며 또 한 번 혜련에게 말을 걸어 보았다.

그러나 혜련은 여전히 조개만 무섭게 깨물고 있었다.

「음, 혜련이가 오늘은 대단히 기분을 상했구나! 어머니한테 무슨 꾸중을 들었나본데…」

청년은 그러다가 생각이 난 듯이

「참 오늘 저녁에 또 재미있는 이야기를 해 준다고 혜련이와 약속을 했었지만, 갑자기 볼 일이 생겨서 이따 세시 차로 떠나게 돼서 안됐다.」

그 말에 혜련은 힐끔 청년을 쳐다보았다. 그러나 말은 여전히 없다.

「서울로 돌아가세요?」

어머니가 물었다.

「네, 서울로 갔다가 저는 곧 동경으로 갑니다. 졸업반이기 때문에 학교일이 좀 밀려서요.」

「두 분이 같이 가세요?」

「아냐요. 저는 서울까지만 같이 가요. 학교가 서울이

예요.」

하고 옥영이가 말을 받았다.

「그럼 댁도 서울이세요?」

「아냐요. 집은 원산이예요?」

「약혼을 하셨어요?」

어머니는 웃으면서 물었다. 옥영은 대답을 못하고 석운을 쳐다보았다.

「아직은 안했지만········」

석운은 열없은 표정을 지으며

「아마 장차는 그렇게 될상 싶습니다. 하하하······」

「좋은 시절입니다. 일생에 한 번 밖에 없는 시절인데. 호호호······」

「하하하····· 그럼 혜련이, 잘 있어요. 깊은 데 들어가지말고····· 몸을 튼튼하게 해서 부모님을 기쁘게 해 드려야 해요.」

「그럼 안녕히들 가세요.」

「안녕히 계세요.」

작별의 인사를 하고 석운과 옥영은 즐거운 듯이 송학관을 향하여 나란히 걸어갔다.

그 순간, 혜련의 입에서 빠짝 하고 소리가 났다. 잘긴

잘긴 깨물어 대던 조개 알이 이빨의 압력을 받아 마침내 터져 나가고 말았다. 혀를 다쳐 피가 흘렸다.

조개가 터지는 바람에 혀 끝을 다쳐 입에서 피가 한 줄기 흘러 내렸다. 눈물도 포옥 쏟아져 나왔다.

그것을 어머니에게 보이지 않기 위하여 혜련은 홱 돌아서자 물 속으로 뛰어 들어갔다. 머리를 한 번 물에다 푹 들여밀었다 나니 눈물도 피도 흔적을 감추어 버렸다. 수면에 얼굴만 내놓고 혜련은 송학관 쪽을 불현 듯 딱 바라보았다.

『꿈이 맞는다!』

김순희와 함께 호화로운 가마를 타고 창황히 사라져 가던 돌구름을 혜련은 생각했다.

『어젯밤 꿈이 맞는다!』

옥영의 파라솔이 청년의 뒷덜미까지 감주어 주고 있었다. 그처럼 둘이는 바싹 붙어 서서 걸어가고 있었다. 무슨 짓궂은 욕심장이와도 같이 옥영의 파라솔은 혜련의 시야로부터 돌구름의 사각모를 일부러 막아 주는 것만 같았다.』

『욕심쟁이! 욕심꾸러기!』

혜련의 입술이 삐죽삐죽 이그러지며 눈물이 하염없이

쏟아져 나왔다. 소금물에 혀 끝이 쓰라리다. 혀 끝에 손등을 대 보니 피가 번지어 있었다.

「아, 없어졌다.」

울창한 수목 사이에 있는 송학관 안으로 둘이의 뒷모습은 마침내 허황한 꿈에서처럼 사라지고 말았다.

어머니는 비취 파라솔 밑에서 물 속에 우두커니 앉아 송학관 쪽만 내다보고 있는 혜련을 멀리 바라보고 있었다. 그러한 어머니의 시선이 무서워 혜련은 얼른 물 속에다 얼굴을 파묻었다. 그리고는 휙 돌아앉아 하늘과 바다가 입맞추는 머나먼 수평선을 바라보며 자꾸만 울고 있었다. 소리없는 울음을 혜련은 언제까지나 울고 있었다.

그러다가 새끼 손가락 둘을 혜련은 문득 들여다보았다. 어제 저녁, 돌구름이 들여 준 봉선화 물이 새빨갛게 손톱에 배어 있었다.

「봉선이의 혼이다! 가엾은 봉선이의 혼이다!」

혜련은 새끼 손가락 둘을 입에다 홀랑 집어 넣고 가만히 빨아 보았다. 좀더 세게도 빨아 보았다. 그렇게 해서 빨간 손톱을 빨 적마다 봉선이의 혼이 자꾸만 자꾸만 자기의 몸에 배어드는 것 같아서 혜련의 슬픔은 더 한층 컸다.

혜련이가 못 살게 졸라대는 바람에 이튿날 아침 차로 모녀는 서울로 돌아왔다.

날이 가고 해가 갔다. 연꽃이 제일 좋다면 혜련이가 봉선화를 가장 좋아했다. 해마다 봉선화를 일찌감치 파종한 것도 혜련이었고 늦가을까지 봉선화를 가꾸는 것도 혜련이었다.

동삼 석달만 내놓고는 언제나 봉선화를 들여 빨개 있는 혜련의 새끼 손가락이었다.

「돌구름」 이라는 뜻을 가진 강석운의 이름을 지상에서 발견한 것은 그로부터 삼년 후, 혜련이가 여학교 졸업반 때의 일이었다. 혜련은 놀랐고 어머니는 반가와 했다. 그 때부터 혜련은 강석운의 글은 하나도 빼놓지 않고 샅샅이 뒤져 읽었다. 그리고 어떤 수필에서 강석운의 가정이 단란하다는 것과 부인이 그 때의 그 김옥영이라는 것과 첫 딸을 낳았다는 사실까지 혜련은 알았다.

M전문에 혜련은 들어갔다. 거기서 일제 말기의 수라장을 치르고 해방하던 해 영림의 오빠 고영해와 결혼을 했다.

중매 결혼이었다. 몸도 허약했고 혜련의 심경도 맑지 못해서 혼담을 누차 주저도 하고 거절도 해 보았으나 원체 물불을 가리지 않고 중매를 보내 오는 판에 혜련은 마침내 졌다.

삼년 후, 아버지가 돌아가실 무렵부터 남편 고영해는 본격적으로 바람을 피우기 시작했다. 그리고 그 때부터 혜련의 심뇌는 심해졌고 평범한 결혼생활을 택할 수밖에 없었던 혜련은 마침내 그것마저 놓쳐 버리는 몸이 되고 말았던 것이다.

폐침윤(肺浸潤)으로 누워 있는데 육이오가 터졌다. 그 통에 세 살짜리 사내를 잃어버리고 부산으로 피난을 갔다. 건강은 점점 더 나빠졌다. 마산 요양원에도 가 있었다. 그러나 병세는 일진일퇴하여 환도와 함께 혜련은 서울로 올라갔다.

이상이 지금으로부터 석달 전, 눈 내리는 날 오후에 들은 우수부인 한혜련의 서글픈 이야기였다.

올케의 이야기에서 영림은 대단한 충격을 받았다. 그리고 고영림이가 여태까지 강석운 방문을 연기하고 원고를 찾아오지 못하고 있는 것도 그러한 충격을 대한 처리 방법이 발견되지 않았기 때문이었다.

그러던 차에 한 달 전, 모 잡지에 발표한 강석운의 봄의 수필 「봉선화의 전설」을 읽고 나서 영림은 잡지를 가지고 올케를 방문하여 읽어 보라고 했다.

줄거리는 십 구년 전, 혜련이가 원산 송도원에서 돌구름에게 들은 그대로였으나 내용은 봉선이의 서글프고도 애달픈 사랑의 이야기였다. 음율을 즐기는 젊은 임금님의 사랑을 얻기 위하여 피리의 학녀와 거문고의 봉선이가 절절한 사모의 염을 품고 사랑 싸움을 하고 있었다는 것이었다. 그러던 것이 사랑의 고백인 거문고의 음향이 불행히도 피리 소리보다 낮았기 때문에 사랑의 승리가 학녀에게 돌아가고 말았다. 거기서 봉선이는 마침내 사랑병에 걸려 누워 있다가 임금님의 행차 때, 최후의 기회를 붙잡은 몸이 되어 기를 쓰고 거문고를 탐으로써 임금이 자기의 그 애절한 사모의 일념을 받아주기를 원했으나 불행히도 임금님 옆에 학녀가 앉아 있는 것을 보자 그만 기가 막히고 간장이 뒤집혀져서 죽었다는 것이었다.

강석운은 그리고 이 봉선화의 전설을 중학시절 어떤 늙은이한테 들었다고 말한 후에 지금까지 사람들에게 이 애처로운 봉선화의 이야기를 해 준 것이 수십 차례나 된다고 부언하였다.

「언니, 이 글을 읽고 무어 생각키우는 것 없어요?」

『있어요. 그때, 내가 어렴풋이 생각하다가 만 것
……』

『사랑이라든가 사모한다든가 하는 따위의 말은 한 마
디도 없었다죠?』

『그랬어요. 그이는 단지 음율의 경쟁 의식만으로 나
의 주의력을 돌렸을 뿐, 남녀 관계로서의 이야기는 통
없었어요. 그래서 봉선이가 왜 죽었는지를 물었지만, 그
이는 그저 크면 안다고만 대답했어요. 인제 와서 생각하
니 대학 졸업반이 열 네살 짜리 여학생과는 남녀관계에
대한 이야기를 하기가 무척 거북했을 거예요. 그렇지
만……』

『응?』

『너무 얕잡아 본 것이 분해요! 열 넷이면 관념적으로
는 다 알고 있는 이야기가 아냐요?』

『그렇지만 그러한 관념적인 것을 어린 언니에게서 구
체적으로 끄집어내주지 않으려고 노력한 것만은 강석생
님의 좋은 점이지 뭐예요?』

강석운의 이중 인격을 의심했던 그만큼 영림은 강석운
의 편이 되어 있었다.

『아가씨야 강선생님의 숭배자니까 좋도록만 생각할

거예요. 호호호⋯⋯」

「아이, 언니두 어쩌면⋯⋯」

그 순간부터였다. 실로 그 순간부터 고영림은 자기의 온갖 감정과 의욕과 이성을 죽이고 올케 혜련을 위해서 자기가 할 수 있는 데까지 노력을 하리라고 굳게 결심을 했다.

어쨌든 올케가 죽기 전에 단 한 번만이라도 옛날의 돌구름과 옛날의 헬렌을 한 자리에 모아 보리라고 생각하였다. 또한 그렇게 함으로써 올케의 병이 회복될런지도 모를 일이었다.

그러나 혜련은 영림의 그러한 생각에 펄펄 뛰면서 한사코 반대를 했다.

「솔직히 말해서 죽기 전에 한 번만 꼭 만나보고는 싶어요. 그렇지만 어쨌든 나는 남의 아내요, 며느리가 아냐요? 그 뿐인가요? 그이는 단란한 가정의 책임성 있는 남편의 몸인데⋯⋯ 죽으면 그저 조용히 죽는 것이지. 그런짓은 절대로 못해요!」

「가만 있어요. 나한테 다 맡겨요.」

영림은 영림이대로 생각이 있었다. 우선 한혜련을 고씨 집 호적에서 빼내 버림으로써 아내와 며느리의 신분을 말살해 버릴 것과 어떠한 수단으로서든지 강석운의 마음을 움직여 놓을 것 —— 그 두 가지 방법을 취하기로 하고 활동을 개시하였다.

그것은 인간 고영림이가 처음으로 부딪치는 자기 반역(自己反逆)을 의미하고 있었다. 운명적인 것에 어디까지나 순종하려는 한혜련의 무기력하고도 가련한 동경(憧憬) —— (그것은 곧 생명을 의미하고 있는 것이다)을 채워주기 위한 자기 희생에의 태아적(太我的)인 의욕의 발로였다.

그러나 오빠와 아버지는 이혼 수속에는 절대로 반대를 했다. 일단 고씨 집 문턱 안에 발을 들여놓은 이상 고씨 집 귀신이 돼야만 한다는 것이다.

저희들은 방탕할 대로 방탕하면서 그런 말같잖은 이야기가 어디 있느냐고, 영림은 근 한달 동안이나 맹렬한 투쟁을 개시하고 있는 것이다.

어머니는 그리도 반대하지는 않았다. 송장을 치르기가 싫었는지도 모른다.

오늘 아침 일찌감치 영림이가 정능으로 찾아 나간 것도 최후적인 담판을 해볼 셈이었다. 그러나 아버지는 귓등으로도 듣지 않고 둘이서 영화 구경을 갈 차비만 하고 있었다.

『그래 화가 나서 강선생님을 찾아가던 길에 정류장에서 만났어요.』

『그래 이제 네시에 그이를 만나선 도대체 어떡할 셈이세요?』

『강선생님만 마음이 움직여 준담, 며느리의 자격임 어떻고 아내의 신분임이 어때요?…… 언니는 이미 고영해의 아내도 아니고 고종국씨의 며느리도 아냐요. 그 따위 며느리가 어디 있어요? 그 따위 아내가 어디 있어요?』

『흥, 아가씨는 아직 세상을 모르세요. 세상이 무섭다는 걸 모르고 있지요.』

『그까짓 술 찌꺼기 같은 세상이 무서워요? 내 도리에 맞음 되는 거지 뭐예요?』

고영해와 이혼을 할 생각은 혜련도 벌써부터 갖고 있었다. 그리고 그것은 남편이 바람을 피기 시작할 무렵부터의 일이었으나 남편과 시부모는 좀처럼 말을 들어 주지 않았다.

이혼을 한다고 해서 재혼할 생각은 조금도 없었다. 몸도 허약할 뿐 아니라, 어머니와 아버지가 그처럼 고이고

이 길러 주신 자기 한 몸이 시집살이라는 무서운 숙명때문에 이처럼 천대를 받아야만 한다는 사실이 혜련에게는 뼈가 저렸다. 추우면 추울새라 더우면 더울새라, 살얼음장을 집늦이 애지중지 키워 주신 부모님의 지성이 혜련은 측은했을 뿐이다. 사위에게 인간 대우를 못 받는 딸자식의 가엾은 처지를 생각할 때, 세상의 어버이들은 그얼마나 눈물겨워 할 것인가!

혜련은 그것이 슬펐을 따름이었다.

영림은 쌍벌죄로 오빠를 고소하자는 말까지 해 보았으나 그러한 노릇을 감히 할 수 있는 혜련은 못 되었기에 어차피 멀지 않아서 죽을 몸이니 이대로 가만히 내버려 두어 달라고 했던 것이다.

「이왕 강선생님과 만나자는 약속을 했으니까 안 갈수는 없지만, 제발 내 이야기는 꺼내지 말아 줘요. 십수년 전에 있는 단 사흘 동안의 이야긴데…… 무슨 구체적인 사건이 있은 것도 아니고…… 그 이는 벌써 다 잊어버리고 있을 이야긴데……」

「어쨌든 나한테 다 맡겨 둬요.」

「아냐요. 아가씬 아직 어려요. 집안 망신시키지 말고 제발 문학 이야기나 하다가 돌아가세요.」

「그래, 그럼 그러죠.」

「정말이예요!」

「그래 정말이야!」

「괜히 아가씨한테 그런 부질없는 말을 했나 봐요.」

「염려 말아요.」

「그이에게는 명예가 있어요. 평화로운 가정도 있다는 걸 알아야 해요.」

「글쎄 언니의 얘기는 정말 안한다니까!」

「만일 한다면 나는 혀를 깨물든가 독약을 먹고 죽을 테에요!」

그것은 결코 농담이 아니었다. 창백한 혜련의 표정이 심각하게 굳어져 있기 때문이다.

「그래, 안 해요. 안해, 나는 나 자신의 연애 공작을 위해서 갈 테에요!」

「어머나? 부인이 있는데도?」

영림은 일어서서 아무런 대답도 없이 총총히 방을 나섰다.

8. 人生問答[인생문답]

『아내를 소중히 하자!』

다동 골목으로 접어들어 가면서 강석운은 누차 그렇게 중얼거렸다.

한 사나이를 그렇게도 끈기있게 소중히 여겨 주는 것이 세상의 아내들이었다. 그러한 아내를 일시나마 의심하고 온갖 망상을 다했다는 것에 대한 미안한 생각이 좀처럼 가시지가 않는다.

선뜻은 하지마는 현실적인 발판이 깊숙이 뿌리 박혀있지 못하기 때문에 애인들의 애정에는 끈기가 없다. 분위기나 감정이 조금만 비뚤어지면 순간적으로 남남이 되고 만다. 시간적인 역사와 현실적인 뿌리가 희박하여 소위 미운 정이 들어 있지 않기 때문이다.

『참으로 아내란 소중한 존재야!』

오늘의 이러한 성실한 감정을 기념하기 위하여 강석운은 야쓰데화분을 갖고 돌아서서 아내에게 선물을 하리라고 생각하며 여학생과 약속한 다방으로 들어갔다.

『선생님 바쁘신데 죄송합니다.』

하고 정중한 인사를 했다.

『괜찮소.』

석운은 여학생과 마주 앉았다.

『선생님, 시장하실 텐데 위로 올라가셔서 무얼 좀 잡수셔야지요.』

『그럴까요?』

사실 석운은 시장했다. 북경루에서는 맥주 반 잔으로 얼버무려 버린 석운이었다.

둘이는 이층 그릴로 올라가서 들창 가 식탁에 마주 앉았다.

『선생님, 치킨 좋아하세요?』

『좋아하지요.』

학생은 보이에게 치킨이 섞인 정식과 맥주를 가져오라고 하고

『오이스터 프라이 한 접시만 더 가져오세요.』

했다. 그리고 나서 석운을 바라보며 방그레 웃었다.

『허어, 학생은 오이스터 프라이(굴 프라이)를 좋아하는군.』

『아냐요. 선생님이 좋아하신다기에 청했어요.』

어떤 짤막한 글에서 안주에는 오이스터 프라이가 제일이라는 말을 석운은 쓴 적이 있다.

『별 것을 다 기억하고 있군.』

『그것 뿐이 아냐요. 선생님에 관한 이야기는 전부 알고 있는 걸요.』

『허어, 그래요?』

『선생님이 모르고 계시는 이야기까지……』

『조심해야겠는 걸. 학생으로만 알았더니 흥신소 여사무원인지도 몰라.』

『후훗……』

『학생은 쿡쿡 웃었다. 그 웃음에서 석운은 또 옥영의 모습 한 조각을 불현 듯 주웠다.』

석운은 웃으며

『인제 그만 했으면 신분이나 좀 밝혀 보겠지. 흥신소 사원과는 마음 놓고 식사를 할 수가 없으니까……』

『참 세상에는 그런 종류의 직업을 가진 사람도 있었군요.』

학생은 거기서 정색을 하고 속 주머니에서 학생증을 꺼내 놓으며

『저 이런 사람이예요. 인사가 늦어서 죄송합니다.』

『음, 이번에는 학생 편에서 나를 경찰관으로 취급을 하는 모양인데……』

『아냐요. 가짜 학생도 있을 법하구요, 또 이제부터 선생님의 솔직한 말씀을 듣기 위해서도 필요한 에티케트이에요』

『다소 불유쾌하지만 보라니까 볼 수밖에……』

웃는 얼굴을 지으며 석운은 학생증을 들여다보았다.

『M대학 영문과 사년생 고영림…… 홍신소 사원은 아니로군!』

석운은 유쾌한 표정으로 도로 학생증을 돌려 주다가

『고영림…… 고영림…… 아, 저 칸나?』

『생각나셔요?』

방글방글 웃으며 영림은 빤히 석운을 바라보았다.

『생각납니다. 좋은 글이었오.』

『되지도 않은 글을 보아 주십사구…… 죄송해서 견딜 수가 없어요.』

그러는데 식사가 왔다.

그것이 「칸나의 의욕」 의 필자 고영림이라고 생각하면 아까 아침 혜화동 로타리에서 견지동까지 같이 타고 오는 동안에 바꾼 대화의 특이성이 가히 이해가 되었다.

『벌써 한 번 찾아가 뵙는다면서도…… 선생님, 예를 갖추지 못했어요, 용서하세요.』

시장하던 참이라 석운의 식욕은 대단히 왕성했다. 영림도 똑 같이 왕성했다.

『오이스터 프라이, 많이 잡수세요. 모자라면 또 가져오겠어요.』

『학생은 나를 황소로 아는군.』

그래서 두 사람은 유쾌히 웃었다.

『음, 차장의 뺨을 갈긴 것이 칸나였었군. 하하…… 유쾌하던데!』

『여자답지 못하다고, 선생님 속으로는 무척 흉보실 거예요.』

『나도 이제부터는 가끔 완력을 써야겠는 걸.』

『왜요?』

『옳게만 사용하면 완력에는 미가 있으니까……』

그러면 영림은 두 손으로 맥주 병을 공손히 들고 한 잔을 따라 주며

『술을 제 손으로 따라 마시면 맛이 안 난다죠?』

『학생이 그런 건 다 어디서 배웠오?』

『대학에서요.』

『응?』

『사회 대학에서 말이예요.』

석운은 문득 「칸나의 의욕」의 한 구절을 생각했다. 「사회인들의 분별은 좋았으나 그것은 모두가 세속의 누룩으로 말미암아 발효해 버린 술찌꺼기 같은 그것이었다.」

「참 요즈음 학생들은 맥주 쯤은 마실 줄 안다면서?」

혼자 마시기도 거북하고 해서 그런 말로 석운은 권해 보았다.

「다른 학생들은 어쩐지 모르지만 저는 먹음 먹어요. 한 두 병 쯤은 문제 없어요.」

「허어?」

석운은 약간 놀랐다.

「선생님의 그 「허어」에는 불량 학생이라는 의미가 팔십 퍼센트 쯤은 내포되어 있을 거예요. 그렇지만 먹어도 별반 괴롭지 않고 기분이 유쾌해진다는 체질적인 조건을 저는 지금 설명해 드리고 있는 것 뿐이예요.」

「허어?……」

석운은 마침내 포크를 멈추었다.

「그러니까 이번 「허어」에서는 선생님의 퍼센테이지를 좀 달리해 주셨음 좋겠어요.」

마주 보면서 영림은 곱게 웃었다.

「다소 달라졌오. 성실성이 팔십 퍼센트, 불량성이 이십 퍼센트…… 이것은 「칸나의 의욕」에서 느낀 것과 비슷한 불량이요.」

「선생님, 무척 기뻐요! 저를 그처럼 알아 주시니 말이예요. 아무리 저 자신을 호의적으로 생각해도 이십 퍼센트의 불량성은 확실히 있는 것만 같아요.」

「그만 하면 대단히 우수한 성적이요.」

「그럴까요?」

「그렇다고 나는 보지요. 오십 퍼센트의 성실성과 오십 퍼센트의 불량성…… 이것이 대다수라고 나는 보아요.」

「그렇담 이런 결론이 되겠군요. 작가 강석운 선생이제 아무리 성실하다고 해도 이십 퍼센트의 불량성은 확실히 갖고 있다고 단정을 하고, 인제부터 칸나는 선생님을 모시기로 하겠어요. 무방하시죠? 항의 같은 건 없으시죠?」

시종 여일하게 방긋방긋 웃는 낯으로 고영림은 이론의 전개를 꾀하고 있었다.

「곤란한 학생인 걸! 선생님, 선생님 하면서 그 선생님을 시험해 보려는 학생, 언지를 잡아서 뒷날의 증거로 삼으려는 학생임이 분명한데……」

「선생님은 지금 대답을 회피하고 계시지만 구태여 대답을 듣지 않아도 결론은 이미 나왔으니까, 그렇게 믿고 제가 이야기를 좀 하겠어요.」

「대체 무슨 이야긴데……?」

「이십 퍼센트의 불량성이면 충분한 이야기예요.」

「응?」

석운은 덤덤히 영림을 바라보았다.

강석운은 고영림의 솔직 무구(無垢)하면서도 무척 재미있는 논리 전개에 저도 모르는 사이에 차차 심금이 건드려지기 시작하였다. 영림의 논리는 항상 미소의 부드러움으로 감싸져 있었기 때문에 조금도 똑딱하지가 않아 보였다.

영림의 이러한 미소 전술은 순전히 올케를 위해서였다. 만일 올케의 문제가 없이 강석운 대 고영림의 경우라면 필요 이상의 미소 전술은 쓰지 않았을 것이다.

아뭏든 사람이 백 퍼센트로 성실하기가 어렵다는 인간성의 약점을 강석운이 자기가 입으로 직접 인정하였다는 사실은 우선 고영림에게 있어서 성공을 의미하고 있었다.

그러나 그것만으로써는 노력하는 강석운의 행동을 좌우하기는 또한 쉬운 일이 아닐 것 같아서 좀 더 책임있는 말을 강석운의 입을 통하여 직접 들어야만 하였다.

그런 것을 골똘히 생각하고 있는데

「무슨 이야긴지는 모르지만 천천히 듣기로 하고 우선 권해도 좋다면 한잔 권하겠오.」

석운의 입장에서 보면 먹을 줄 안다는데 안 권할 수도 없었기 때문이다.

그 말에 영림은 치킨을 뜯던 손을 멈추고 석운을 말끄러미 바라보며 여전히 미소 띈 표정으로 말하였다.

「선생님, 그건 서양식 예의예요.」

「뭐가?」

「선생님이 권하고 싶으심 권하는 것이지, 제 의향을 물으실 필요는 없다고 생각해요.」

석운은 웃었다.

「일일이 상대편의 의향을 물어보고 행동하는 것이 문화 민족의 예의런지는 모르지만 저는 별로 좋다고만은 생각하지 않아요.」

「그래서……」

언제나 그렇지만 석운은 말을 듣는 편이고 말을 하는

편이 아니다. 더구나 그것이 「칸나의 의욕」의 필자이고 보면 더 많은 말을 듣기 위해서도 자기의 의견을 먼저 내세워서는 아니 되었다.

「거기에는 이해성은 있지만 지극한 정성은 없어요. 식욕이 없는데도 우리 한국 사람들은 자꾸만 권하지요. 얼핏 생각하면 야만인 같아서 경멸하고 싶지만 그 지극한 정성에는 눈물겨운 데가 있다고 보아요.」

「학생이야 말로 이해성이 풍부하군요.」

「선생님도 제 말에 동감이시죠?」

「동감입니다.」

석운은 유쾌한 표정으로 대답하였다.

「선생님이 동감해 주신다니 정말 기뻐요! 그럼 됐어요!」

「되다니…… 뭐가 됐다는 말이요?」

「인간의 지극한 정성을 알아 주실 수 있는 선생님이란 것을 발견하고 저는 무척 기뻐요.」

「무슨 영문인지, 도시 모르겠는 걸. 학생의 태도는 나를 일일이 테스트(試驗[시험])하는 것만 같아.」

「후훗……」

포크를 든 손으로 영림은 입을 가리웠다.

『자아, 이왕 먹을 줄 아는 술이라니까 한 잔 들어요.』

『먹을 줄 몰라도 권하고 싶음 권하는 거예요. 선생님은 암만 해도 지나치게 점잖으세요. 신사이기는 하지만요.』

『이거 말마다 탓하고 보니 큰일인 걸』

『호호호…… 그렇지만 오늘은 사람의 눈도 있고 해서 그만 두겠어요. 다음 날, 선생님을 또 뵙게 되는 자리에서 먹겠어요. 제 의향과 능력을 묻지 마시고…… 선생님이 진심으로 한 잔 권하고 싶으실 때…… 그 때는 독약이라도 마실런지 모르죠.』

이야기는 무섭게 비약을 했다. 석운은 대꾸를 잃은 채 물끄러미 학생의 얼굴을 바라보며 들었던 맥주병을 자기 잔에 따랐다.

아까 견지동 출판사 앞에서 내릴 때 느낀 동요보다 좀 더 강렬한 정신적 흔들림이 석운에게 왔다. 편지를 받았을 때까지 합치면 세 번째의 흔들림이었다.

『선생님, 오늘 제가 선생님을 뵙고자한 데는 여러 가지 이유가 있지만 그중에서 가장 중요한 용건만 이야기하겠어요. 어떤 젊은 여자의 생명에 관한 중대한 인생 문답이예요.』

「아, 무슨 그런 케이스가 생겼오?」

「인제 선생님이 동감에 주신 두 가지 문제와 관련된 이야기예요.」

「두 가지 문제?」

「선생님, 벌써 잊어먹음 어떡하세요? 식욕이 없더라도 지극한 정성을 가진 상대편의 권이람 한 두 숟갈 뜨는 것이 한국 사람의 인정이라는 이야기와 또 아무리 성실한 사람이라도 이십 퍼센트의 불량성을 지니고 있다는 이야기와…… 이 두가지 이야기에 선생님이 동감해 주시지 않으셨어요?」

「아, 그래서?」

「어쨌든 동감하셨죠?」

「그래 동감은 했오.」

「그럼 됐어요! 이제 이야기 하겠어요.」

영림은 적이 안심을 하는 표정이 되며

「이런 경우에는 선생님이 어떻게 하면 좋을까요? 제 친구인 어떤 여자가 어렸을 때 어떤 청년 한 사람을 사모했어요. 그때 여자는 열 네 다섯의 소녀였고 남자는 스물 네 다섯의 청년이었지요. 청년은 여자를 나이 어린 소녀로만 믿고 어린애 취급을 했는데 여자는 소녀다운 심정으로 청년을 몹시 그리워 했었지요. 나이 어린 소녀의 몸이라 마음 속을 이야기 할 수는 도저히 없고 그러다가 두 사람은 영영 헤어져 버리고 말았어요. 그 소녀야말로 먹음 죽을 줄 아는 독약이라도 그 청년이 먹으람 눈을 딱 감고 먹었을는지 몰라요.」

석운은 불현 듯 영림을 쳐다보았다. 독약이라도 마실런지 모른다는 이야기는 아까 영림 자신이 입에 담은 한 마디였기 때문이다.

거기서 영림은 강석운에 대한 한혜련의 사모의 정을 추상적으로 쭉 이야기를 하고 그때의 그 청년이 지금은 세상이 다 아는 이름 있는 국회의원이라고 했다.

「선생님의 의견을 들어 가지고 저는 그 국회의원을 찾아갈 결심이예요.」

「찾아가서는?」

「죽기 전에 한 번만 만나 주라고요.」

「책임 문제는 아니니까……」

「그건 저도 알고 그 여자도 잘 알고 있어요. 그래서 제 동무인 그 여자도 국회의원을 찾아가 보겠다는 저를 굳이 만류하면서, 정말 제가 찾아간다면 혀를 깨물던가 독약을 먹고 죽어 버리겠다는 거예요.」

『음.』

강석운은 그 비연의 여주인공에 대하여 동정의 염을 금치 못하고 있었다.

『참 미인이예요. 뭐라고 할까? 요즈음 유행하는 저희들의 말을 빌면 생김생김 이라든가 몸 매무새가 그거야 말로 날씬하지요. 보슬비에 젖은 해당화도 좋고 배꽃도 좋지만 그런 따위는 비교도 안 되리만큼 예뻐요. 동성인 저까지도 꼭 안아 주고 싶도록……』

석운은 웃었다.

『정말이예요. 선생님! 안으면 꺼질 것같이 보드랍고도 가련한 여인! 조금만 건드리면 톡 하고 떨어져 버리는 양귀비 꽃, 조그만 누르면 터져 버리는 슈우크림의 말랑말랑한 체질을 지닌 포류의 여인이에요.』

『굉장한 찬미인걸! S언니가 아닌가?』

『한 번만 만나 주면 병이 날런지도 몰라요. 자비스런 의사가 된 셈치고 한 번만 만나 달람 안 만나 줄까요?』

『그건 사람 나름에 달렸겠지만……』

『선생님 같으심 어떡하시겠어요? 물론 선생님은 예술가니까 만나 주시겠지만요. 감격성과 이해성이 다 함께 풍부하실 테고 또 예술가적 로맨티시즘을 살리기 위해서도 만난 주시겠지만 저 편은 소위 예술을 모르는 정치가고 또 어딘가 도학자적인 데가 있는 사람이니까 어려울 것 같기도 해요.」

「곤란한 문젠 걸!」

식사는 디저트 코스에 들어가고 있었다.

「이처럼 곤란한 인생 문답을 나에게 제시한 건 학생이 처음이요.」

과일을 깍으면서 석운은 말했다.

「그래요?」

「학생은 내가 예술가니까 쉽사리 만나 줄 것으로 믿는 모양이지만 예술가에 대한 학생의 인식이 너무 낡아요. 오늘의 예술가는 십 구세기적인 서정(抒情) 제일 주의로서는 도저히 감당해 나가지 못하리만큼 지성의 요청을 받고 있어요. 인텔리전스(知性[지성])란 지적인 존재 이유의 구명을 말하는 것이니까 동정이라든가 하는 감정이 행동화 되려면 반드시 인텔리전스와의 민주주의적 타협이 성립되어야만 하지요. 감정의 미가 때로는 이성의 추로 변하는 것은 그러한 타협이 성립되어야만 하지요. 감정의 미가 때로는 이성의 추로 변하는 것은 그러한 타협이 없이 감정이 독선적(獨善的)으로 발동하기 때문이요.」

영림이가 결코 그것을 모르고 한 이야기는 아니었다. 다만 강석운으로 하여금 십 구세기적 예술가로 밀어 버림으로써 자기의 목적을 달성하려는 것 뿐이다. 그래서 동감한다는 말을 억제하고 침묵을 지킬 수밖에 없었다.

「온갖 독재주의가 그러하듯이 감정의 독재주의도 결국에 가서는 행동의 파탄을 일으키고야 말지요. 나도 그 여인의 가련한 운명에는 만감의 동정을 가집니다. 될 수만 있으면 어떻게 손을 뻗쳐 주고 싶어요. 그러나 손을 뻗칠 수 없는 것이 그 국회의원의 현실일 것입니다. 그러니까 그 국회의원이 나와 똑같은 의견을 갖고 있다면 우선 국회의원의 부인을 방문하여 납득시켜야 할 것이예요. 그길 이외에 사건을 처리할 방도는 하나도 없다고 생각해요.」

영림은 물끄러미 석운의 모습을 응시하고 있었다. 자기의 생각과 틀림이 없다. 한 사람의 남편으로서의 성실성이 영림의 가슴에 뭉클하고 왔다. 그리고 그것은 동시에 인간 강석운의 성실성을 의미하고 있었다.

그러나 영림은 이전처럼 그러한 강석운을 찬양만 하고 있을 수는 없었다.

그 성실성을 자기의 것으로서 차지할 수 없는 일종의 질투와 초조감을 영림은 불현 듯 느꼈다.

「선생님은 대단히 냉정하셔요.」

했다.

「결론을 너무 빨리 지우니까 일편 냉정하게 보이는 것이지요. 그 슈우크림과도 같은 말랑말랑한 여인을 동정하는 대목에서 내가 오랫동안 어물어물 답보만 하다가 한 서너 시간후에 이상과 같은 결론을 내렸다면 학생은 아마 나를 무척 다사로운 인간이라고 생각했을 거요.」

그 말에 영림은 손뼉을 치고 표정을 크게 쓰면서 외쳤다.

「으와! 선생님, 굉장한 심리학자시네요!」

석운도 놀랐지마는 주위에 앉았던 손님들이 모두 이편을 힐끔힐끔 바라보았다.

학생은 그런 대목에서 이처럼 감격할 줄을 안다는 것은 실로 좋은 소질의 소유자라고 석운은 반대로 감심을 하며

「남의 이야기에 대한 동정심은 그리 오래 가지를 못하는 거요. 학생은 그것을 내가 냉정한 탓으로 돌리지만 그건 내가 제 삼자이기 때문에 생기는 냉정이라고 보는

것이 옳을거요.」

「알아 듣겠어요. 선생님 말씀 참 재미 있어요. 지성적
이예요.」

「암, 재미 있지요.」

석운은 웃었다.

「그럼 선생님이 만일 그 국회의원의 입장에 서셨담
좀 더 오랫동안 동정을 하실 거 아냐요. 따라서 결론도
그처럼 냉정하지가 않으실 거구요.」

「아마 그렇겠지요.」

「선생님 바쁘시지 않으심 거리를 좀 걸으실까요.」

「이야기는 이제 끝났오?」

「아직 조금 더 있어요. 여기는 답답해서 걸으면서 이
야기하겠어요.」

석운이가 계산을 치르려는 것을 영림은 굳이 막으며

「학생이라고 얕잡아 보심 싫어요.」

「학생이 웬 돈이 있을까?」

「양공주 노릇은 안하니까 선생님 과히 걱정 마세
요.」

층계를 내려오면서 석운은 이 학생의 인품을 마음 속
으로 채점(採點)하여 보았다. 판정(判定)은 단연 A급이었

다.

저녁 무렵, 을지로 네거리는 어지럽게 움직이고 있었다. 빌딩 유리창에 놀이 탄다.

「선생님과 이렇게 같이 한 번 걸어 보았음 하는 생각, 어렸을 적부터 가끔 해 봤어요.」

둘이는 거리로 나서서 남대문 쪽으로 걸어가고 있었다.

「어렸을 적이라고, 언제부터?」

「제가 칸나를 좋아하기 시작할 무렵부터…… 그러니까 여학교 시절부터죠.」

「…………」

대답을 하면 싱거운 소리 밖에 튀어 나올 것 같지가 않아서 석운은 잠자코 있었다. 그러냐고 하기도 김빠진 소리요 고맙다는 대꾸는 더구나 싱겁다.

그저 이처럼 젊은 여성과 나란히 서서 걷는 것 그 자체가 유쾌할 뿐이었다. 상실했던 청춘을 다시 찾은 것만 같았다. 그리고 그것은 비단 오늘만이 아니다. 이전에도 그러했었다.

「참 오늘은 제 이야기를 하러 온 게 아닌데……」

영림은 후딱 그것을 생각하고 말머리를 다시 돌렸다.

「제 이야기는 후일 다시 뵈일 때 하기로 하고…… 선생님 봉선화 좋아하세요?」

「봉선화?…… 좋아하지요.」

「봉선화의 전설두 좋아하시구……」

「그럼요.」

「미스 헬렌도 좋아하셨죠?」

「미스 헬렌? 누군데요?」

「한혜련, 생각 안 나세요?」

「한혜련…… 모르겠는 걸.」

「지금으로부터 십 구년 전…… 선생님이 사모님과 달콤해 계실 때…… W대학의 사각모를 쓰고…… 원산 송도원 해수욕장에서…… 그래도 모르셔요?」

「모르겠는데…… 그런 일이 있기는 있었지만……」

「큰일 났네요!」

「뭐가 큰일이야?」

「백사장에 아로새긴 헬렌 한과 돌구름의 이야기……」

「아, 아 그 때의 그 조그만 소녀?」

석운의 기억은 비로소 희미하게 소생하기 시작했다.

「소녀야 다 조그맣지만…… 그렇지만 마음은 조그맣

지가 않았답니다.」

「참 그 소녀에게 봉선화의 전설을 이야기해 준 생각이 나오. 얼굴이 희고 귀엽다고 생각했던 소녀가 분명히 있었오.」

「새끼 손가락 둘에 봉선화 물을 들여 주셨지요. 그 소녀가 지금은 서른 둘, 돌구름 강석운의 환영을 십 구년 동안 안고 살다가 지금은 오늘 내일 하는 목숨이지요.」

「아아……」

석운은 문득 걸음을 멈추었다.

「선생님 걸으면서 이야기해요.」

둘이는 다시 걸음을 옮겼다.

「그 한혜련이가 바로 제 올케에요.」

「올케?」

「이 세상에서 제일 가는 선생님의 애독자지요. 겨울철 석달을 남겨 놓고는 십 구년 동안은 새끼 손가락에 봉선화물을 들여 온 여인…… 모습처럼 고운 마음씨의 여인…… 반생을 두고 돌구름만을 생각하다가 병에 쓰러진 여인……」

「아아, 무슨 말인지…… 무슨 말인지 알 것 같소!」

석운은 신음하듯이 중얼거렸다.

「저는 선생님의 인간성을 굳게 믿고 왔어요. 미스 헬렌의 이러한 비극을 선생님은 못 본체하지는 않으실 거예요.」

「미스 헬렌…… 그 소녀는 이름을 영어로 모래 밭에 썼었오!」

「선생님이 그때 이야기 해 주신 봉선화의 전설처럼…… 거문고를 타던 봉선화의 운명처럼.」

「불행히도 거문고는 피리 소리보다 높지 못했기 때문에 생긴 비극…… 학녀를 임금님 옆에 바라보는 순간 봉선이는 죽었지요!」

「…………」

「그렇지만 한혜련은 아직 살아 있어요. 죽은 후에 꽃다발을 들고 무덤을 찾아가는 것 보다는 죽기 전에 돌구름의 모습 한 번 보여 주신담 좋은 약이 될 거예요. 생명수가 될 거예요.」

「…………」

진고개 입구로 해서 퇴계로 넓은 길로 둘이는 접어 들어갔다.

영림은 올케와 오빠의 관계를 비롯하여 우수부인 한혜련의 불행한 과거를 상세히 이야기 하였다.

그 동안 석운은 쭈욱 침묵을 지키고 있었다. 지금까지 강석운이가 부딪친 인생 문답 중에서 곤란한 문제를 이번에는 몸소 실천해야만 하는 딱한 단계를 이르러 버린 것이다.

『학생이 조금이라도 나를 생각한다면 왜 이런 딱한 문제를 가지고 오는거요?』

얼마만에 석운은 무겁에 입을 뗐다.

『선생님이 무척 곤란해 하실 것을 저도 잘 알고 있어요. 그렇지만 언니의 삶이 하두 딱해서.』

『학생!』

『네?』

『솔직하게 대답하겠오. 내 솔직한 대답을 학생이 지닌 총명으로 잘 처리해 주시오.』

『알아 듣겠어요. 결국 국회의원의 부인을 찾아가서 승낙을 얻으라는 것이죠?』

『그처럼 너무 빨리 결론을 내려 버리면 아까처럼 냉정하다는 비난을 받을것 같아서 얼맛동안 여기서 답보를 하겠오.』

두 사람은 마주 쳐다보며 조용히 웃었다.

『솔직히 말해서 내 심경으로는 무턱대고 그 여인을

만나 보고 싶소. 그처럼 오랜 시일을 두고 나를 생각해 준 데 대한 감사의 념도 있고, 또 그 서양 애들처럼 귀엽던 소녀가 지금에 와서는 어떻게나 변했는지, 거기 대한 호기심도 지극히 왕성하오.」

「그러나 내게는 사랑하는 아내가 있오! 다음 말씀은 그거죠?」

석운은 웃을 수밖에 없었다.

「학생, 결론이 너무 빠르오.」

이상하게도 오랫동안 자기를 사모해 주었다는 한혜련에게 보다는 석운은 이 학생에게 좀 더 호기심이 움직이고 있었다.

「내가 내 아내를 사랑한다든가 안한다든가 하는 문제가 아니고, 지금 내가 생각하고 있는 것은 아내와 남편의 사회적 지위라는 말이요.」

「무슨 말씀이신데요?」

「내가 그 여인을 만나러 간다면 내 아내가 좋아할 것 같소, 싫어할 것 같소?」

「선생님이 무슨 딴 생각이 있어서 가시는 것도 아니고…… 그거야 말로 한 사람의 의사로서 잠깐 다녀오는 것이 무어가 그처럼 싫을까요?」

『학생은 아직 결혼 생활이라는 것이 무언지 모르오.』

『경험이 없으니까 모르지만…… 아마도 사모님이 바가지를 무척 긁으시나봐!』

그리고 허리를 꾸부러뜨리며

『아, 하하핫…… 아이, 우스워!』

영림은 자즈러들게 웃었다.

『그런 게 아니요. 바가지를 긁는다는 게 문제가 아니고…… 만일 어떤 남자가 자기 아내를 오랫동안 사모하다고 죽게 되었을 때, 남편 되는 사람이 자기 아내에게 문병 가기를 즐겨 허락할까요?』

『그렇지만 여자와 남자는 세계가 다르지 않아요?』

『뭐가 달라요?』

『…………』

영림은 대답을 못했다.

『학생의 총명으로써 여자의 사회적 지위를 스스로 격하(格下)한다는 건 서글픈 일인 걸.』

그제서야 영림은 실토를 했다.

『실은 저도 그걸 잘 알고 있어요. 그래서 오빠와도 무척 싸웠지만……』

「그걸 잘 알면서도 학생이 모르는 척 한다는 건 확실히 좋지 않은 태도야.」

「언니의 마음이 너무나 가엾어서…… 선생님, 미안합니다!」

영림은 고개를 숙이며 자기가 생각하고 있던 강석운은 그대로 임을 다시금 발견하고 마음이 풍족했다.

「그렇지만 저는 선생님의 마음에 비밀을 알고 있어요.」

「응?」

석운이가 머리를 돌리는데

「저리 올라가서 다리 쉬임을 하고 가요.」

영림은 남산 쪽을 가리켰다.

소나무가 서 있는 풀밭하나가 남산으로 올라가는 비탈길 초입에 있었다.

「내 마음의 비밀이라고…… 내가 무슨 비밀을 갖고 있기에 학생이 안다는 건가?」

풀밭에 나란히 앉아서 석운은 담배에 라이터를 그어댔다.

「선생님, 요즈음 와서 마음의 공허를 때때로 느끼시죠?」

「무슨 말이야?」

「시치미를 떼셔도 다 아는 걸요.」

「음, 학생이야말로 심리학자 모양인데……」

「알아 맞쳤죠? K신문에 나는 「유혹의 강」을 읽음 다 알아요.」

「그건 소설이고…… 그건 작품 세계야.」

「흥, 선생님이 저를 정말로 얕잡아 보시네요. 아주 소학생 취급을 하실 모양이야.」

석운은 대답을 피하고 담배만 푹푹 피우고 있었다.

「선생님의 불량성을 이십 퍼센트로 계산한 건 오산일 것 같아요. 적어도 사 오십 퍼센트는 될 거예요.」

「시세 폭락인 걸.」

「선생님의 시세가 폭락해서 슬퍼할 사람은 사모님 뿐일거예요.」

석운은 후딱 학생을 돌아다 보았다. 영림의 그 무척 도발적인 한 마디가 하마터면 석운의 조심성을 깨뜨려 버릴뻔 하였다.

영림의 시선은 멀리 시가 한 구석에서 못박힌 듯이 움직이지 않고 있었다.

이야기의 내용은 무척 자극적이었으나 표정은 대단히

무심하다. 그러한 세련된 포즈를 이 학생은 어디선가 습득하고 있었다.

오랫동안 침묵이 흘렀다. 그 흐르는 침묵 속에서 영림은 강석운의 반응의 정도를 계산하고 있었고 강석운은 영림의 정열의 중량을 저울질하고 있었다.

그러나 석운의 계산에는 자꾸만 갈래가 생겼다. 오늘의 이 회견이 한혜련을 위한 것인지 영림 자신을 위한 것인지, 좀처럼 석운은 갈피를 잡을 수가 없었다.

그리고 그러한 의구심은 고영림 자신에게도 있었다. 말로는 올케를 위하고 있는 것 같지만 감정으로는 제일을 처리하고 있는 것 같았다. 그래서 둘이 다 감정의 통일을 잃고 갈팡질팡하고 있는 것이다.

거기서 영림은 독심을 먹고 자기를 눌렀다.

『선생님의 시세가 폭락해서 제일 기뻐할 사람은 한혜련일 거예요. 사람 하나 살리는 셈 치고 선생님 잠깐만 다녀 와요. 선생님의 불량성도 좋고 자비심도 좋아요. 한 시간동안만 빌려 주세요.』

석운은 딱하다는 표정으로 한참 동안 잠자코 있다가

『불량성이건 자비심이건 내 일은 내가 처리하지요. 그러나 그 여인은 남편이 있는 몸이요. 오빠는 나의 방문을 하나의 불륜으로서 간주할 것이요.」

「오빠의 일은 제가 처리할 테에요. 오빠는 선생님의 방문을 알 턱이 없으니까요. 본질적으로 이 일이 불륜을 의미하는 것이 아닌 이상 오빠만 모르면 그만이 아냐요?」

「학생은 어리오. 내가 그 여인을 사모한대도 가기가 어렵지요. 또한 그 여인이 나를 진심으로 생각해 준다면 그러한 곤란한 처지에 나를 세우려 하지는 않을 것이니까요.」

「그래요. 올케는 만일 그런 일이 있으면 혀라도 깨물고 죽는다고 했어요.」

「맞았오. 그 여인의 생각이 옳소!」

식욕이 없는데도 권에 못이기어 한 술 뜨는 자비심과 이십 퍼센트의 불량성을 이용하려던 고영림의 계획은 완전히 허물어져 버리고 말았다.

9. 危險地帶[위험지대]

의욕이 강한 반면에 고영림은 무척 담백한 일면도 있

었다. 헬렌과 돌구름을 한 자리에 모아 놓는다는 것이 얼마나 힘든 일인가를 영림은 절실히 깨달았다. 인간 사회에 그러한 완강한 장벽이 가로 막혀 있다는 것을 영림은 통탄하였으나 어쩌는 도리가 없었다. 또한 강선생을 모시고 가는 날에는 시댁의 체면을 위해서라도 올케가 정말로 독약을 마실런지도 몰랐다. 그만큼 나약한 올케이기도 하기에 영림은 간단히 단념해 버리고 말았다.

단념을 하고 나니 감정의 통일이 생겨서 영림의 이야기는 아까처럼 조심성을 유지하지 않아도 무방하였다. 따라서 고영림의 독특하고 발랄한 대화가 자유롭게 튀어 나와도 좋았다.

「선생님 너무 심각하게 생각하실 것 없어요. 사실은 올케도 강선생님을 그처럼 깊이 생각하고 있는 건 아냐요. 옛날 해수욕장에서 만났던 그 청년이 작가가 되었다니까, 단순한 호기심에서 선생님 이야기를 가끔 한다는 것 뿐이예요. 그걸 제가 무척 과장해서 말한 거예요. 소설적으로 꾸며 대서……」

한혜련에게 집중되어 있는 신경을 풀어 주지 않는 한, 강선생은 무슨 인생의 숙명적인 부담 같은 것을 느끼고 항상 마음 한 구석에서 괴로워 할 것만 같았다. 이왕 희망없는 이야길진대 강선생으로 하여금 한혜련의 이야기를 깨끗이 잊어버리게 하여 드리는 것이 영림으로서의 도리 같기도 해서 앞 말을 취소해 버렸다.

『웅? 꾸며댄 이야기라고?』

『네, 선생님을 한 번 테스트해본 것 뿐이예요.』

『나를 테스트해 봤다? 나를 한 번 떠 봤다는 말인가?』

『네.』

『나의 무엇을 떠 보았다는 말인가?』

『선생님의 지조라고 할까? 말하자면 불량성과 성실성의 퍼센테이지를 말이예요. 호호호홋……』

영림이가 유쾌하다는 듯이 웃어대고 있는데 날카로운 한 마디가 총알처럼 석운의 입에서 튀어 나왔다.

『웃음을 그쳤!』

지극히 불쾌한 표정이 홱 석운의 얼굴을 덮어 왔다.

『어마?』

순간, 영림의 웃음은 꼬리를 잘리운 금붕어처럼 팔딱팔딱 뛰다가 그만 꽉 얼어 붙고 말았다.

『나쁜 사람! 전형적인 아푸레 학생이다!』

강석운은 풀밭에서 휙 몸을 일으켰다.

『앗, 선생님……』

얼빠진 표정으로 멍하니 서 있던 영림은 그렇게 외치며 한 걸음 다가섰다.

『손윗 사람이라고 대접을 받겠다는 건 아니야. 한 사람의 인간 대 인간의 문제다! 그대를 인간적으로 대해 왔던 내가 우선 불찰이었어!』

사태가 이처럼 돌변할 줄은 정말 몰랐다. 석운에게서 마음의 부담을 덜어주기 위한 자기의 행동이 이처럼 결과를 맺으리라고는 꿈에도 생각을 못했던 고영림이었다.

『마치 시정의 사깃군보다도 더한…… 그대야 말로 교양의 발판을 상실한 현대적 총명의 심볼이라는 걸 알아야 해.』

영림의 고개가 차츰차츰 수그러졌다.

그렇다고 해서 앞 말을 또 다시 취소하여 강선생에게 마음을 부담을 주기도 안됐고 그것은 또한 강선생의 정열을 자기에게로 집중시키는데 있어서 커다란 방해물을 될 것도 같았다. 이럴 줄을 알았던들 올케의 이야기를 애당초 꺼내지 않았던 것만 못하다고 영림은 마음 속으로 뉘우쳐 보았으나 이미 엎지른 물은 주워 담을 수가 없었다.

「시간이 바쁘니까 나는 먼저 가겠오.」

석운은 모자를 집어 쓰고 성큼성큼 풀밭을 걸어 나왔다.

「앗 선생님! 잠깐만…… 잠깐만 진정해 주세요!」

영림은 뛰어 가자 석운의 앞에 탁 막아 섰다.

「선생님, 조그만 진정하세요. 저 자신을 변명하지 않고는 선생님을 이대로 돌려 보낼 수는 정말 없어요!」

영림은 두 손길로 석운의 양복 앞 자락을 붙들고 애원하듯이 말했다.

「비끼시오!」

석운은 다소 침착한 음성이 되며

「학생의 변명을 들어야만 할 필요도 없고 의무도 없오.」

「그것도 잘 알고 있어요. 그렇지만 제 편에서 들려 드리고 싶어요!」

「나는 학생을 교육시키는 선생님도 아니고 또한 보호자도 아니요.」

음성은 다소 부드러워지고 있었으나 석운의 감정은 차차 더 뿌리 깊게 비뚤어지고 있었다.

「선생님, 제 잘못을 제가 잘 알고 있어요.」

『알고 있으면서도 일부러 취한 행동이라면 더욱 괘씸한 학생이 아닌가!』

『아냐요. 처음에는 몰랐지만 선생님의 꾸중을 듣는 순간, 제 잘못을 너무도 잘 알았어요.』

『잘못을 알건 말건 내게는 하등의 상관이 없오. 나는 다만 교양없는 한 사람의 학생의 방문을 받은 것, 다방에서 만나 주면 좋겠다기에 만나 준것, 그리고는 마침내 학생에게서 조롱을 받은 것…… 그것 뿐이요.』

『아, 선생님, 결코 조롱이 아니었어요.』

『처음 만난 사람을 그처럼 농락하고도 조롱이 아니었다는 말인가?』

『네, 결국은 그렇게 돼 버렸지만…… 거기에는 그 어떤 말 못할 사정이 있었어요.』

『무슨 사정인지는 알 수 없지만…… 말로는 존경한다면서 행동으로는 농락을 했오. 나는 정말 시간이 바쁜 사람이요. 학생이 비끼지 않으면 내가 비껴 가지요.』

양복 앞 자락을 잡은 고영림의 팔을 조용히 떠밀고 석운은 풀밭을 천천히 걸어 나갔다.

조용히 떠미는 석운의 손길이 예상 밖으로 완강한 힘을 지니고 있었다. 그 손길의 완강한 힘과 정비례하는

분량의 악화된 감정을 영림은 불현 듯 느끼고

『아아, 종시 선생님을 놓쳤다!』

여학생 시절부터 마음으로 줄곧 모셔 오던 선생님이 아니었더냐고, 경솔했던 자기의 실수를 절실히 뉘우치며 핑하고 뜨거워 오는 눈시울을 영림은 어린애처럼 손등으로 눌렀다.

풀밭을 나서서 비탈길을 석운은 성큼성큼 걸어 내려가고 있었다. 비뚤어진 그의 감정을 그대로 실은 것처럼 강석운의 두 어깨가 무척 날카로와 보였다.

한 번 쯤은 뒤를 돌아다 볼 것도 같아서 뜨거워 오는 눈시울에서 손등을 떼고 말끄러미 영림은 바라보고 있었다. 그러나 감실감실 작아져 가는 석운의 뒷모습은 그냥 딱 앞만 향하여 걸어가고 있었다.

감정이 차츰 격해지며

『선생님!』

손 하나를 흔들어 보이며 영림은 소리 높이 불러 보았다. 안 들릴리는 만무한 거리였으나 대답도 없고 돌아보지도 않는다.

『선생님!』

『…………』

「선……생……니……임!……」

「…………」

「어머나?」

종시 돌아보지 않은 채 석운의 모습은 완전히 비탈길 밑으로 사라지고 말았다.

영림의 입술이 삐죽삐죽 이그러지기 시작했다. 그 이그러진 입술 위로 눈물이 한 줄기 주루루 흘러 내렸다.

오늘 처음으로 만난 본 강선생님이었으나 이상하게도 오랜 시일을 두고 사귀어 오던 애인에게서 배반을 당한 것 같은 절실한 감정을 영림은 느꼈다.

석운은 비탈길을 총총히 걸어 내려가고 있었다. 자기를 부르는 영림의 목소리가 두 세 번 들렸으나 대답할 감정은 통 움직이지가 않았다.

「저런 학생이야 말로 잘못하면 어마어마한 노릇을 대담하게 해 치울 우려가 다분히 있어.」

석운은 진정으로 괘씸하기 짝이 없었다. 암소한테 물린 격이라고, 석운의 분노는 점점 더 넓이와 깊이를 가지고 확대되어 가고 있었다.

「참으로 맹랑한 노릇이다!」

칸나에 대하여 갖고 있던 호의의 가지 가지가 일순간

에 운무처럼 사라져 버리고 말았다.

『마침 잘 됐어!』

칸나의 언어 행동에서 정신적인 동요 같은 것을 불현듯 느끼곤 하던 자기 자신을 얼른 돌이켜 보며 그러한 흔들림이 더 커지기 전에 위험지대에서 안전지대로 간단히 빠져 나올 수 있게끔 되어 버린 오늘의 석운은 마음으로 축복하였다.

『저런 학생과 교제를 하다가는 큰 코를 다치지!』

학생이 총명하기 때문에 다치는 코도 어마어마하게 클 것이라고 강석운은 앞질러 생각하며 어서 빨리 꽃집으로 가서 야쓰데 화분을 찾아다가 아내에게 선물하는 즐거움을 맛보리라 생각하였다.

비탈 길을 다 데려가서 퇴계로 넓은 길로 들어서는데 발걸음 하나가 또박또박 따라오고 있는 것을 석운은 문득 깨달았다.

『그 학생인가?』

그 학생인지 모른다. 그러나 돌아다 볼 감정은 조금도 없다. 변명을 듣고 싶은 생각도 또한 없다. 그만한 학생이면 변명 쯤 얼마든지 꾸며 댈 수가 있을 것이 아니냐고, 재치있는 학생의 대화에 감심을 했던 것만큼 석운은 일종의 증오까지 느끼고 있었다.

발걸음은 그냥 따라오고 있었다. 석운의 걸음걸이가 빠르면 빠른 대로, 늦으면 늦은 대로 일정한 간격을 두고 또박또박 따라오고 있었다.

그렇게 해서 얼마나 걸었을까?…… 발걸음이 점점 가까이 다가오다가 이윽고 석운의 오른편 쪽으로 검은 어깨와 함께 자색 구두 코가 나타났다. 아까부터 보아 오던 칸나의 평화였다.

다소 부자연스럽게 치기를 느끼기는 했으나 석운은 그냥 황혼이 깃들기 시작한 서편쪽 하늘을 곧잘 바라보면서 걸었다.

놀은 이미 사라지고 없었다. 청보랏빛 하늘이 점점 어두워 가고 있었다. 울툭불툭 고르지 못한 거창한 톱날인 양 즐비한 회색 빌딩의 이 지붕 저 지붕이 거대한 모자이크처럼 청보랏빛 하늘에 물들여져 있었다.

영림도 말이 없다. 말이 없이 어디까지나 나란히 서서 걸어오고 있었다.

말다툼을 한 애인들처럼 묵묵히 두 사람은 걸을 수밖에 없었다.

『참으로 이상한 학생인 걸!』

석운의 편에서 먼저 입을 열 수밖에 없었다. 치기가 너무 길어지는 것이 어른답지가 못했기 때문이다.

「이상하실 거예요. 이처럼 넓은 길인데 하필 왜 바싹 붙어서 걷느냐는 말씀이죠?」

영림의 목소리는 이미 서글퍼 있지는 않았다. 이전처럼 또릿또릿한 어조였다.

「그것도 있지만, 그 뿐만이 아니야.」

「그러실 거예요. 어떻게 보면 착실해 보이기도 하고 어떻게 보면 시정의 사깃군 같기도 하고……」

「남성을 다루는 편이 상당히 능숙한 걸.」

「다소의 경험을 쌓았으니까 그렇겠지만…… 선생님이 상상하시는 것 보다는 아직 순진할거예요.」

「제 자랑을 제가 하면 객관적인 박력이 없어져.」

「오해하시면 슬퍼요. 저는 지금 신과 대화를 하고 있는 거니까요.」

「말을 삼가요! 학생과 같은 인간이 신의 이름을 입에 담는 다는 건 신에 대한 모독이야!」

석운의 언성은 또 갑자기 높아졌다.

신에 대한 모독이라는 말을 듣고 영림은 지극히 슬펐다. 영림은 정말로 신과 대화를 하고 있었던 것이다.

올케 한혜련에 관한 이야기를 취소한 것을 석운은 인간의 불신(不信)으로서 계산하고 있지마는 영림의 입장으로서는 강석운의 심기를 덜어 주기 위한 하나의 정의를 의미하고 있었기 때문이었다.

「선생님의 오해를 지금 이 자리에서 당장 풀어 드릴 수 없는 것을 슬퍼할 뿐이예요. 그렇지만 언젠가는 풀어 드릴 수 있는 문제이기에 선생님의 오해를 산 채 저는 제 이야기를 계속하겠어요.」

「역시 신과의 대화인가?」

「그래요. 거짓없는 이야기라면 신은 제 이야기에 귀를 기울일 것이라고 믿으니까요.」

「마음대로 해 봐요.」

「칸나는 오늘 선생님과의 회견에 있어서 출발을 잘못했었어요. 칸나는 어디까지나 자기 자신의 의욕을 존중했어야만 했어요. 쓸데없는 영웅주의, 쓸데없는 자기 희생…… 그런 종류의 자기답지 않은 감상주의가 도대체 잘못이었어요.」

「무슨 말인지, 도시 못 알아 듣겠는 걸.」

「못 알아 들으실 거예요. 못 알아 들으신 채 이 대목은 그대로 보내 주세요.」

『그래서……』

『오늘 제가 선생님을 만나 뵌 시간이 아까 아침 녘에 한 삼십 분, 그리고 네시서부터 지금까지가 두시간 반, 그러니까 도합 세시간 밖에는 되지 않아요. 그런데도 불구하고 인제 선생님이 화가 나서 내려오실 때, 칸나는 울었어요.』

그제서야 비로소 석운은 영림의 옆 얼굴을 돌아다보았다. 그러나 영림의 얼굴은 그냥 앞을 향하고만 있었다.

『아냐요. 제가 말을 또 잘못 했어요. 칸나는 좀처럼 울지를 않으니까요. 칸나가 운것이 아니고 칸나의 눈에서 육체의 배설물인 말간 물 방울이 솟아나왔다고 말하는 것이 적당한 표현일 거예요. 운다는 건 설명이고, 눈물이 솟아 나왔다는 건 묘사니까요. 설명보다 는 묘사가 정확성을 띄고 있을 테니까요.』

비뚤어졌던 감정과 별개의 의미에서 석운은 다시금 흔들리기 시작하였다.

『거기서 칸나는 생각했어요. 단지 세 시간 밖에 만나지 못했던 사람 때문에 눈물이 솟구쳐 나올 수는 없는 일이 아니냐고요. 그러나 실제에 있어서 눈물이 솟아 나오고 있었으니까요.』

석운은 또 영림을 돌아다보았다.

『아무리 돌아다 보셔도 화장을 한 얼굴이 아니니까 눈물 자욱은 보이지 않을 거예요. 사깃군같은 거짓말을 잘 하는 전형적인 아푸레 학생의 말이니까 선생님이 곧이 들으실 리는 만무하겠지만 저는 지금 신과 대화를 하고 있는 것 뿐이니까요, 용서하세요. 선생님이 옆에 계시는데 딴 분과 이야기를 해서 미안해요.』

영림은 비로소 얼굴을 돌리고 석운을 쳐다보며 방그레 웃었다.

칸나의 뾰족하면서도 한편 무척 소박한 성격이 부드러운 웃음과 함께 직접 석운의 심장에 왔다.

『인제부터 나하고만 이야기해요. 딴 사람과는 이야기 말고……』

석운도 미소를 지었다.

『솔직하게 들어 주심 이야기 하겠어요.』

『아까처럼 떠보지만 않는, 솔직한 이야기라면 솔직하게 듣지요.』

『그럼 됐어요. 이제부턴 절대로 솔직할 테에요.』

『그럼 됐어. 나도 이제부터는 절대로 솔직하게 들을 테니까……』

『이 순간에 있어서의 저의 솔직한 욕망은 선생님을 한 번 유혹해 보고 싶다는 거예요.』

『…………』

『나를 유혹한다?』

석운은 적지 않은 놀람을 가지고 물었다.

동화 백화점을 지나 명동 쪽으로 둘이는 걸어가고 있었다. 날은 이미 저물어 전등이 켜져 있었다.

『유혹이라는 것보다도…… 결국은 그것이 유혹이겠지만…… 제가 이렇게도 선생님을 좋아하고…… 오래오래 선생님을 제 옆에 모시고 싶은 생각이 간절할 뿐이예요. 이런 생각이 다 선생님을 유혹하고 싶은 욕망이 아닐까요?』

『그렇지만 나를 유혹해서 학생에게 이로운 점이 별반 있을 것 같지가 않은데……』

『이해 득실을 저는 문제로 삼고 있는 건 아냐요. 제 감정이 그렇게 돌아가고 있다는 것뿐이예요.』

『나를 그처럼 호의적으로 생각해 주는 건 감사하지만…… 학생 자신의 앞날을 위해서도 그런 감정은 죽여 버려야만 해.』

『어른다운 그리고 선생님다운 말씀이예요. 그렇지만

그런 말씀을 제 앞날을 위해서 하시는 건지, 혹은 선생님의 평화로운 가정을 위해서 하시는 건지?」

「둘을 다 위해서 하는 거야. 여자의 행복은 일생에 한번 밖에는 없어. 그처럼 소중한 행복의 대상은 따로 있을 거니까……」

「제가 예측하고 있던 그대로예요.」

「그대로여서 다행이지요.」

「선생님의 안전을 위해서는 다행일 거예요.」

「동시에 학생의 안전을 위해서도 다행이지요.」

「선생님, 이제 그 학생이라는 말을 좀 집어 치워 주시면 좋겠어요. 고영림이라는 떳떳한 이름이 제게는 있어요. 칸나라는 별명도 있구요. 그런데 하필 왜 학생, 학생하면서 사제지간의 윤리로서 자꾸만 견고한 삼팔선을 그어 놓으려는 거예요?」

「허어, 참 학생은……」

「또 학생이예요? 선생님한테 학생이라는 말을 들을 적마다 어쩐지 어린애 취급을 받는 것 같아서 아주 질색이예요. 선생님은 어른이라는 안전지대에 버티고 앉아서 허어허어 하고 어린애 취급을 해두시는 것이 위험하지 않아서 편하시겠지만…… 저는 그런 종류의 핸디캡은 싫어요.」

「그럼 어쩌면 좋은가?」

「일대 일로 가는 거예요. 선생님도 아까 그런 말씀하셨죠. 인간 대 인간의 문제라고요. 나이 스물 넷임 어린애 취급은 면해야지 않아요?」

「그럼 좋아. 영림 양은……」

「영림 양…… 영림 양…… 아, 젖비린내 나는 아이가 갓을 쓴 것 같아서 감각에 맞지 않아요.」

「그러나 나는 미스 김이라든가 미스 고라든가 하는 말은 구역질이 나서 못해.」

「그건 저도 동감이예요.」

석운은 조금 생각하고 나서

「영림씨는 어때요?」

「아이구 서먹서먹이야! 그저 영림이라고 불러 주세요. 그 편이 융통성이 있어서 좋아요.」

「융통성이 있어?」

「남이 볼 때는 사제지간 같아서 무난하고, 단 둘이 있을 때는…… 후훗……」

「웅?」

「애인 같잖아요?」

번화한 명동 입구를 지나칠 무렵이었다.

석운은 대꾸를 잃은 채 후딱 영림을 돌아다보았다. 영림의 얼굴은 곧장 전면을 향하고 있었다.

석운은 지금 자기가 위험 지대에 놓여 있는 사실을 분명히 자각할 만큼 마음의 동요를 느끼고 있었다.

영림이가 내뱉은 한 마디가 이미 청춘의 상실을 자각하고 있는 강석운의 영혼을 앞질러 가면서 꼭꼭 자극해 왔다. 마치 배설기(排雪機)와도 같이 앞길을 열어 주면서 고영림을 떠밀어가며 걸어나가고 있는 셈이었다.

석운은 자극에서 받는 마음의 동요를 배제하고 억압하기 위하여 일부러 물었다.

『영림은 내가 쉽사리 유혹을 당할 것처럼 생각하고 있는 모양인데……』

그 말에 영림은 핼끔 석운의 표정을 살피고 나서

『웬만해서는 당하지 않을 거예요. 그렇지만 그건 표면에 나타난 문제이고 마음으로는 가끔 유혹을 받고 있을 거예요. 그걸 선생님은 교양이라든가 하는 따위의 노력으로써 극복해 나가고 있을 뿐이죠. 그렇지만……』

『응?』

『선생님의 그러한 노력이 일단 허물어지기 시작하는

날에는 성실도 없고 체면도 없을 거예요. 가정도 없고 사모님도 없어요.」

「허어? 그런 걸 영림은 어떻게 다 알고 있어?」

「다 알아요. 선생님이 갖고 계시는 아름다운 꿈과 본질주의가 합작을 하는 날에는 세속적인 온갖 것이 무가치 하게 되고 말 거니까요.」

하낱 독자로서 이렇듯 신랄하게 작가 강석운의 본질을 찔러 올 줄은 정말 몰랐다. 그것은 비단 독자로써 뿐만 아니었다. 친구들 중에서도 강석운을 이만큼 아는 사람은 하나도 없었다.

「그러나 그리 쉽사리 내 노력이 허물어질 것 같은가?」

「선생님의 노력이라고는 별다른 것이 있을 것 같지는 않아요. 다만 선생님의 노력을 허물어뜨릴 만한 상대자가 아직까지 선생님의 눈앞에 나타나지가 않았을 뿐일 거예요.」

「그래 영림은 허물어뜨릴 것 같은가?」

영림은 한참 동안 대답을 주저하다가

「저도 노력해 봐야죠. 선생님의 노력을 허물어뜨릴 때까지……」

「위험 인물이구나!」

「반가운 인물이 될 때가 올런지 누가 알아요?」

「상당히 자신을 가지고 하는 말인데……」

「자신이 아니구요, 역시 끈기 있는 제 노력일 거예요.」

「무엇 때문에 그런 힘든 노력을 해야만 하느냐 말이요.」

「선생님이 그저 좋으니까.」

「모를 일인 걸! 여러 모로 보아서 나는 적임자가 아닐텐데……」

「이것 보세요.」

「응?」

「선생님의 성격으로나 인생관으로나 따져 볼 때 선생님이 그중 좋아할 수 있는 타입의 여성이 즉 칸나 고영림이라는 것을 알았어요. 아주 지나친 경솔한 말 같지만요. 저는 오랫동안 그것을 생각하고 있었어요. 경솔했으면 용서하세요. 용서하시고 맞았음 맞았다고 안맞았음 안맞았다고 솔직히 한마디만 대답해 주시면 좋겠어요.」

「맞았어! 솔직히 대답해서 나는 아직껏 영림과 같은 여성을 대해 본적이 없었오!」

신음하듯이 석운은 실토를 하였다.

「선생님, 기뻐요! 굉장히 기뻐요! 그럼 됐어요.」

「되다니……」

「제 노력의 절반이 줄어들 테니까요.」

「어물어물 하다가는 안 되겠는 걸. 정신 무장을 단단히 해야겠어!」

농담조지만 사실도 그랬다.

영림은 말없이 웃었다.

을지로 로타리를 건너 석운은 아까 야스데를 맞겨둔 꽃집 앞에서 걸음을 멈추었다.

「잠깐 들러서 화분을 하나 찾아 갖고 가야겠오.」

칸나 고영림이가 풍기는 강렬한 분위기 속에서 희미하게 사라졌던 아내의 모습이 갑자기 확대되어 왔다.

「선생님, 야스데를 무척 좋아하시나 보요. 이런 먼데서까지 사 가지는 걸 봄……」

「별로 좋아하는 것도 아니지만…… 잘못 건드려서 그만 화분을 깨뜨렸지요.」

「그래서 하는 수 없이 사가시는 거군요.」

석운은 그저 웃기만 했다.

「선생님이 좋아하시는 화초는 뭐예요? 이담 원고 찾

으러 갈 때 사갖고 가겠어요.」

「그럴 필요는 없지만…… 석류 같은 걸 좋아하지.」

「알았어요.」

주인더러 택시를 부르래서 화분을 실었다.

「제가 댁까지 선생님 모셔다 드려도 무방하시죠?」

「무방하지만…… 그럴 필요까지는 없오. 이야기가 있으면 다시 만나지. 내 집으로 찾아와도 좋고……」

야스데 화분을 바라보면서 영림과 더불어 달콤한 대화를 나눈다는 것이 어쩐지 석운에게는 마음에 걸렸다. 영림과의 드라이브를 즐기려거든 차라리 야쓰데 화분을 한길가에 내동댕이 치던가 그렇지 않으면 야쓰데 화분 옆에서 한시 바삐 영림을 멀리하고 싶었다.

이것도 저것도 아닌 감정의 불안정이 석운은 생리적으로 괴로왔다. 그것도 걸 프랜드와의 경쾌한 사교라든가 일시적인 매소부 등속과의 드라이브라면 모르거니와 칸나 고영림의 의욕은 뿌리가 깊다. 칸나가 야쓰데를 모욕하느냐? 야쓰데가 칸나를 경멸하느냐? 두 사람 중의 하나는 결국에 있어서 자존심에 상처를 입어야 했기 때문이다.

「알겠어요. 그럼 선생님 후일 다시……」

「놀러 와요. 대개는 집에 있으니까……」

「언제 놀러 갈는지 모르니까…… 영영 안 갈런지 모르니까…… 떠나가시기 전에 한 말씀만 더 드려 두겠어요.」

「아, 좋아요.」

「칸나의 의욕이 다소 강했기 때문에 자칫 잘못하면 불량 취급을 받을 것 같아요. 그렇지만 제 아버지나 제 오빠에게 인간적으로나 애정적으로나 버림을 받고 있는 제 어머니나 올케의 입장을 옹호할 줄도 아는 칸나라는 사실을 동시에 알아두고 가시는 것이 좋으실 거예요. 그 것 뿐이예요. 선생님, 편히 주무세요.」

「편히 돌아가요.」

「악수를 하고 싶지만 아껴 두기로 하겠어요.」

그리고는 홱 돌아서서 명동 쪽으로 또박또박 영림은 걸어갔다.

차는 떠났다. 달리는 백글라스로 석운의 시선은 얼마 동안 영림의 뒷모습을 붙든 채 놓아 줄 줄을 모르고 있었다.

「상당한 학생이다.」

거짓없는 감탄의 한 마디를 석운을 토했다.

오늘 강석운이가 고영림에게서 받은 온갖 자극과 감동은 순전히 정신적인 그것이었다. 고영림이가 지닌 육체의 냄새를 맡을 수 있기에는 영림의 개성이 너무도 강렬하였다.

개성이나 교양이 뚜렷하지 못한 여성일수록 육체의 냄새가 풍기는 법이다. 아니, 그러한 여성일수록 남성들에게는 육체 밖에 상대가 되지 않기 때문이다.

「상당한 여성이야!」

석운은 다시 한 번 되풀이 하다가 후딱 정신을 차리며

「위험 인물! 위험 인물!」

하고 중얼거렸다.

진실한 연애를 할 수 있는 여성일수록 강석운에게는 위험했기 때문이다. 건드려 보다가 그만 둘 수 있는 연애가 아니다. 칸나는 무섭다. 무섭고도 귀엽다.

「빨리 집으로 돌아가자!」

석운은 야쓰데 화분을 무심 중 어루만지며 입 속으로 외쳤다.

빨리 집으로 돌아가자고 마음속으로 외치면서도, 야쓰데 화분을 무심 중 어루만지면서도 석운의 의식 속에는 이 몇 시간 동안에 걸쳐 고영림이가 남겨 놓고 간 강렬한 환영만이 자꾸만 확대되어 갔다.

얼굴 모습이나 몸 매무새보다도 고영림의 말이 더 좋았다. 대화의 형식도 현대적 센스를 담뿍 담뿍 지니고 있었지만 대화의 내용이 더욱 좋았다. 쓸데없는 대화는 한 마디도 없었다.

후추 알처럼 매우면서도 소박하고 선량하기 때문에 부드러움이 있었고 지성적이기 때문에 논리에 모순이 없어서 듣기에 지극히 상쾌하다.

지나칠 듯 지나칠 듯 하면서도 컨트롤이 있어서 탈선을 하지 않는 대목에서 고영림은 동시에 겸양의 미까지를 보여 주고 있었다.

형식은 아쁘레 같아 보이지만은 내용은 아쁘레가 아니었다. 거리에서 흔히 볼 수 있는 젊은 여성들처럼 천박한 자존심에서 톡톡 튀어 나오는 독선적인 감정의 노출이었기 때문에 유치해 보이지도 않았고 불쾌하지도 않았다. 따라서 대화는 중단됨이 없이 일정한 논리의 궤도를 타고 어디까지나 계속 될 것만 같았다.

「그렇지만 저는 사모님의 입장도 잘 이해하고 있어요.」

헤어질 직전에 고영림은 방탕한 남편을 가진 어머니와

올케에 비유해서 그런 의미의 한마디를 종시 첨부해 놓았다. 악수도 후일로 아끼어 두었다. 여유있는 행동이라고, 고영림에 대한 채점율을 에이 플러스(A+)라고 석운은 고쳤다.

「고영림! 고영림!」

자기 인생에 이런 종류의 여성이 뛰어들 줄은 몰랐다.

중년의 남성들이 유혹을 받는 것은 그 태반이 여성들의 육체에서였다. 청춘의 상실을 탄식하고 서글퍼하는 그 대상은 대개가 다 육체의 젊음이었고 영혼의 젊음은 아니었다. 그렇건만 고영림은 육체보다도 영혼의 젊음을 가지고 석운에게 육박해 오고 있는 것이다.

어두운 거리가 창 밖에 흐르고 있었다. 창경원 앞을 차는 지나는 모양이었다. 담배를 꺼내려던 손길이 언뜻 뻗으면서 야쓰데 잎사귀를 어루만졌다.

「아내란 도대체 무엇일까?」

십팔년 동안에 걸쳐 애정과 신뢰를 지니고 있는 아내 김옥영의 존재와 단세 시간 동안에 걸쳐 그것을 느끼게 된 고영림의 존재를 석운은 무심 중에 비교하고 있었다.

인간을 신뢰하는 점에 있어서는 아직 고영림은 문제가 되지 않았다.

「그러면 애정에 있어서는……」

그러다가 석운은 단번에 앞 말을 취소하였다.

「영림에게서 느낀 것은 애정이 아니다. 단순한 감동에 불과한 것이다.」

그리고 그러한 종류의 감동은 멀지 않은 장래에 있어서 애정으로 변할 가능성이 지극히 많달 뿐이다. 고영림이가 자꾸만 보고 싶고 만나서 이야기하고 싶어지는 순간, 자기의 감동은 비로소 하나의 애정으로 변모를 하는 것이라고 보아야 할 것이다.

「그것은 하여튼 오늘 밤 나는 고영림에 관한 이야기를 어느 정도까지 사실대로 아내에게 말할 수 있을 것이며 또는 말해야만 할 것인가?」

석운 자신은 말하자면 끝까지 수동적 태도를 취해 왔을 뿐 아니라, 영림의 의욕에 대해서는 어른다운 충고도 했다. 그렇고 보면 사실대로 이야기를 해도 무방할 것이라고 석운은 생각했다.

(내외간에 비밀을 가진다는 것…… 가정의 파괴는 거기서부터 시작이 되는 법이다.)

10. 安全地帶[안전지대]

혜화동 로타리에서 차는 멈추고 아이들을 위해서 과자 한 상자를 샀다. 그리고는 곧장 혜화동 골목으로 접어 들어갔다.

정문 앞에서 차 멎는 소리를 듣고 맏딸 경숙이가 사내 동생 둘을 거느리고 뛰쳐 나왔다.

『아버지, 뭐 사 왔어요?』

열 살 짜리 도선(道善)이가 차에서 내리는 석운을 우선 붙잡았다.

『도선아, 그러지 마! 어떻게 매번 사 오시니?』

열 다섯의 도현(道賢)이가 언니다운 수작을 했다. 그러면서도 의례 사왔으려니 하는 짐작을 했다. 아니나 다를까

『자아, 이건 너희들 것!』

『그것 봐! 안 사 갖고 올 아버지야?』

도선은 과자 상자를 들고 다람쥐처럼 쪼르르 뛰어갔다.

『너희들은 이 화분 좀 맞들고 들어가거라.』

『어마, 화초 분 또 사오셨네요..』

「응, 이건 너의 어머니 거다.」

「아버지는 그저 어머니만……」

요즈음에 와서 경숙은 그런 말을 곧잘 했다. 아버지를 찬양하는 말이었으나 몇 퍼센트 쯤 질투도 있을 것이라고 석운의 짐작은 거기까지 가고 있었다. 아이들이 크면 말 한마디 허수로이 못하겠다고, 옥영은 조심을 하고 있는 터이다.

협소는 했으나 아담한 정원이었다. 콩크리트로 만든 조그만 못 가에 화분이 주루루 놓여 있었다. 야쓰데도 화분 속에 있었으나 나무가 적다. 겨울 한 철을 책상 위에서 난 야쓰데였다.

「어머니, 빨리 나오세요. 굉장한 푸레센트예요!」

경숙이가 또 안을 향하여 소리를 질렀다.

「그래? 아버지가 엄마한테 푸레센튼가?」

「글쎄 빨리 좀 나와 보세요! 아버지가 지금 엄마한테 인삿말 받으려고 기다리고 계신데요.」

「요것이!」

석운은 금새 권투 선수가 되면서 스트레이트를 넣는 시늉을 했다.

「엄마!」

경숙이가 목을 움츠러뜨리며 소리를 치는데

『아버지, 맞서 봐요?』

도현이가 아퍼 칼의 태세를 취하면서 달려 들었다.

『옳지. 인제야 호적수다. 계집애는 상대가 안돼!』

그러면서 석운이가 몸가짐을 바로 잡는데

『삐억……』

하고 석운의 옆 엉덩이에 편취가 하나 들어 닿았다.

『야아, 손 들었다! 손 들었어!』

석운이가 두 손을 번쩍 드는데 정신이 갑자기 환해지며

『아이구, 커다란 어린애. 한 분 또 나타나셨군!』

부엌 전등을 복도에 내 걸며 옥영은 뜰로 내려섰다.

『글쎄 어머니, 이 야쓰데 좀 보세요. 어떻게나 큰지. 어머니를 위해서 정성 들여 사오신 거래요.』

『어쩌면…… 크기도 하네요.』

『어머니, 인제 인사하세요.』

『감사합니다.』

소학생처럼 옥영은 절을 했다.

『으와, 한 커트 찍어 두고 싶은 씬이야!』

경숙은 손뼉을 치며 호들갑스럽게 웃어 대고 나서

「엄마와 아버지는 그마니스트라니까!」

했다.

「참, 요즈음 애들은 못하는 말이 없어.」

옥영은 다소 민망했고 석운은 그저 웃고만 있었다.

도현은 못 물을 퍼서 야쓰데 화분에 부어 주고 있었다.

오늘은 아버지가 일찌감치 들어올 것 같다고 해서 모두들 저녁을 안 먹고 기다리고 있는 참이라고 했다.

「그럴 필요는 없었는데…… 어서들 저녁을 먹어요.」

석운은 푸푸 세수를 하며, 자기가 고영림에게 황홀해 있는 동안 집안 식구들은 시장기를 참고 있는 것이라고 석운은 적지 않게 미안해졌다.

「저녁 잡수셔야죠?」

석운의 모자와 옷을 들고 옥영은 물었다.

「나는 이른 저녁을 먹었는데……」

「오늘 밤 원고 쓰세요?」

「어디가…… 오늘은 파이야. 머리가 뒤숭숭해서……」

「그럼 술이나 조금 데워요?」

「아, 그러는 게 좋겠오. 그런데 혜숙(惠淑)은 어디 있오?」

비누질을 하며 석운은 물었다.

「벌써 자는 걸요.」

금년 일곱 살 먹은 막내 딸이다.

옥영은 주방으로 들어가서 술 상을 차리기 시작했고 식모는 저녁 상을 보아 가지고 안방으로 들어갔다.

세수를 마치고 수건으로 머리를 문지르면서 석운은 그처럼 강렬하게 떠오르던 고영림의 환영이 조금씩 희박해져가는 것을 느끼고 있었다.

「됐어!」

마음이 차차 가라앉기 시작하는 자기 자신을 좀 더 힘차게 붙들기 위하여 석운은 일부러 손을 뻗쳐 물방울이 달랑달랑 맺혀져 있는 야쓰데 잎사귀를 한번 건드려 보고 나서 안으로 들어갔다.

「아버지, 진지 잡수세요.」

「나는 먹었다. 어서들 먹어라.」

「네에.」

둥그런 상에 둘러 앉아서 아이들은 식사를 시작했다.

조금 후에 옥영이가 술상을 보아 가지고 들어왔다.

「애들하고 같이 먹겠오.」

아버지와 한상에서 먹는 것은 아이들은 좋아했다.

「부산한데 따로 잡수세요.」

「아니야, 같이 먹어.」

옥영은 술 주전자와 안주를 아이들 옆에 옮겨 놓으며

「아버지가 오늘은 늦어져서 너희들한테 미안하신 모양이시다.」

머리에 빗질을 하고 나서 석운은 아이들 틈에 끼어 앉았다.

「잔이 작은 걸, 비루 술잔 갖다 줘요.」

「어머나? 일주는 작아야 술 맛이 나신다더니…… 아주머니, 술잔 하나 가져와요.」

「네에.」

오십 고개의 식모가 술잔을 가져왔다. 옥영은 술을 따르며

「아이, 한 주전자가 다 들어가네요.」

어쩐지 석운은 목이 자꾸만 갈하다. 반 술잔을 단숨에 석운은 들이켰다.

「맥주인줄 아시나봐?」

옥영은 놀란다.

「목이 갈해서……」

「그럼 오늘은 원고도 안 쓰실 텐데 한잔 드시고 일찍

주무세요.」

「응, 그래야겠오.」

늦은 저녁이라, 아이들은 열심히 숟가락을 놀리고 있었다. 아이들이 열심히 식사를 하고 있는 풍경을 바라본다는 것은 즐거운 노릇이었다. 석운의 가슴속에 화락(和樂)이 깃들기 시작했다. 들떴던 감정이 또 조금 가라앉는 것을 느끼자

「고영림이가 다 뭐야!」

석운은 마음 속으로 그렇게 외쳤다. 그렇게 외치고 나니 또 조금 마음이 평온해졌다.

「참, 출판 계약은 어떻게 됐어요?」

숟가락을 멈추며 기대에 찬 옥영의 얼굴이 반짝 들렸다.

「아, 잘 됐오. 인세는 절반식 나눠서 두 번에 받기로 했오.」

「애, 경숙아, 이번에는 정말로 아버지가 네 피아노를 사 주신단다!」

「으와……」

경숙이 숟가락을 내동댕이치고 벌떡 일어나서 어린애처럼 발을 동동 구르며 빙글빙글 맴돌다가

「아이구, 아버지!」

하고, 희열에 넘치는 외침과 함께 등 뒤로부터 석운의 목을 껴안았다.

「애두 참, 좋으면 저러는가?」

옥영도 만족했고

「아이구, 목이야! 숨이 막혀!」

석운은 얼굴을 찡그리며 고영림의 존재를 완전히 망각했다.

이윽고 아이들을 하나 둘 흩어져 갔다. 도현이와 도선은 저희들 방으로 과자 몇 낱씩을 배급 받아가지고 갔다. 경숙은 오쫄오쫄 춤을 추면서 명륜동으로 피아노 연습을 갔다.

「그래서 말이요, 한편으로는 당신을 믿으면서 눈앞에 전개되는 광경은 딱딱 들어 맞거든 다방에서 요릿집 뽀이를 만난다던가…… 그 뽀이의 인도를 받아 호화판인 자가용 차를 몰아 댄다던가…… 목적지는 틀림없이 호텔이 아니면 요정이라고 생각을 했지.」

「어쩌면 당신은……」

「아니나 다를까, 당신은 마침내 북경루로 자취를 감추었거든. 나미아미타불! 될 대로 다된 일이라고, 나는 마음 속으로 이미 손을 들고 있었오.」

오늘 석운이가 겪은 이야기를 상세히 하고 나서

「어쨌든 나로서는 실로 좋은 경험을 한 셈이요. 실제로는 여편네를 떼움이 없이 떼운 경험을 샅샅이 했으니까 말이요.」

술 기운이 휘잉 돌아 석운의 이야기가 다소 조잡해지고 있었다.

「말하자면 이것도 작가적인 하나의 성장을 의미하는 것이니까……」

시름없이 상 귀에 앉아 있던 옥영의 눈에서 눈물이 스루루 흘러내리고 있었다.

「아냐요.」

옥영은 넋을 잃고 도리도리를 조용히 하여 보이며

「잘못 생각하시면 정말 슬퍼요. 작가적인 성장보다도 저는…… 저는 당신의 인간적인 성장을 좀 더 소중히 여기고 싶어요.」

「아, 글쎄 그런 줄은 알지만……」

「작가로서 성공해 주는 것보다는 인간으로서 착실해 주시는 편을 저는 택해요.」

「아, 그건 글쎄 잘 안다니까……」

「당신이 후세 만대에 걸친 위대한 작가가 되어 주는 것 보다도…… 이 조그만 가정 속에서 좋은 아버지가 되어 주고 좋은 남편이 되어 주는 편이 나는 훨씬 행복해요.」

「아, 글쎄…… 나 참……」

「이런 말을 나는 비로소 하지만…… 그리고 이런 말을 하면 나를 무척 속된 인간이라고 당신이 경멸할런지는 모르지만 나는 문학이라든가 예술이라든가 하는 세계를 전연 모르는 인간이 아니예요. 그렇지만…… 예술로써 인간을 그르칠 바에는 예술을 버리고 인간을 구하고 싶어요.」

「알 수 있는 말이요. 눈물을 닦고…… 울긴 왜……」

「내가 언제 당신에게 눈물을 흘가분히 보였어요. 나는 좀처럼 울지를 않아요. 그렇지만 오늘 일만은 눈물이 나와서 못 견디겠어요.」

「그처럼 충격이 강했던가?」

「저희들의 결혼 생활은 이미 십팔년이나 됐어요. 그런데도 당신은 아직 나라는 인간을 모르고 있는 것이 슬퍼요.」

「당신을 의심해서…… 잘못됐어요!」

「남자들은 자기네가 불순하니까 여자들도 모두 그럴 것처럼 착각을 하는 모양이지만…… 윤리적으로나 생리적으로나 태반의 여자는 그렇지 않을 거예요. 모르기는 하지만 말이예요.」

「잘 알았오. 미안하오!」

「아이, 그렇게 말하면 도리어……」

옥영이가 눈물을 씻는데

「자아, 악수…… 악수를 해요!」

석운의 손길이 밥상 위로 뻗어 갔다.

「나 참……」

옥영은 빙그레 웃으며 손을 내밀고 남편의 손길을 잡다가

「아야앗! 좀 가만히……」

「아파?」

「아프지만…… 아픈 만큼 기억에 남아서 좋아요!」

이런 것을 가리켜 부부의 애정이라고 말하는 것일까…… 눈물 어린 옥영의 미소 하나가 십 팔년 동안, 고락을 나누어 온 공존(共存)의 역사를 아주 간단히 석운으로 하여금 회상케 하고 있었다. 웃음 속에 눈물이 있었고 눈물 속에도 웃음이 있었던 과거야 말로 이인삼각(二人

三脚)의 거룩한 상부 상조의 역사였다.

「이제부턴 정말 야쓰데 화분을 소중히 해야겠어요.」

스스로를 꾸짖고 반성하기 위하여 한낱 좌우명(座右名)으로서 야쓰데 화분을 사갖고 온 남편의 성의가 눈물겹도록 옥영에게는 고마웠다.

「아, 소중히 해 줘요.」

부드럽게 웃으며 석운은 잔을 들었다.

「당신의 마음이 거칠어 졌을 때, 나는 열심히 야쓰데 화분을 가꾸겠어요.」

「좋은 말이요!」

그 순간, 석운은 불현 듯 고영림을 생각했다. 입으로 가져가고 있던 술잔 속에서 고영림의 의욕에 불타는 얼굴이 석운을 말끄러미 쳐다보고 있었다.

석운은 한 두 번 머리를 휙휙 흔들었다.

「술에 무슨 티가 있어요?」

옥영은 식탁 너머로 술 잔를 바라보았다.

「아니……」

석운은 훌쩍 잔을 기울여 술을 마셔 버리며

「아, 아까 그 학생 말이요. 다방에서 만나자던……」

「참, 그 학생을 만났었어요?」

『만났는데…… 거 언젠가, 글을 써 보낸 독자가 있지 않았오?』

『글을 써 보낸 독자라고…… 어느 사람?』

독자로부터 편지를 많이 받기 때문에 옥영은 얼른 짐작이 가지 않았다. 더구나 남편에게 온 편지에는 간섭을 하지 않는 옥영이었다.

『작년 가을인가? 왜 내가 읽어 보래서 읽어본 원고가 있지 않소? 「칸나의 의욕」 이라는……』

『아, 그 여자예요?』

옥영도 생각이 났다.

그때, 옥영은 「칸나의 의욕」 을 읽고 나서 참으로 좋은 소질을 가진 여자라고 칭찬을 한 적이 있었다. 이처럼 올바르게 인생을 괴로워할 줄 안다는 것은 결코 쉬운 일이 아니라고 크스리챤 출신인 옥영은 결국에 있어서 신의 섭리를 따른 칸나를 극구 찬양하고 나서

『우리들과는 제네레에순이 달라서 세대적인 거리가 있기는 하지만 나와 비슷한 데가 있어요.』

『나도 그런 생각을 했오. 당신과 같은 데가 있다고…… 그러나 당신은 칸나보다는 무척 조용한 편이요.』

「세대가 달라서 그럴 거예요.」

「아니요. 세대도 세대지만…… 결국 성격 문제야. 인생관은 시대의 영향을 받기가 쉽지만 성격은 시대를 추월한다고 보는 것이 옳겠지.」

「동감이예요. 얼핏 보면 같은 점도 많지만 다른 점도 많구먼요.」

「사물을 논리적으로 생각하고 본질적으로 생각하는 점은 같은데…… 가만

히 따져 보면 다른 점도 많아.」

「칸나는 나보다 의욕이 강하고 또 표현주의예요.」

「그렇소. 그래서 당신은 조용해 보이고 칸나는 떠들썩해 보이는 거요.」

「칸나는 나보다 더 뜨거워요.」

「맞았오. 당신은 칸나보다 차겁지.」

「뜨거우면 이내 식어요.」

「차가우면 이내 더워지지가 않구……」

「그대신 더워만 지면 날래 식지도 않을 거예요.」

그런 이야기를 주고 받은 적이 두 사람에게는 있었던 것이다.

「그래 그 학생이 무슨 용건으로 만나자는 건가요?」

지난 이야기를 회상하며 옥영은 담담한 표정으로 물어왔다.

내외간에 비밀을 가져서는 아니된다고, 아까 택시에서는 모든 것을 있는 그대로 옥영에게 이야기할 생각을 석운은 했다.

그러나 다시 한 번 돌이켜 생각해 보면 고영림의 의욕과 정열을 그대로 고스란히 아내앞에 털어 놓는 것은 도리어 가정의 평화를 위해서 좋을 것 같지가 않았다. 석운 자신으로는 별반 탓할만한 행동도 없었는데 공연히 아내의 신경만 건드려 놓는 결과만 될 것 같았다.

진실이 도리어 인간 생활을 좀먹는 경우가 있는 것이라고 석운은 고영림에 관한 이야기를 적당히 조절해서 들려 줄 생각을 순간 적으로 했다.

『문학 이야기겠죠?』

옥영은 이미 앞질러 생각하고 있었다.

『응, 자기의 원고를 보아 주었다는데 대한 인사를 겸해서 저녁을 샀는데……』

『글을 읽어 보면 그 만한 예의는 알 법한 학생이예요.』

대답이 담백하다. 옥영은 추호도 남편의 말을 의심할

줄을 몰랐다.

「그런데 말이요. 미스 헨렌이라고……」

석운은 거기서 결혼 직전, 원산 송도원에서 만났던 한혜련의 이야기를 상세히 하여 간신히 옥영의 기억을 새롭힌 후에 그 한혜련이가 지금은 고영림의 올케라는 말을 하고

「가끔 내 이야기를 한다는 거요.」

「그래요? 참 그런 애가 그때 있었던 것도 같애요.」

그런 정도의 호기심 밖에 옥영은 더 보이지 않았다. 평범한 이야기였다.

「그렇지만 고영림이란 그 학생은 당신과 이야기가 어울릴 거예요. 여러가지 점으로 봐서 당신과 일맥 통할 데가 있음직 한 학생 같던데……」

역시 옥영은 그런 점에 더 흥미를 가지는 모양이었다.

「응, 그만하면 인간은 돼 먹은 학생이야.」

「저번에 원고와 함께 보내 온 편지를 보면 당신을 극진히 존경한다고 했던데…… 얼마나 존경합디까?」

화락한 미소와 함께 옥영의 말이 넌지시 날아 왔다.

「흥, 그건 분명히 나를 살금 살금 떠 보는 질문인데……」

『떠 보긴…… 내 언제 당신을 그처럼 못 미더워 했어요?』

『믿는 도끼에 발등 찍힌다고, 지나치게 믿는 건 다소 문제야.』

석운의 얼굴은 웃고 있었으나 석운의 마음은 아내의 그러한 믿음 앞에 고개를 수그리고 있었다.

『찍힐 땐 찍혀도 찍힐 때 까지는 믿고 살 테에요. 믿는 자를 배반하는 것처럼 큰 죄악은 없다고, 이건 당신의 지론이었으니까.』

『좋은 말이요.』

아내의 믿음이 크면 클수록 유혹에 대한 자기의 저항도 따라서 클 것이라고, 십 팔년 동안의 아내와 세 시간 동안의 고영림을 비교해 보던 자기 자신을 석운은 마음 속으로 부끄러워 했다.

『그 학생이 이제 원고를 가지러 온다니까 한번 만나 봐요. 당신과도 이야기가 맞을 거야.』

『만나 볼 테에요.』

『좋은 상대가 될 거야.』

『그래요?』

옥영의 호기심은 차차 커가고 있었다.

「아이, 졸려!」

「주무세요.」

식모더러 술상을 치우게 하고 옥영은 남편의 자리를 보아 놓았다.

「경숙이가 오늘 밤엔 잠을 못 잘 거예요.」

「응, 응……」

옥영은 밖으로 나가고 석운은 자리에 들었다.

술의 양이 다소 지나쳐서 석운은 자꾸만 눈이 감겨졌다. 잠이 들을락말락한 몽롱한 의식 세계에 타오르는 당홍색 칸나꽃이 한 떨기 눈부시게 내려쪼이는 햇볕 속에서 찬연히 꽃피어 있었다.

비밀을 가지는 남편이, 강석운은 마침내 되어 버렸다.

11. 戀愛散賣業[연애산매업]

《미스터 송

오늘 뜻하지 않은 돌발사가 생겨서 오늘의 약속을 이행하지 못하게 되었어요. 따라서 촬영대회는 혼자 다녀오세요. 모델이 예쁘니까 신이 나실 거예요. 그렇지만 그 모델에게는 집의 오빠가 매니저로 항상 따라 다니니까 웬만큼 마력을 내기 전에는 함락이 잘 안될 거예요. 어쨌든 성공을 빌어요. 미안해요.

　　　　　즉일 한시 쟈스트. 고영림

　　　　　　　　　　송준오씨 앞》

　　호수 다방 전언관에서 송준오(宗準五)는 고영림의 편지를 집어 들고 읽고 있었다.

　　오늘 두시부터 한강 백사장에서 열리는 아마추어 촬영 대회의 모델은 한성양조의 여사무원인 이애리(李愛梨), 대학 이학년까지 다니다가 가정 사정으로 중퇴를 한, 고영림과는 고등학교 동기 동창이다.

　　촬영대회라야 고영림과 이애리를 중심으로 한 몇몇 젊은이들의 사교파티의 전주곡을 의미하고 있을 뿐, 사진 예술에 대단한 열광자들은 아니었다.

　　결국 고영림과 이애리가 발산 하는 젊음의 향기를 폐부 깊이 호흡해 보려는 남성들이 몇 사람 모인달 뿐이다.

　　송준오는 작년 가을, 고영림의 사랑을 잃고 독약을 마셨던 바로 그 청년이다. 작년 봄 대학 법과를 마치고 도미(渡美) 준비를 하고 있었으나 고영림이가 못 미더워 유학을 연기하고 있던 중에 음독 사건을 일으켰다.

그 후 송준오는 한 해 겨울 쭉 집에만 처박혀 있다가 이른 봄부터 거리를 나다니는 몸이 되어 영림의 사교 그룹에도 얼굴을 나타냈다.

송준오의 아버지는 모 퇴직 고관으로서 목하 K은행의 상무이사였다. 한성양조의 고종국사장과는 상거래도 있고 아들의 그러한 심정에 눈물겨워 하며 고종국 사장에게 누차 정식 혼담을 청해 보았으나 고사장도 딸의 의사를 좌우할 힘이 없었다. 고사장과 아들 고영해(高英海)의 입장으로서는 송준오와 인척 관계를 맺는다는 것은 한성양조의 재정적 배경이 견고해지기 때문에 될 수만 있으면 그렇게 되기를 절실히 바랬으나 그럴적 마다 영림은 혼담의 동기를 불순하다고 매양 거절해 왔다.

그렇다고 해서 영림이가 송준오를 싫어하는 것도 또한 아니었다. 음독까지를 한데 대해서는 동정도 많았다. 그러나 그런 종류의 동정심이 영림의 정열을 전폭적으로 불사르지는 못하고 있었다. 송준오의 어딘가 여성적인 나약한 성격과 몸 매무새가 영림에게는 싫었다.

영림의 편지를 읽으면서 송준오의 해사한 얼굴이 점점

어두워졌다. 곤색 양복에 모자는 쓰지 않고 있었다. 카메라를 들은 채 레지에게서 종이 한 장을 빌려 신경질적인 조그만 글씨로 송준오는 다음과 같이 써서 전언판에 끼워 놓고 다방을 나섰다.

《미쓰 이애리

돌발 사건이 생겨서 촬영대회에는 참석을 못하게 되어 죄송합니다.

송준오》

송준오는 이윽고 다방을 뚜벅뚜벅 나왔다.

그러나 송준오가 열어 젖힌 다방 문을 헵번 머리가 하나 홀가분히 들어섰다. 보오얀 회색 투피스의 이애리였다.

「왜 나오세요?」

「아, 잠깐……」

송준오는 주저하다가

「돌발사건이 생겨서요..」

「돌발 사건? 무슨 일이 생겼는데요?」

「글쎄 무슨 일인지…… 나도 잘……」

「응?」

애리는 송준오를 떠밀다시피 하며 다방 안으로 들어서면서 낯익은 레지를 향하여 물었다.

「아직들 안 왔어요?」

「아까 고영림씨가 와서 편지를 써 놓고 갔어요.」

「편지?」

그러다가 애리는 준오의 표정을 물끄러미 살펴보며 종알거렸다.

「알았어! 돌발 사건의 의미를……」

준오는 비로소 미소를 지었다.

「그래 준오씬 종시 안 갈 테야?」

「글쎄 돌발 사건이 생겨서……」

「영림이가 없음 사진도 못 찍어?」

그러다가 애리는 전언판에서 자기 이름을 발견하고 쪽지를 뺐다. 읽고나자 애리는 쭉쭉 찢어 버리며

「참, 세기적 싱검둥이라니까!」

매서운 눈으로 애리는 핼끔 준오를 흘기고 나서

「미안하지만 나 종이 하나 주세요.」

레지는 웃으며 종이를 내주었다.

《고전무님

　오늘 갑자기 피치못할 돌발 사건이 생겨서 촬영대회에
는 참가하지 못하게 되었어요. 황송하리 만큼 미안해요.
그 대신 내일은 세 번만 더 웃어 드리겠어요. 바이바이!

　　　　　　　　　　　　　　　　애리가 정성껏 씀》

　겉에다 고영해 이름을 쓰고 전언판에 꽂아 놓았다. 애
리를 바라보며 준오는 소리없이 웃고 있었다.

　「자아, 이제 나가요. 나도 돌발사건이 생겼어!」

　애리는 생글생글 웃으며 준오의 등을 떠밀었다.

　「모델이 가지 않으면 돼?」

　「모델에게는 돌발사건이 생김 안된대?」

　「나 참……」

　애리는 레지를 향하여

　「고전무가 오셔도 암말 말아야 해요.」

　「네 네, 염려 마세요.」

　레지는 웃으면서 두 사람에게 눈 전송을 했다.

　「내일은 세 번만 더 웃어 드린다고 쓰던 데…… 거
무슨 말이요?」

　다동 골목을 거리로 빠져 나가면서 준오는 물었다.

「아, 그거 말이요? 호호호……」

애리는 카들카들 웃고 나서

「들어봄 아주 간단한 이야기야. 고전무가 말이예요. 최소한 하루에 다섯번만 웃어 달라는 거야.」

「자기보구?」

「웅, 그래. 오늘은 미안도 하구 해서 내일부터는 세번만 더 웃어줄테야.」

「세 번을 더 웃어 주면 그만큼 봉급도 올라가겠군.」

「다른 사원들과의 비율도 있으니까 봉급은 못 올라가지만 보이지 않는 보너스가 가끔 나온대요.」

「그것야 말로 웃음을 파는 거로군.」

「웃음 쫌 팔아서 보너스가 두둑히 나옴 오죽 땡이야.」

「여자란 참 좋은 밑천을 갖고 있어!」

「그러니까 남자 본위인 이 세상에서 살아 가는 거지 뭐야? 주먹 다짐을 못하는 대신에 웃음으로 해 보도록 하느님이 만들어 주신 거 아냐?」

「흥!」

준오는 코웃음을 쳤다.

「따지고 봄 그렇지 뭐야? 준오씨는 팔자가 좋으니까

코 구멍에서 흥 소리가 튀어 나오지만…… 삼만환 남짓한 월급으로 여섯 식구가 한달 동안을 살아 나가겠어?」

「…………」

「웃음 쯤으로 여섯 식구가 살아 가고 동생들이 학교에 다닐 수 있다는 게 얼마나 다행한 일인지, 준오씨와 같은 순정파로선 상상도 못할 거야.」

준오는 잠자코 있을 수밖에 없었다. 그러한 애리를 이해는 하면서도 그러한 애리에 동감을 하기에 송준오의 사회적인 시달림이 너무나 박약했다.

「여성들의 웃음이 팔린다는 사실을 나는 조물주에게 감사히 생각해요. 그렇지 않았음 우리 여섯 식구는 벌써 거덜이 났게?」

「웃음을 파는 여자!」

그런 생각으로 애리를 바라보니, 이해는 가면서도 먼저 경멸의 정이 앞장을 섰다.

웃음을 팔기에는 마침한 몸매였다. 짧막이 커트를 한 헵번 헤어에 얄짜하고 갸름한 얼굴이 요사스럽도록 야실야실했고 하이힐 위에 얹혀진 날씬한 아랫도리를 몬로 타이트가 팽팽하게 감싸고 있었다.

애리가 송준오에게 지대한 관심을 가지기 시작한 것은

준오가 음독 사건을 일으킨 후 부터의 일이었다.

『지금이 어느 시대라고 실연 자살을 한담?』

먹고 살기에도 바쁜 이 시대에 한가스레 독약을 마시고 꿈틀거리던 송준오를 상상하고 애리는 코웃음을 쳤다.

『아, 그래? 싫음 그만 두려므나. 여자가 너 하나 뿐이더냐? 한 남자 앞에 세 추력 반이야, 세 추력 반!』

그랬음 되지 않느냐고, 애리는 위로 절반 경멸 절반의 감정을 가지고 준오에게 타이른 적이 있었다.

그러면서도 한편 동키호테와도 같이 시대 착오적인 송준오의 순정이 주옥같이 소중하기도 해서 송준오를 끈기 있게 애리는 건드리고 있는 것이다.

『어딜 가는 거요?』

을지로 입구에서 송준오는 걸음을 멈추었다.

『돌발사건이 생겼담서? 영림이한테 전화 걸어 줘?』

웃지도 않는 새침한 얼굴이다.

『참 애리씨도 돌발사건이 생겼다면서?』

준오는 웃으면서 말했다.

『생겼어, 중대한 돌발사건! 연애보다도 더 중대한 사건이야.』

「그게 뭔데?」

「인간 생사에 관한 문제야. 그대 화폐는 가졌겠지?」

「화폐?」

「돈 말이야, 돈! 돈이란 말은 이미 속될 대로 속돼 먹어서 입에 담기도 싫어. 그런 쾨쾨 묵은 봉건적 관념에 비함 얼마나 신선해요! 가졌지, 화폐?」

「아, 약간은……」

「그럼 청춘 사업 좀 해 봐요.」

「무엇을 해요?」

「아이구, 일일이 번역을 해 바쳐야만 하니, 이건 스틱 걸이 아니고 모름지기 콘사이쓰 대용품인 걸」

애리를 대하면 말문이 자꾸만 막힌다. 얼른 이해되지 않는 말을 애리는 곧잘 썼다.

「어서 좀 번역을 해봐요.」

「애리가 만일 고사리나 올드 미스처럼 새들새들 말라 빠졌담 일종의 사회 사업이 되겠지만 말이야. 오월 하늘 밑에 청청히 푸른 신록(新綠)처럼 애리는 단 물이 뚝뚝 흘러! 물 한 방울이라도 얻어 먹고 싶음 어서 어서 청춘 사업을 많이 해 둬야지! 아이, 시장해! 빨리 점심 사요.」

애리는 배를 움켜 쥐며 요사스레 웃었다.

『참 애리씨는 못하는 말이 없어!』

어처구니가 없기도 했지만 그러한 애리가 귀엽기도 했다.

『글쎄 생사에 관한 일이라니까! 전무님만 모시고 왔음 중국 요리는 문제가 없었는데……』

준오는 웃으면서 다시금 명동 쪽으로 걸음을 옮겨 놓는데

『아, 마침 저기 보이는구먼! 아서원 간판이……』

애리는 앞장을 서서 이미 그리로 또박또박 걸어가고 있었다.

『팔자가 늘어진 실연 자살 미수자의 눈에는 거렁뱅이의 창자를 십여 개 빌려 갖고 온 줄로 알 거예요! 호호호……』

호들갑스럽게 웃어 대며 휙 애리는 돌아 섰다. 돌아서서 눈 한 쪽을 살며시 감아 보이며

『어때? 이만함 몬로나 헵프번이 왔다가 울고 가겠지?』

준오는 웃으면서

『웃고 갈는지 누가 알아?』

『흥, 비트는 말이겠지만…… 이 편에서 그대를 비틀

고 있다는 걸 알기에 그대의 순정이 지나치게 지극해!」

『뭘 잡수셔요?』

아서원 이층 걸상 방에 둘이가 마주 앉는데 차 두 잔을 따라 놓으며 보이는 물었다.

『냉채 하나, 나조기 하나, 양잠피 잡채 하나, 그리고는 맥주!』

애리는 외듯이 단숨에 음식을 청했다.

『네네.』

보이는 물러가고 애리는 준오를 향하여 방긋 웃어 보였다.

『이제 그만 웃어요. 웃음 값을 청구해 오는 날에는 화폐 부족이야.』

송준오도 차차 유쾌해졌다.

『염려 말아요. 그건 준오씨가 베풀어 주는 청춘 사업에 대한 댓가로서 지불되고 있는 거니까요.』

『점심 한 끼에 웃음이 몇 번인고?』

『점심 나름에 달렸어. 설렁탕 한 그릇도 점심은 점심이니까……』

『차 한 잔 살 때는 어떻게 해요?』

『가만히 앉아서 마셔만 줌 되지.』

「그런 때는 주지 않는가요?」

「웃음 미찌게?」

그래서 두 사람은 또 한바탕 웃어 댔다.

「애리씨, 이제 정말 그만 웃어요. 웃음이 과불(過拂)되는 날에는 수지 계산이 안 맞을 테니까.」

「아냐. 이건 나 자신의 생리적 요구에 의해서 웃는 거니까 화폐 가치로의 웃음과는 별도 계산을 해야만 되는 거야.」

「셈이 아주 밝군요!」

「현대 여성 치고 셈 어두운 사람 봤어? 겉으로는 얌전한 척하면서도 속으로는 모두들 호박씨를 까고 있는 거야. 탁 터놓은 만큼 나는 승부가 정정 당당하지만……홍, 그저 보기만 해서는 얼굴이 보살처럼 얌전해 보이지! 마리아처럼 순결해 보이구……」

「참 애리씨는 유쾌해!」

준오는 감심을 했다.

「유쾌하지! 영림의 생각 같은 건 아득해졌지?」

사실 준오는 영림을 완전히 잊어 버리고 있었다. 그래서 빙그레 웃었다.

「웃지만 말고 그럼 그렇다고 솔직히 말해 봐요. 도대

체 영림의 어디가 좋다는 말이야? 아이구, 그 지긋지긋한 심각파!」

그러면서도 애리는 그 야실야실한 얼굴을 갸웃하고 조금 수그리며 눈꼬리웃음을 곱게 웃어 왔다.

준오는 순간, 가슴이 뜨끔했다. 사실 여성으로서의 요염한 매혹은 영림보다 애리가 월등하게 짙었다. 준오는 그러한 생리적인 가슴의 흔들거림을 억제하면서

「애리씨 그 웃음은 뭐요? 계산에 드는 거요?」

「암! 들지 상품용이니까, 계산에 넣지 않음 수지가 안맞아.」

「상담한 상품인 걸!」

「그만 함 화폐 가치 있어 봬?」

「우등품이야!」

「마음에 들었음 됐어!」

「응?」

「점심 값 지불은 그걸로써 청산이 됐다는 말이예요. 호호홋……」

그러는데 요리가 들어왔다.

「참 고마운 일이지 뭐야. 웃음 하나로써 이런 산해진미가 수월히 입속으로 들어온다는 건 참으로 신령하신

조물주의 거룩한 혜택일 수밖에……」

그리고는 맥주를 준오의 잔에다 따라 주며

「자아, 변변치 않은 음식이지만 많이 들어요. 웃음을 팔아서 한 턱 하는 점심이예요.」

「헤에?」

「사양할 것 없어. 얻어 먹기가 미안하면 다음엔 준오 씨가 저녁을 사면 되잖아?」

맥주도 몇 잔 수월히 마셨지마는 애리는 참으로 맛있게 식사를 했다.

「고전무님 지금 쯤은 푸푸하면서 또 어느 접대부를 끼고 낮 술을 마시노.」

「고전무한테 빚을 많이 지고 있는 모양이군요.」

맥주 몇 잔에 준오도 얼근해졌다.

「아냐, 나는 나대로 빚을 죄 청산했는데 고전무가 아마도 계산을 잘못하고 있는가봐. 워낙 사업가란 욕심이 많아서 이자에다 또 이자를 붙이는 복리 계산법을 사용하는 모양이야.」

「웃음만 가지고는 청산이 잘 안되는 모양이지.」

「손목 몇 번 잡히어 주었어.」

준오는 웃으며

「순목은 웃음보다 비쌀 거 아니요?」

「그러기에 말이야. 게다가 덤꺼정 주었는데……」

「덤이라니……」

「손등에 입술을 갖다 대기에 내버려 두었어.」

「아, 하하핫……」

그러한 애리를 마음 속으로서는 경멸을 하면서도 송준오는 술 기운과 함께 저도 모르는 사이에 한 마디 한 마디에 도발과 유혹을 당하고 있었다.

「그 따위 덤 쯤으로는 고전무의 계산이 맞지가 않는 모양 아니요?」

「그러기에 말이야. 양복 한 벌 쯤 입혀 놓고 으시대는 걸 봄 가관이라니까!」

「양복?」

「이거 말야, 이거!」

애리는 자기가 입고 있는 회색 양복을 턱으로 가리켰다.

「아, 그것도 웃음의 댓간가?」

「손못의 댓가라니까……」

「거 괜찮은 장산 걸! 손등에다 입 한 번 갖다 대게 하면 말쑥한 양복이 한 벌!」

「그래서 하는 말이야. 생각함 신통하기 짝이 없다니까 글쎄. 사내 자식들은 도대체 어떻게 돼 먹어 준 동물인지 알 수가 없어.」

「참 알 수 없는 동물이야!」

준오는 동감을 했다.

「요즈음 그럴 듯하니 차리고 나다니는 여자들을 가만히 봄 태반이 다 비슷 비슷한 연애의 산매업자(散賣業者)들이야.」

「연애의 산매?」

「독약만 마실 줄 알았지, 세상 물정에는 깜깜이로구면!」

「깜깜이니까 독약을 마셨겠지.」

「정신 좀 똑똑히 차리고 독약 살 돈으로 이제부턴 점심이나 가끔 사요. 점잖음 점잖은 대로, 야하면 야한 대로 육체적으로나 정신적으로나 자기의 애정을 가장 비싸게 팔아 보려고 이손님 저손님을 살금살금 건드려 보는 거지, 뭐야? 건드려 보는 데서 구두도 생기고 핸드 빽도 생기고 차 한 잔 점심 한 그릇, 영화관이나 음악회, 심지어는 십 오환 짜리 전차표까지 공짜로 생기게 되니, 여자들이야 말로 꿩 먹고 알 먹기야.」

「그러고 보면 남자로 태어난 게 불행인 걸.」

「말해서 뭘 해! 괜히 척하고 싶은 여성들은 남성들의 횡포니 뭐니 하고들 떠들어 대고 있지만 생각함 남자들이야 말로 불쌍한 동물들이야. 잘난 놈 못난 놈 할 것 없이 모두들 여자 앞에서는 히쭉히쭉 까불까불이지. 부처님도 여자 앞에선 웃는다면서?」

「하하하핫……」

그러나 준오는 다음 순간, 웃음을 갑자기 거두고 나조기를 집으러 오는 애리의 손가락 둘을 무심 중 잡았다. 나릇나릇한 손 두가락이었다.

애리의 고개가 후딱 들리며 준오의 순정을 삼켜 버리려는 듯이 눈꼬리 웃음이 달려왔다.

「별안간 이게 뭐야?」

손가락 둘을 잡힌 채 애리가 눈을 동그랗게 떴다.

새빨간 매니큐어가 준오의 손아귀 속에서 알린알린 꽃피어 있었다. 독사의 대강이 처럼 세모난 손톱이 애리의 일면을 상징하는 것 같아서 다소 꺼림찍도 했지만 그만큼 스릴도 있었다.

「애리, 나는 완전히 영림을 잊어먹고 있어!」

준오의 스물 다섯 살이 혈관 속에서 꿈틀꿈틀 발버둥

을 치고 있었다.

『영림이와 애리가 무슨 관련성이 있다는 거야?』

준오가 마침내 들떠 왔다. 애리는 적지 않게 그것을 기뻐했지마는 일단은 젖혀 봐야만 애정의 댓가는 오르는 것이다.

『영림이 때문에 애리가 빚을 냈다는 거야?』

『아니야! 애리를 좀 더 먼저 사귀지 못한 것을 탓할 뿐이야.』

『어쨌든 이 손가락 놓고 말해요. 이럼 수지 계산이 들어맞지가 않아. 점심 값은 아까 다 청산을 하지 않았어?』

『애리!』

준호는 손가락을 잡은 채 훌쩍 일어났다.

『이건 분명히 과불이야. 이러다간 장사 밑천 들어 먹을라!』

준호는 애리의 곁으로 뚜벅뚜벅 걸어가자 애리의 손등에 입술을 비볐다.

『아냐, 아냐! 이건 분명히 양복 한 벌 값인데……』

애리는 걸상에서 일어서며 손을 빼려 했으나 힘으로 대항 하기에는 애리의 손길이 지나치게 나릇나릇했다.

「애리, 인제부턴 나를 사랑해 줘요!」

손등에다 입을 대며 준오는 우울한 표정으로 얼굴을 들었다.

「사랑이라고……… 어떡허는 게 사랑이지?」

「애리는 일종의 요부다! 요부지만 나는 좋아졌어!」

「아이구, 대접에 치어서 숨도 못 쉬겠네요.」

「애리!」

순진한 사람일수록 격하기가 쉽다. 준오는 와락 달려 들어 애리의 두 어깨를 안아 오며

「나만을…… 나만을 사랑해 줘요!」

「그런 소릴 하니까 레코드가 팔리는 거야. 요즈음 잘 팔리는 왈츠가 있잖아? 「나 하나의 사랑」……」

「나는 애리의 웃음을 살 테야! 애리의 전부를 살 테야!」

무섭게 육박해 오는 준오의 얼굴을 애리는 들고 있던 나무 젓가락 두 개로 살짝 방패를 삼으며 상반신을 뒤로 반뜻 젖혔다. 침침한 어조로

「안돼!」

「어째 안되는 거야?」

「입술은 비매품(非賣品)이야!」

「누구한테도 비매품이야?」

「그건 상업상 비밀이니까 말할 수 없어.」

준오는 입 언저리가 쭝긋쭝긋 경련을 했다. 타오르는 눈초리로 애리를 쏘아보며

「고전무한테는 팔았겠지?」

순간, 애리의 눈꼬리가 발끈 치켜지며

「팔았음 어때?……」

토라진 한 마디가 총알처럼 튕겨 나왔다.

「나한텐 왜 못 파는 거야?」

「그대한텐 안 팔아! 절대 안 팔아!」

「고전무보다 값비싼 댓가를 지불하면 되지 않아?」

「어쨌다구?」

애리는 외치자 들었던 두 개의 젓가락으로 준오의 뺨따귀를 호되게 내갈겼다. 한번…… 두 번…… 세 번……

준오는 탁 애리의 몸뚱이를 놓았다.

젓가락 두 개가 준오의 면상을 향하여 날아갔다. 애리는 핸드백을 들었다.

「아, 애리! 애리씨!」

그러나 애리는 이미 한 쪽 어깨로 날카롭게 문을 떠밀어 젖히고 돌팔매하듯이 복도로 뛰어 나가고 있었다.

장사아치에게도 순정은 있는 것이라고, 자기의 순정을 남과 같이 돈으로 사려 드는 준오가 그지없이 원망스러워 애리의 입술이 마침내 비쭉비쭉 일그러졌다. 눈물이 글썽거려 층계가 희뿌옇게 뭉그러져 있었다. 계단 하나를 헛짚어 하이힐이 퉁그러지면서 몬로 타이트의 솔기가 두 치나 터져 나갔다.

12. 肉體派群像[육체파군상]

한성 양조는 노량진에 있었다. 넓은 대지에 양조 공장이 기다라니 서 있었고 커다란 창고 안에는 청주 「백부용」(白芙蓉)을 비롯하여 사오종의 렛텔을 달리하는 술 궤짝이 산더미처럼 쌓여 있었다.

「백부용」은 해방 직후부터 질이 좋다는 평판을 받고 있는 술로서 고종국씨가 이 양조소를 떠맡게 된 것은 일사 후퇴로 부산에 피난을 갔던 무렵이었다.

사변으로 말미암아 공장 시설을 하나도 옮기지 못하고 적치하에 남겨 두고온 전 경영자가 전국 여하에 불안을 느끼고 내버리다시피 한 싸디 싼 가격으로 고종국씨에게 넘겨 버린 것은 서울 재수복 직전의 일이었다.

재수복이 되기가 바쁘게 고종국씨는 아들 고영해와 함께 노량진 공장을 시찰하고 시설이 거지반 그대로 남아 있는 사실을 알았다. 포탄으로 말미암아 공장 한 구석이 파괴되었을 뿐 양조용 기재가 전쟁에는 불필요했던 사실을 은근히 축복하였다.

그 동안 고종국씨 부자는 파괴된 부분과 기재를 충분히 마련해 놓고 있다가 칠이칠 휴전 협정이 되기가 바쁘게 대지급으로 양조를 시작하였다. 「백부용」은 날개가 돋힌 듯이 팔렸다. 한때는 미처 뒤를 대지 못하여 채 익지도 않은 신주를 내서 신용을 떨어뜨린 적도 있었지마는 그때는 또 그때대로 렛텔을 달리 하여 다른 이름으로 내서 팔았다. 그러는 동안에 「백부용」은 다시 신용을 회복하게 되어 무서운 기세로 방방곡곡으로 파고 들어갔다.

〈여자는 양귀비, 술은 백부용!〉

이런 광고가 매일처럼 신문지 몇 단을 차지하고 있었다. 이 광고문은 고사장 자신이 창안한 것으로서 양귀비의 무릎을 베고 백부용을 마시는 것이 인간 최대의 행복이라는, 고사장 자신의 인생 철학을 광고문에다 삽입하였다.

이 광고문은 확실히 효과가 있었다고, 고사장의 술 친구들은 극구 찬양을 하였다.

『뭐니 뭐니 해도 별 것 없어! 그게 제일이지, 제일이야! 자고로 하는 말이 팔 고비를 베고 물한 표주박 마셔도 낙이라고 했지만, 돼먹지 않은 소리야. 그런 쓸데없는 허세 때문에 인간은 참된 행복을 놓쳐 버리고 말거든. 그대 성현 군자들 말좀해 보라니까. 글쎄 양귀비의 보드러운 무릎이 그래 뼈대가 딱딱 맞치는 팔 고비보다 못해? 백부용의 방염한 향기가 맹물보다 못해?』

친구들 중에서도 양심이니 교양이니 도덕이니 문화니 하는 따위의 위인들을 일부러 청해놓고는 백부용을 먹여가면서 그런 말을 고사장은 일쑤 잘했다.

그러한 고사장이 지금 이층 사장실 팔걸이 교의에 반석같이 파묻혀 인접한 사무실로 통하는 여닫이 문을 활짝 열어 놓고 물끄러미 내다보고 있었다.

이즈음 고사장은 이 여닫이 문을 곧잘 열어 놓는다. 이유는 사무원들의 집무 태도를 보살핀다는데 있었지마는 고사장의 팔걸이 교의와 이애리의 사무탁이 문을 통과하는 일직선 위에 위치하고 있었던 까닭이다.

「만지지는 못해도 보는 것 쯤이야 어떨라구?」

눈요기만으로도 고사장은 어지간히 만족감을 느끼는 것이다. 그 만큼 고사장은 늙음에의 자각이 **뼈**에 사무쳐 왔다.

책꽂이에서 장부를 뽑아 쥐던 애리가 이편을 무심 중 바라보다가 시선이 마주치자 고개를 살그머니 숙이며 해쭉 꽃웃음을 보내 왔다.

고사장의 시선이 당황을 하다가 허쭉 맞웃음을 웃었다.

「분명히 나를 싫어하지는 않는 모양인데……」

공장은 내놓고 사무원만 이십여 명에 달하고 있었다. 여사무원이 애리까지 넷, 애리는 선전부 책임자라는 명목을 갖고 있었으나 고전무의 비서역으로서 더 많이 자질구레한 일을 보아 주고 있었다.

고사장이 여닫이 문을 가끔 열어 놓기 시작한 것은 저번 벚꽃이 한창이던 무렵, 수도극장 앞 북경루에서 강교수 부자를 만난 이후부터의 일이었다.

수도극장 앞에서 소설가 강석운에게 색시 집에를 가자고 했을 때, 강석운은 여학생과 만날 약속이 있다고 했다. 이상하게도 그때의 강석운의 한 마디가 고사장의 가슴에 뭉클하고 왔다. 황산옥이나 술집 아가씨들만 주물고 있던 고사장의 격을 건드리는 것만 같아서 여학생에게 대한 식욕이 부쩍 났다.

외도에도 일종의 권위가 있는 것이라고, 접대부들만 건드리고 돌아간 자기의 이력서가 갑자기 빈약하게 여겨졌다. 용모가 좋고 교양이 있고 나이가 젊은 상대일수록 정복의 가치가 있고 권위가 서는 것이라고, 더 늙어서 허리를 못 펴기 전에 어서어서 이력서의 한 대목을 훌륭하게 빛내고 싶었다.

그 중에서도 연령의 차이가 많으면 많을수록 권위가 설 것 같았다. 육십의 늙음을 가지고 이십대의 젊음을 정복할 수 있다는 것은 소박한 인간 욕망의 최대의 것인 동시에 생명력의 순수한 환희를 의미하고 있었다. 그것은 되살아 온 청춘을 보증하는 동시에 시들어가는 생명을 위한 보혈제이기도 하였다.

『나는 아직 늙지 않았다!』

이렇게 호통을 할 수 있다는 그 자체가 이미 늙음의 추격(追擊)을 받고 있다는 서글픈 발버둥이기는 하지마는 그 발버둥질, 그 몸부림이야 말로 단두대 위에 올라선 사형수의 그것과도 같이 처참하고도 진지한 생명력의 절규를 의미하고 있다.

애리는 여학생이 아니지마는 이년 전까지도 자기 딸 영림이와 동창이던 사실을 생각하면 여학생이나 별반 다름이 없었다.

생글생글 웃기도 잘하고 차분차분 달라 붙기도 잘하고 애리를 생각할 때, 고사장은 자기의 공상이 전연 불가능한 일만 같지는 않았다.

시선이 또 마주쳤다. 이번에는 고사장이 먼저 싱긋이 웃어보였다. 애리도 또 생긋이 웃어 왔다.

「아이구, 고년 사람 잡겠다!」

애리의 그 야들야들한 웃음이 총알처럼 심장에 왔다. 젊었을 시절에 느끼던 몇 갑절의 성능(性能)을 지니고 심장을 흔들어 왔다. 심장의 흔들림은 다음 순간, 격렬한 진저리로 변하며 고사장의 심신의 감미롭게 쳐 왔다.

「이게 암만해도 내가 불량해서 그런지 모를 일이야.」

고사장은 불현 듯 옆 집에 사는 강학선 교수를 생각했다.

강교수는 수양을 많이 쌓은 위인이니까 자기처럼 이렇듯 감미로운 진저리는 느끼지 않을런지 모른다고, 언제

한 번 기회가 있는 대로 강교수의 솔직한 술회가 듣고 싶어졌다.

『고 야들야들한 웃음을 내 것으로 만들 수 있다면……』

다소의 명예와 체면과 그리고 생명과 전 재산을 포기해도 아깝지가 않을성 싶었다.

『신로심불로(身老心不老)라고, 옛날 사람들은 좋은 말만 골라서 했거든!』

고사장은 진심으로 감심을 하며

『인생의 황혼이다! 아주 어둡기 전에…… 채 밤이 오기 전에……』

죽어서 한 줌 황토가 되면 그만이 아니냐고, 인생 최후의 도박을 고사장은 꿈꾸기 시작하였다.

시선이 마주칠 때마다 애리는 끈기있게 고사장을 위하여 꽃다운 웃음을 보내 주었다.

그러나 애리는 고사장을 위해서만 웃는 것은 아니었다. 고전무를 위해서도 같은 종류의 상품을 발송하고 있었다.

고전무는 애리와 같은 사무실 안에 있었다. 사장실로 통하는 여닫이 문과 남쪽 한길에 면한 들창 사이에 커다란 사무탁자를 놓고 앉아 있었다.

나이는 삼십 오륙세, 안경을 끼고 코 밑에 챠푸린 수염을 기르고 있었다. 이 수염은 아버지 고 사장이 기르래서 기른 수염이다.

「나이 어려 보이면 한 수 깎이고 들어가는 거야. 장사아치의 눈은 매 눈보다도 밝다는 걸 알아야 해.」

사실 수염을 길러 놓고 보니 누구나가 다 사십대의 듬직한 신사로 보아 주고 있었다. 유들유들한 얼굴이었다.

담배를 붙여 든 엄지 손가락으로 챠푸린 수염을 건드려 보면서 계산서에다 주문 전표와 출고(出庫)전표를 끼워 가지고 온 젊은 사원을 앞에 세워 놓고 도장을 찍어 결재를 했다.

젊은 사원이 물러가기가 바쁘게 고전무는 엄지손가락으로 연방 수염을 건드리면서 맞은편 쪽에 앉아 있는 애리를 바라보며 싱긋이 눈 하나를 감아보였다.

애리도 똑같이 눈 하나를 야실야실 감아 보였다.

저번 촬영대횟날 돌발사건으로 말미암아 고전무를 따버리고 송준오와 행동을 같이 한 이후부터 웃음 세 번을 더 웃어 줌으로써 애리는 책임을 면제가 되겠거니 생각하고 있었으나 고전무의 노여움이 워낙 컷었기 때문에 눈하나를 감아 보이기 시작한 것이 오늘에 와서는 선전부 책임자로서의 임무보다도 더 사무로 변해 버리고 말았다.

고전무의 노여움이 클 밖에 없었던 것도 또한 무리는 아니었다. 그날, 아서원 골목으로 접어 들어가고 있는 애리와 송준오의 뒷모습을 회사용 지프차 안에서 고전무는 보았다. 부를까 하였으나 점심 요기를 하고 곧 올 것만 같았기에 곧장 다방으로 달려가 보았더니만 애리의 편지가 돌발사건을 고하고 있었다.

이튿날, 고전무는 통 애리의 웃음에 호응해 오지를 않았다. 웃음을 웃어 주어도 본체 만체, 엄지손가락으로 차푸린 수염만 못살게 건드리며 푸푸 담배 연기만 호기 있게 내뿜고 있었다.

그 이튿날도 그랬고, 또 그 다음 날도 그랬다.

그러한 고전무가 애리에게는 다소 걱정이 되고 있었다. 웃음이 도시 팔리지가 않는다. 웃음이 팔리지 않는다는 것은 생사에 관한 문제라고 단골 손님을 놓친다는 것은 풋나기 장삿군이 하는 짓이다.

그런 줄을 뻔히 알고는 있으면서도 팔리지 않는 웃음을 어쩌는 도리가 없었다. 하는 수 없이 좀 더 실속 있는 상품을 만들어 보려고 애리는 전에 비하여 갑절이나 짙은 웃음을 요염하게 웃어 보였다. 그래도 고전무는 표정 하나 움직이지 않는다.

애리는 하는 수 없이 고객의 범위를 확장하여 고사장에게 웃음을 발송하는 한 편 고전무에게는 딴 상품을 팔아 보기로 했다.

눈 하나를 감아 보이는 상품이 마침내 팔렸다. 그날 저녁, 고전무는 똑같은 아서원에서 저녁을 샀다.

『순진한 송군을 유혹하면 안돼. 송군은 결국 영림의 사람이야.』

상품의 독점욕이 드디어 질투로서 노골화했던 것이다.

애리의 왼편 쪽으로 비스듬히 장부계의 유현자(兪賢子)가 앉아 있었다. 도틈도틈한 얼굴에 까무죽죽하고도 발가우리한 철색 피부를 가진, 애리와 동년배의 여사무원이었다.

퍼머의 웨이브가 요즈음에 와서 갑자기 희한해졌고 거무죽죽하던 철 늦은 투피스가 어느덧 안개가 보오얗게 돋은 크림 색 후레야 양복으로 변해 있었다.

『현자도 웃음을 판 게로군.』

새 양복을 입고 나온 날 애리는 속으로 그렇게 중얼거

렸다.

『누구한테 팔았을까?』

그런 눈치로 며칠을 지내보니 손님은 틀림없는 고전무 님이었다. 고전무의 이상 야릇한 눈짓이 연방 뻗어 갔고 그럴 적마다 유현자는 얼굴을 붉히며 장부로 병풍을 치 곤했다.

『모두들 장사를 펴 놓았군. 무슨 상품을 팔았을까?』

모르긴 모르지만 얼굴을 붉히며 장부 병풍을 치는 폼 이 암만해도 웃음만 판 것 같지는 분명코 않다. 잘못하면 밑천까지 들어먹었는지도 모를 일이라고, 스타크(在庫 [재고])없는 상인의 말로를 애리는 걱정하고 있었다.

바로 그 유현자가 장부에다 전표 나부랑이를 끼워 가 지고 고전무 앞으로 하느적 하느적 걸어갔다. 공손히 아 주 공손히 허리를 굽히며 결재를 받기 위하여 장부를 고전무 앞에 내놓았다.

일상은 여자의 얼굴만 보면 히쭉거리던 고전무가 예외 없는 일로 쳐다도 보지 않고 무뚝뚝 했다.

어쩌나 보자고 애리는 한 손으로 이마를 짚고 열심히 선전문을 연구하는 체 하면서 찢어지도록 시선을 치켜 이마를 짚은 손가락 사이로 고양이처럼 노려보고 있었다.

장부와 전표에 결재 도장을 말 없이 찍다가 고전무는 후딱 손을 멈추며 전표 한 장을 들여다 보며 얼른 구겨서 주머니에 쑥 쓸어 넣었다. 그리고는 힐끔 애리 편을 바라보고 나서 장부와 전표를 도로 집으려는 유현자의 손등에다 들고 있던 도장을 톡 하고 한 번 찍어 주었다.

애리는 쿡하고 웃었으나 소리를 낼 수가 도시 없다. 이윽고 머리를 드니 고전무는 엄지 손가락으로 수염을 건드리며 점잖게 시치미를 뗐고 제자리에 되돌아온 유현자는 전표를 정리하면서 얌전하게 시치미를 뗐다.

상업술도 진보를 하는 것이라고, 「백부용」 판매에만 소용되는 줄로 알았더니 연애 판매에도 전표가 필요했다. 거기 대한 결제 도장은 손등에 찍어야만 한다는 것도 오늘이야 애리는 납득이 되었다.

단골 손님을 빼앗기면 파리나 날리고 있는 신세가 되겠기에 어떡하나 보자고, 한참 후에 애리도 일어섰다.

이래서 월급장이 노릇을 하면 사람을 버린다고 좋건 싫건 자질구레한 데까지 동료들과 비교가 되어지고 있는 자기 자신의 화폐 가치가 애리의 자존심을 극도로 서글프게 하였으나 이런 종류의 경영주나 상사들 앞에서 인간의 가치를 주장한다는 것은 너무나 철딱서니 없는 노릇이기에 애리는 서슴치 않고 자리를 일어서서 고전무 앞으로 토라지게 걸어갔다.

애리의 손에는 결재 용지와 함께 선전 도안(圖案)이 잡혀져 있었다.

「이번 초하(初夏)의 선전은 이렇게 한 번 해봤음 좋을 것 같아서요.」

그러면서 도안을 내놓았으나 고전무는 들여다보지도 않은 채 애리의 얼굴만 뚫어지게 쳐다보며

「거 양복 멋진 걸! 몬로 스타일!」

고전무 자신의 화폐로 만들어진 애리의 양복을 고전무는 지금 찬양하고 있는 것이다.

「어서 결재해 주세요. 좋지 않으시담 다시 만들어 가지고 오겠어요.」

그러나 전무 고영해는 그냥 딴 소리만 했다.

「암만 봐도 멋진 양복이야. 몬로 스카아트에는 곡선미가 풍부해서 멋지다니까!」

동료들이 하하 웃었다.

웃음 쯤 문제가 아니지만 애리는 다소 귀찮아져서

「멋지지 않음 수지가 맞겠어요?」

「웅?」

「손등이 닳도록 힘들여 번 화폐로 만들었는데……」

순간, 고전무는 당황한 표정으로

「손바닥이 닳도록이겠지! 말이란 너무 빨리 하면 실수가 많아」

「아냐요. 분명히 손등이었어요!」

했다. 어지간한 고전무도 적지 않게 겸연쩍은 얼굴로

「손등으로 일하는 사람이 어디 있어?」

「여기 있잖아요?」

「으음, 손등이건 손바닥이건 어쨌든 양복만은 멋져!」

그렇게 얼버무리며 애리의 손등에서 모닥불이 일도록 비벼대던 자기의 입술을 뻐억 고전무는 쓸어내렸다.

그러나 무슨 영문인지를 동료들은 알 까닭이 없다. 그것을 고영해는 다행으로 여기며 비로소 선전 도안을 펴놓고 시선을 던졌다.

던지다가 고영해는 문득 만년필을 꺼내 들며

「이건 이렇게 고치는 게 좋지 않아?」

하고 커다란 소리로 중얼거리며 탁상 일기 한 장을 뜯어 내 가지고 다음과 같이 썼다.

《애리, 정말 그러기야? 두고 봐!》

애리는 웃었다. 웃으면서 만년필을 뺏어 들고 썼다.

《두고 봐야 또 손등에다 모닥불을 피시겠지.》

고영해가 또 썼다.

《이번에는 손등만 가지고는 잘 안될 걸.》

애리가 또 썼다.

《상품은 여러 종류가 있지만 가격은 균일하지 않읍니다.》

고영해는 히쭉이 웃으며 지극히 음탕한 시선을 들어 애리를 쳐다보았다.
애리는 새침한 얼굴로 말했다.
「전무님 이번 도안은 그럴 듯 하죠?」
「웅 잘했어.」

아직 들여다보지도 않고 고영해는 잘 됐다고 소리내어 칭찬하면서 비로소 도안에 시선을 던졌다.

「응?」

광고문보다 먼저 도안이 눈에 띄었다.

벌거벗은 마리린 몬로가 실크해트를 쓰고 다리 하나를 번쩍 쳐들은 사진이 붙어 있었다. 영화 잡지에서 도려낸 것이었다. 배경은 캬바레, 바아텐이 뒤에서 소반에다 술병을 올려놓고 서 있었다. 그 술병의 렛텔을 애리는 「백부용」으로 고쳐 놓고 있었다.

한쪽 손으로 허리를 끼고 다리 하나를 공중으로 쳐들은 몬로의 다른 한쪽 손이 앞으로 쭉 뻗어 있었다. 그 뻗어 있는 몬로의 손에다 술이 철철 쏟아져 나오는 「백부용」병을 애리는 그려 넣었다. 그 밑에서 술잔을 하나씩 들고 쏟아지는 술병을 받으려는 청년, 장년, 노년의 신사를 여남은명 그려놓았다. 미술과를 다니다 중퇴한 애리로서는 그만 쯤의 회화는 문제가 없었다. 선전부에 취직이 된 것도 그만한 기술이 있었기 때문이었다.

「허어!」

고영해는 감심을 하며

「…여자는 몬로, 술은 백부용……」

그러한 간단한 광고문이 도안 맨 위에 가로 찍어져 있었다. 검은 바탕에 흰 글씨였다.

양귀비가 몬로로 변한 대담한 선전 도안이었다.

「어때요? 그만함 선전 효과는 백 퍼센트죠?」

고전무는 표정을 빤히 바라보면서 애리는 물었다.

「음 확실히 독창적이야!」

벌거벗은 육체파 여우 몬로의 요염한 사지가 발산하는 꿈틀거림을 안주로 하여 「백부용」의 방순(芳醇)한 향취에 도연히 취해 보고 싶다는 것은 확실히 애주가들의 구미를 자극하는 최대의 꿈인 것이라고, 고영해는 생리를 달리하는 한낱 여성인 애리가 그것을 명확히 지적해 온 그 센스를 높이 평가하고 있었다.

「애리의 감각은 확실해!」

그렇게 중얼거리며 고영해는 동시에 몬로 타이트로 팽팽하게 감싸진 애리의 꿈틀거리는 육체의 도발을 받고 있었다.

「포스타 용이로군.」

「신문이나 잡지에도 무방하죠.」

「아주 기발한 광고 도안이지만 양귀비를 몬로로 고친다는 대목은 사장의 결재가 필요한걸. 양귀비는 사장의 영원한 애인이야.」

「육체파 여성이라는 말은 들었지만 육체파 신사라는 말은 금시 초문인걸.」

「호호호홋……」

애리는 웃고 나서

「육체파 신사를 모르세요?」

「모르겠어, 어떤 종류의 신산가?」

「전무님 같으신 분!」

「나?」

고영해는 히죽 웃으며

「내가 그처럼 육체미가 풍부한가?」

「오해하셨군요.」

「웅?」

「잠든 시간만 빼놓고는 진종일 돈벌이 생각과 여자의 육체만 상상하는 신사를 두고 하는 말이예요.」

「웅, 잠든 시간만 빼놓군.」

웬간한 고전무도 얼굴이 붉는다.

「우등생인 육체파 신사는 잠든 시간도 빼놓지 않는다면서요?」

「무슨 말이야?」

「그런 종류의 꿈만 꾼다면서요?」

어지간한 애리도 음성을 낮추었기 때문에 동료들의 고막은 흔들리지 않았다.

「요것이?」

고영해는 기안(起案) 용지에 도장을 탁 눌러 결재를 하고 나자 저도 모르게 손길이 그냥 뻗어가며 애리의 손등에다 톡 하고 도장을 찍었다.

「이건 무슨 결재죠?」

유현자에게도 그랬었기 때문에 애리는 도장의 의미를 알아야만 했다.

「애리에 대한 독점권을 의미하는 거야, 그 도장 임자의 승인 없이는 함부로 상품을 팔면 안돼.」

「소위 매점(買占)이로군요.」

「오늘은 밤 일이 있으니까 가지 말고 기다려요.」

「야근 수당은 톡톡히 나오겠죠?」

「암, 나오지.」

「손등 일이예요? 손바닥 일이예요?」

「요것이 정말……」

고영해는 히쭉 웃고 나서

「빨리 사장한테 가서 결재를 맡아요.」

「네.」

애리는 그 걸음으로 결재 서류를 들고 또박또박 사장실로 들어갔다.

고영해는 애리가 사라지기가 바쁘게 아까 주머니에 구겨 넣은 전표를 끄집어냈다. 유현자의 편지였다.

《오늘 밤 아홉시에 예의 장소에서 기다리겠어요. 전무님, 꼭 와 주세요.

현자올림》

「야근이 겹쳐 놓고 보니 대단히 바쁜 걸!」

고전무는 속으로 중얼거리며 힐끔 유현자를 바라봤다.

평온한 얼굴로 유현자는 장부 기입에 열중하고 있었다.

여기 또 하나의, 좀 더 심각한 육체파 신사가 있다.

고영해는 지금 한창 청춘의 긍지를 갖고 있기 때문에 애욕 수렵(狩獵)에 있어서도 마음에 여유가 있었지만 나이 육순이 되고 보면 그러한 여유는 좀처럼 젊고 눈부신 여성 앞에서는 저절로 마음이 수그러지는 일종의 비굴감을 고사장은 감출 수가 없었다.

「원통한 노릇이다!」

고사장은 자기의 비굴감을 그렇게 외치며 마음 속으로 통분하게 여겼으나 중년 바람이 불면서부터 천군 만마사이를 오락가락한 그 방면의 효장(驍將)도 머리에 서리를 이고 보면 열등감부터가 먼저 머리를 들어왔다.

「양귀비가 몬로로 변한다는 말이지요?」

늙은 사장으로서의 권위도 세워야 하겠기에 속과는 정반대의 점잖은 말을 우선 고사장은 뱉아야만 하였다.

「그럼요. 시대의 첨단을 걸어야만 될 「백부용」인데 양귀비가 뭐예요? 시대적 감각이 예민해야만 광고는 효과가 있는 거니까요.」

여닫이 문은 애리가 들어올 임시에 이미 제 손으로 닫았기 때문에 사무실과는 별천지가 된 사장실이었다.

「그럴까? 몬로가 그처럼 일반 대중에게 인기가 있는가?」

「그럼요. 사장님, 못 보셨어요? 「신사는 금발을 좋아한다」는 영화……」

「봤지, 봤어!」

젊은 축들이 지닌 취미에 영합(迎合)이나 하려는 듯이 고사장은 호기 있게 대답했다. 그렇게 하는 것이 조금이라도 자기의 늙음을 캄플라즈할 것만 같았기 때문이었다.

「그러세요? 어쩌면……」

애리는 몬로의 표정 그대로를 따라 감동 섞인 놀람을 요사하게 나타내 보이며

「사장님, 역시 무척 젊으세요.」

고사장의 얼굴이 헤짝해지며

「어허헛, 그러다 보니 애리는 나를 팔십 노인으로 생각했던 모양이로군.」

육십은 팔십보다 확실히 이십 년은 젊다. 그 이십년의 젊음을 수학적으로 애리의 마음속에 인박아 주고 싶어서 팔십의 노령을 고사장은 일부러 인용을 한 것이었다.

「아냐요. 실은 사장님께서 육순이라는 말을 듣고 저는 깜짝 놀랐어요.」

「그래? 그럼 몇 살 쯤으로 보았노?」

십 년 쯤은 젊게 보아 주기를 기대하는 심정이 고사장의 표정에 알알이 떠올랐기에 애리는 시치미를 똑 떼고

「육십이 뭐예요? 오십으로도 많이 본 거죠.」

「그래?」

고사장은 알숭달숭한 꽃무늬가 박힌 헹커취를 꺼내어

입언저리를 문지르며 지극히 만족해 하였다.

『머리나 갓 깎으시고, 샤스나 갓갈아 입으신 날 같은 때는 오십이 뭐예요? 사십 칠 팔로 밖에는 정말 안 보이시는 걸.』

『어허헛, 갑자기 십년이나 젊어 졌으니, 이거 정말 한턱 해야겠는 걸!』

그것이 비록 애리의 인삿말이라고 가정해도 그것이 결코 고사장은 싫지가 않았다. 인사로라도 그런 말을 받을 수 있는 젊음같은 것이 아직도 어느 한 구석에 남아 있는 지도 모를 일이라고, 고사장은 솔직하게 기뻐했다.

『정말 한턱 하세요?』

『정말이구 말구!』

『아이, 기뻐!』

애리는 하이힐로 발치 방아를 어린애처럼 찧으며 귀여운 포즈로 손뼉을 쳤다. 참으로 귀엽다. 그 귀여움을 차지할 수만 있다면 나머지 생을 포기해도 뉘우침이 있을 것 같지가 않다.

고사장은 황홀한 심정으로 애리를 물끄러미 바라보며 그 주옥과도 같은 귀여움을 혓바닥위에 올려 놓고 대굴대굴 굴려 보았다.

불가능에 가까운 것을 절실히 희구할 때, 인간은 자기가 지닌 최고 최후의 가치와 교환할 것을 가끔 생각한다. 그것은 명예와 재산, 한 걸음 더 나가서는 생명의 포기를 의미하고 있었다.

고사장은 거리를 거릴 때, 때때로 그런 것을 생각해 보곤 하였다. 안개가 보오얗게 떠도는 싱싱한 과일을 연상시키는 새파란 젊은 여자들을 볼 적마다 고사장은 항상 육순의 연령을 생각했고 흰 머리에 손길이 저절로 갔다. 급기야는 불가능에 가까운 일임을 생각하고 한숨을 후유 내쉬었다.

그러다가도 미련은 그대로 남아서 전 재산과 바꾸어 볼 생각도 하여 보고 생명의 포기도 가끔 상상해 보았다. 육순이 지닌 생명의 나머지에 그 무슨 가치가 있으련만 그렇게 하여 인생의 마지막 한 토막을 화려한 정열로 불태워 보고도 싶었다.

그러한 종류의 대상이 하나 지금 고사장 앞에서 귀여운 재롱을 부리고 있는 것이다.

『그렇지만 아이, 황송해서……』

『뭐가 황송해?』

『저 같은 애숭이 사원이 어떻게 사장님의 한 턱을 얻

어 먹겠어요?」

기실 황송한 것은 자기 편이라고, 고사장은 만족한 얼굴로

「괜찮아, 민주주의에는 남녀 노소의 구별은 없어. 이따 아홉시 쯤 해서 시간이 있을까? 십년이나 젊어졌으니까 저녁 한턱 쯤은 해야만 옳을 거야.」

다소 시간이 늦은 감이 없지 않았지마는 사원들의 눈도 있고 해도 길고 해서 거리가 캄캄해질 무렵을 고사장은 일부러 택한 것이다.

「글쎄 전무님만 무슨 일이 없으시담 모르지만……」

애리가 고전무의 비서를 겸임하고 있기 때문에 하는 말이었다. 명목이 전무지, 실상은 아들 고영해가 회사 일 전 반에 대한 실권을 쥐고 있기 때문에 비서가 필요할 만큼 바빴다. 고사장은 그저 뒤에서 큰 기침만 하고 앉아 있으면 되기 때문에 비서가 필요치 않았던 것이다.

「오늘 밤에는 연회도 없으니까 시간은 있을 텐데……」

관계자들과의 연회가 있을 때마다 애리는 고전무와 동반을 하지 않으면 아니 되었다.

「종로에 〈코롬방〉 이란 양과자점이 있는데 거기서

기다리면 돼. 내가 그리로 갈게.」

「감사합니다. 그럼 이따 봐서 가겠어요.」

아까 고전무도 손등에 도장을 찍어 주면서 기다리라고 했다. 밤 일이 한꺼번에 밀려서 약간 불안스럽기도 했지마는 어떡하든 될 것이라고, 애리는 장사에 신을 내기로 하였다.

「그것은 하여튼 전무도 이 광고 도안에 결재를 했다는 말이지?」

「그럼요, 사장님도 이제부터는 애인을 바꾸셔야겠어요.」

「허어, 애인을 바꾼다? 내가 무슨 애인을……」

애인이라는 말 자체가 이미 고사장에게는 청춘의 감미로운 노스탈쟈(鄕秋[향추])를 가져 오고 있거늘 하물며 애리처럼 귀여운 여성의 입으로부터 그 한마디가 서슴지 않고 흘러 나오는 것을 볼 때, 고사장은 그 순간, 자기의 늙음을 완전히 망각하고 있었다.

「사장님의 애인이 양귀비인 줄도 다 알고 있어요. 그렇지만 쾨쾨 묵은 양귀비 보다야 몬로가 훨씬 현대적 관능이 풍부하죠.」

「현대적 관능……」

고사장은 황홀한 중얼거림과 함께 그 현대적 관능을 몬로에게서 찾아 보기전에 먼저 눈앞에 날씬히 서 있는 애리의 몸 매무새에서 더듬고 있었다.

『어디 한 번 애리의 말을 신용해 보지!』

고사장은 도장을 탁 찍으며 시선을 떨어뜨린다. 떨어뜨린 시선 아래 실크해트를 쓴 몬로의 나체가 다리 하나를 쳐들고 있었다.

13. 愛慾[애욕]과 金慾[금욕]

퇴근 시간이 넘어도 고전무가 자리를 뜨지 않으면 좀처럼 사원들은 퇴근할 생각을 갖지 못한다. 규칙상으로는 여덟시 반 출근에 다섯시 퇴근으로 되어 있지마는 이 규칙이 제대로 실행되는 경우는 한 번도 없다.

아무리 바쁜 일이 있어도 윗사람의 눈치를 힐끔힐끔 살피면서 일을 하는 체 해야만 되었고 그러다가 여섯시 일곱시가 되어도 고전무의 승낙이 없이는 엉덩이를 들지 못한다.

그것은 비단 한성양조 뿐만의 현상은 아니었다. 네 다

섯 명의 사원을 가진 조그만 기업체에 있어서도 마찬가지의 풍습이 만연되고 있었다. 그만큼 오늘의 중역 계급은 직권 이외의 권력을 장악하고 있는 것이다.

그런 법이 어디 있느냐고, 애리는 이 회사에 취직해 온 그날부터 규칙대로 퇴근 시간만 되면 또박 또박 사무실을 나가 버렸다. 그러한 애리를 사원들은 일종의 신화처럼 멍하니 바라만 보았다. 고사장 따님의 동무니까 그만큼 관대히 보아 주는 것이라고 사원들은 생각하고 있었으나 애리의 생각은 그것이 아니었다.

집단 생활이니만큼 다른 사원들과 보조를 맞추어 주어야 하지 않겠느냐고, 보다 못해 고전무는 어느 날 충고를 했다. 거기 대해서 애리는 말했다.

『퇴근 시간이 넘어서 퇴근하지 않는 사원을 본 받으라는 건 대학에서도 배우지 않았어요.』

『여기는 학교가 아니고 사회요.』

『사회가 학교의 논리를 무시하기 때문에 오늘의 부패와 혼란이 온 것이라고 나는 생각해요. 전무님도 대학을 나오신 분이기에 사칙(社則)쯤은 읽을줄 아신다고 보았는데요.』

고영해는 모욕을 느끼고 권력 행사를 단번에 해 버리

고 싶었으나 영림의 동창이기도 하고 그 보다도 좀 더 딴 생각이 강해서

「그런 말을 하면 출세를 못하오. 교단과 다르니까 대세의 물결이 흐르는 대로 어물어물 흘러가야 하는 거요.」

「술 장수 선전이나 해 주고 출세할 생각은 꿈에도 안 하니까 전무님의 충고는 별로 고맙지가 않습니다.」

「그렇다면 뭘 하려고 이런 회사에 취직을 원했오?」

「목구멍이 원수가 돼서요.」

「허어? 그렇다면 주위와 좀 보조를 맞추어요.」

「악이 선에게 보조를 맞춰야지, 선이 악에게 보조를 맞출 수는 없는 일 아냐요?」

「허어, 그게 그처럼 선악으로서 논평될 문젠가요?」

「살인 강도만이 악은 아냐요. 온갖 약속 위반은 모두 다 악을 의미하는 거니까요. 여덟시간 반씩 일해 주고 한달만에 이만 칠천환의 보수를 받기로 하고 입사했으니까요.」

그러는 애리를 그대로 방임해 두었다가는 회사의 분위기가 깨질 것도 같아서 전무의 비서라는 명목으로 비서 수당 팔천환을 붙여서 애리의 발목을 밤늦게 까지 동여

매 놓았던 것이다.

그리고 그러한 고전무가 오늘은 어떻게 된 셈인지, 퇴근 시간 정각에,

「오늘은 일찌감치들 나가지.」

했다. 그래서 사원들은 웬 떡이냐고 모두들 퇴근을 했다.

가만히 보니, 유현자가 나갈 때, 고전무에게 인사를 하는데 허리만 굽히는 것이 아니라 눈인사가 이상하게도 짙었다. 그것을 고영해는 엄지손가락으로 차푸린 수염을 건드리면서 가볍게 받아 넘기고 있었다.

「흐웅, 사고는 사고야!」

텅 비인 사무실에서 책상을 치우며 애리의 날쌘 후각이 사냥개처럼 발동을 하고 있는데

「미스 리!」

하고, 고전무의 목소리가 날아 오길래 얼굴을 들었더니, 눈 한쪽은 이미 싱긋이 감겨져 있었고 수염 언저리가 쫑긋쫑긋 움직이고 있었다.

시치미를 떼고 그대로 내버려 두려다가 얼른 유현자와의 경쟁 의식이 머리를 들어 눈 하나를 가만히 감아 주었더니만

「잠깐 기다려!」

하고 고전무는 훌쩍 일어나서 사장실로 총총히 사라져 들어갔다.

아무도 없는 사무실 안에서 애리는 책상을 치우고 화장을 고치고 있었다.

숙직 사원이 한 두 번 들어왔다가 나갔다.

「어떡할까?」

사장도 만나자고 했고 전무도 기다리라고 한다. 서로 부딪치지 않도록 적당히 처리를 해야겠는데 시간 관계가 어떻게 될런지 고전무의 시간표가 아직 발표되지 않았기 때문에 짐작조차 가지가 않는다. 사장과의 동석은 오늘

이 처음이기 때문에 둘중에 하나를 택해야만 되는 경우라면 사장과의 약속을 지키리라고 애리는 생각을 했다.

따르릉… 따르릉… 고전무 책상의 전화 종이 운다.

애리는 콤팩트를 백에 집어 넣고 홀가분히 걸어가서 수화기를 들었다.

「네, 한성양조입니다.」

「고전무 계세요?」

여자의 목소리였다.

「여기는 아현동인데요. 고전무 잠깐 대 주세요.」

「어마, 영림이 아냐? 나야, 나!」

「아, 애리였었군! 오랜만이야. 어때, 바뻐?」

「여전하지만 바쁠 땐 또 바뻐.」

「선전 일이 뭐가 많아서 그리 바쁠까?」

「선전도 선전이지만……」

「전무님의 비서역이 바쁘지?」

「영림아, 너 비꼬는 거니?」

「비꼬긴…… 사실인 걸!」

「말 말아 얘. 미스터 송이 독약을 다시는 마시지 않아도 괜찮게 됐다면서?」

이것은 애리가 한 번 떠보는 말이다.

「뭐? 무슨 말인데」

이것 역시 역효과를 바라는 애리의 교묘한 심리 작전이다. 이런 말을 하면 할수록 동정을 하기 전에 반항을 하기 쉬운 영림의 성격을 이용하는 것 뿐이었다. 아니나 다를까,

「누가 그따윗 말을 하지?」

「출처를 밝힘 말 싸움을 하러 다녀야 될 테니 귀찮아서 취소할 테야.」

「흥, 전무님의 말씀이겠지.」

사실 오빠는 송준오를 매부로 삼고 싶어 하는 말을 여러번 했었기 때문이다.

「추측은 맘대로지만 나는 책임 안 져.」

「무슨 그 따위 일로 책임 문제까지……」

「축복합니다.」

「뭘 말이야?」

「미스터 송과의 경사스런 약혼 말이지 뭐야?」

애리는 또 한 번 되집어 따져 놓았다. 따지면 따질수록 영림과 송준오의 거리는 멀어지고 반대로 자기와 송준오의 거리가 짧아지는 것이다.

「나 참 애리도……」

고영림의 센스와 언변도 상당 하지마는 밑바닥에 가시가 돋지 않았기 때문에 결국에 있어서는 애리의 언변에 일보를 양보하는 셈이 항상 되고 있었다.

「한 번 만나, 좀 놀러 오라니까 글쎄.」

「영림이처럼 한가스런 신세가 못 돼서 미안해.」

「그럼 슬퍼! 내 마음 몰라?」

「응, 알긴 알지만…… 잘 알아. 너는 나보다 확실히 선량해.」

「또 신세 타령인가?」

「그것도 다소 있지만 말이야. 어쨌든 너는 정신파(精神派)고 나는 육체파라니까……」

「오늘 밤 좀 놀러 오려므나.」

「어디가…… 오늘도 야근이야.」

「응, 연회두 한 곳이면 좋게? 늙은 축 넓은 축, 애리의 몸뚱이가 한 두서넛 쯤 있었음 수지가 맞겠어.」

「그처럼 바쁨 봉급을 인상해 달라려므나.」

「어디가…… 지독한 깍쟁이들인데……」

「내가 말 좀 해볼까?」

「천만에! 사람은 제 실력으로 살아야지, 남의 힘만 빌림 잠자리가 나빠.」

「오빠 좀 대 주겠어?」

「대 줘! 하고 왜 명령을 하지 못하고……」

「애리야, 그럼 정말 눈물이 나!」

「인제 안 그럴께! 미안, 미안! 잠깐만 기다려.」

애리는 수화기를 대고 사장실 문을 열었다.

「전무님, 전화 받으세요.」

사장실 문을 애리가 여는데 모자를 쓰고 퇴사하는 사장을 모시고 고영해가 뒤로 따라 나오고 있었다.

고영해는 책장으로 가서 전화를 받았고 사장은 애리의 전송을 받으며 복도로 나갔다. 나가면서 고사장은 애리의 인사를 턱으로 받으며 눈으로는 아홉시 약속을 애리의 시선에다 다지고 있었다. 애리도 알아 듣겠다는 듯이 눈인사를 또 한 번 했다.

『그래서 말예요, 언니 문제에 관해서 오빠와 한 번만 더 의논해 보고 싶어요. 최후적으로……』

『최후적으로? 뭐가 그리 급해서 너는 자꾸만 서둘러 대는 거냐?』

고영해의 목소리가 갑자기 커졌다.

애리가 옆에 우두커니 서 있었다. 영림의 목소리가 희미하게 애리의 귀에도 들려오고 있었다.

『남은 앓아서 누워 있는데 오빠는 뭐예요? 병 문안 한 번 안 가보구……』

『내가 병 문안을 가서 날 병 같으면 하루에 열 번이라도 가겠다만…… 하루 아침에 더친 병이라더냐?』

『어쨌든 이야기가 있어요. 오늘 밤은 빨리 돌아오세요.』

『안되겠는 걸. 오늘 밤은 조금 바쁘다. 회사 일로 연회가 있어. 이야기가 있거든 내일 아침에 하려므나.』

「아침엔 학교엘 가야지, 늦잠만 자는 오빠를 어떻게 기다리라는 거예요.」

「어쨌든 알았다. 오늘 내일로 어떻게 될 병이 아니니까 너무 서둘러 대지 좀 말아라.」

「악덕한!」

「뭣이?」

「채각.」

전화는 끊기었다. 고영해는 하는 수 없이 불쾌한 얼굴로 수화기를 놓고 애리를 바라보았다.

「영림이죠?」

「계집애가 나잇살이나 먹었다고 건방지게……」

「어느 계집애 말예요? 여기도 그만한 나잇살을 먹은 계집애가 하나 서 있는데……」

불쾌한 표정이 갑자기 펴지며

「애리는 귀여워!」

「영림이보다도?」

「물론이지. 그 놈의 계집애 돼 먹지 않게스리…… 나가.」

고영해는 모자를 쓰고 애리와 함께 사무실로 나섰다.

지프차 운전수가 병으로 결근을 하여 두 사람은 택시

를 잡았다.

한강 일대에 보트가 떴다. 철 이른 벌거숭이 떼도 모래 사장 위에 오구구했다. 한강 인도교를 택시는 건너고 있었다.

「오늘 밤도 연회가 있어요?」

「응, 애리와 단 둘이의 연회가 있어.」

「무서워!」

「뭐가 무서워?」

「손등에 또 모닥불이 필까봐서……」

「손등에만 피면 다행이지.」

고영해는 애리의 손길을 자기 무릎 위로 끌어다 놓고 손등을 어루만지고 있었다.

「남자들은 왜 자꾸만 만나지 못해서 그러는지 몰라?」

애리는 정말로 그것이 하나의 커다란 의문으로 되어 있었다.

「좋으니까 그러는 거야.」

「좋음 그러나?」

「남녀의 애정은 접촉에의 욕구에서 생기는 거야.」

「그건 남자들의 경우일지 몰라도 여자는 좀 달라

요.」

「어떻게 다른고?」

「피부적인 접촉보다도 먼저 정신적인 접촉을 희구하고 있는 거예요. 결국은 피부적인 데까지 가지긴 하지만 말이예요.」

「애리도 차차 영림을 닮아 가는군.」

「닮아 가는 게 아니라 실정이 그렇다는 말이지.」

「그렇지만 애리는 육체파가 아니야?」

「노오!」

애리는 토라지게 그것을 부인하며

「내가 육체파이기를 남성들이 요구했을 뿐이야. 거기에 응하고 있는 것 뿐이라니까……」

애리는 갑자기 송준오가 그리워졌다.

성남극장을 지나고 서울역 앞을 지났다.

고영해에게 손 하나를 잡힌 채 애리는 천연스레 밖을 내다보고 있었다. 고영해도 애리의 얼굴을 때때로 바라볼 뿐, 잠자코 앉아 있었다.

남성들이 육체파이기를 요구하기 때문에 거기 응하는 것 뿐이라는 애리의 한 마디가 고영해에게는 무척 서운했지마는, 그리고 손 하나를 내 주고도 마음으로는 끄떡도 않는 애리가 항간의 창기를 연상시키고 있었지마는 그렇건만 고영해는 애리의 그 허수아비와도 같은 육신의 일부분을 놓아 주기가 싫었다.

마음으로는 자기를 얕잡아 보고 있는 애리를 뻔히 들여다보고 있으면서도 애리의 손길을 놓지 못하고 있는 자기 자신이 바보처럼 우스꽝스럽기도 하였다.

『도대체 사내 자식들은 어떻게 돼 먹은 동물인지 알 수가 없어!』

이것은 지난 날, 애리가 뱉은 한 마디지마는 그것을 고영해는 지금 자기 자신이 마음 속으로 되풀이 하고 있는 것이다.

사랑이라든가 애정이라든가, 그런 종류의 정신적인 흔들림은 티끌만큼도 섞이지 않은 애리의 다섯 손가락이 어쩌면 이처럼 자기의 전신을 불사르게 하는지, 알 도리가 없었다. 바보처럼 우스꽝스럽게도 생각하는 자기 자신을 비웃어 버릴 수 있는 또 하나의 좀 더 정직하고 진지한 자기가 고영해에게는 도사리고 있었다.

뿐만 아니었다. 자기 역시 애리를 정신적으로 알뜰 살뜰히 사랑해 본 적은 한 번도 없다. 애정의 사깃군, 사랑의 장사아치 같은 애리의 불손한 언어 행동에 접할 때마다 이제는 이미 김이 빠지고 단 물이 찌여서 다시는 돌보기도 싫어진 아내 혜련이가 인간적으로는 훨씬 존경할 수 있는 존재라는 것을 고영해는 가끔 느껴 왔다.

그렇건만 지금 고영해는 애리의 한낱 껍질에 지나지 못하는 다섯 손가락을 한혜련의 전부라도 바꾸고 싶은 격렬한 충동을 뭉클뭉클 느끼고 있었다.

나긋나긋한 손가락 다섯을 오작 오작 뜯어 먹고 싶은 이 왕성한 식욕! 이것이 사랑이 아닐진대 뭣을 가리켜 사랑이라고 정의(定義)를 지을 것이냐?…… 인격에나 정신에는 침을 뱉아 가면서도 손가락은 뜯어 먹고 싶도록 식욕을 건드려 왔다.

아내 혜련을 처음으로 탐낼 적에도 그러하였다. 아니, 온순한 혜련에게는 정신적으로 우러러 볼만한 아름다움도 또한 못지 않게 느끼고 있었다. 그러던 것이 오랜 시일에 걸친 부부생활의 권태와 병마로 말미암은 육체적 매력의 상실이 왔다.

한낱 껍데기에서 더 지나지 못하는 육체적 매력의 상실이 이렇듯 한혜련이 지닌 내면적인 아름다움까지를 거부할 줄은 몰랐다. 애리의 다섯 손가락과 바꾸어질 만큼 한혜련의 가치가 폭락할 줄은 꿈에도 몰랐다.

정신주의자들 잠꼬대 같은 수작을 고영해로서도 일소에 붙일 수밖에 없었다.

『육체가 있으니까 영혼이 있는 것이다. 남성과 여성에게 섹스의 매력을 부여한 조물주의 창의(創意)는 단순히 그 구조를 달리하는 육체적 조건에 있었다.』

그것을 내면생활에 까지 연장시켜 영혼의 가치를 육체의 가치 이상으로 끌어 올리려고 온갖 인위적인 노력을 힘써 온 형이상학자(形而上學者)들이야말로 인류를 현혹시킨 위대한 사기사였고 조물주의 의도한 바를 모독한 사탄의 무리들이라고 말한 강석운의 「유혹의 강」 의 주인공 박목사의 한 마디를 고영해는 생각하며 자신있게 말했다.

『나는 애리를 진심으로 사랑한다!』

창 밖을 무심히 내다보고 있던 애리가 얼굴을 돌리며, 홍 하는 표정으로

『어떡하는 게 진심으로 사랑하는 건가요?』

『애리의 손길을 잡고 있는 것이 그 증거다!』

남대문을 지나 차는 진고개 쪽으로 달리고 있었다.

『애리의 손길을 놓아 주고 싶지 않은 이 절실한 심정! 이것이 인간의 진실! 이것이 인간의 진실일진대 이 진실

을 우리는 소중히 해야만 될 거야.」

「운전수 양반이 웃어요.」

「운전수 양반으로 웃게끔 만들어 놓은 것이 모두 다 도학자의 족속들, 인류의 사기꾼들이야. 남녀가 사랑한다는 것은 웃을 일도 아니고 울 일도 아니니까…… 아, 스톱!」

진고개 입구, 어떤 고급 그릴 앞에서 차는 멎었다.

넓은 홀을 지나 둘이는 특별실로 돌아갔다. 보이에게 식사를 주문하고 나서 저고리를 활활 벗어 걸었다. 그리고는

「애리 아가씨도 벗으시지요.」

등 뒤로 돌아 가서 애리의 저고리를 벗기며

「이쯤 되고 보면 비서 수당은 내가 받아야겠는 걸.」

애리는 잠차코 있었다. 물 수건으로 손가락을 닦고 있는데 목덜미에 입술이 왔다.

「뭐예요?」

「비서 수당으로 받는 거야.」

그러나 애리는 별반 떠들지도 않고 쥐었던 물수건으로 목덜미를 닦아내며

「상살(相殺)을 해 버릴 모양이지만 그건 안돼요.」

『홍, 계산이 분명한 걸.』

고영해는 애리와 마주 앉았다.

『분명한 게 좋지 뭐예요? 결국은 상품을 팔고 사는 거니까 전무님도 사랑이니 애정이니, 죽겠다 살겠다 하는 따위 군더더기를 붙일 필요는 없어요.』

『좋아, 흥정이 명백해서 좋아.』

『상인들이 걸핏하면 인간적이니 양심적이니 하는 따위의 말로써 상대방의 계산 의식을 약화시키는 것과 매일 반이지 뭐예요.』

『허어?』

고영해는 가슴이 다소 따끔 했다.

『그러니까 전무님도 결국 사랑이니 연애니 하는 따위의 탈을 쓰고 제 계산 의식을 마비시켜 보자는 거지만……』

『잘 안되겠어?』

『잘 안될 거예요.』

『음, 이러다가는 사나이의 밑천 들어 먹겠는 걸.』

『사나이의 밑천이란 주먹과 돈 밖에 더 있어요?』

『주먹과 돈?』

『놀라실 것 없어요. 전무님이 마음을 턱 놓고 저를

데리고 다니는 것도 결국 그 두 가지 권력을 등지고 있기 때문이죠. 주먹이 세니까 저한테 얻어 맞을 걱정은 없을 것이고 금력이 있으니까 온갖 애로를 돈으로 해결할 수 있다는 안도감이 있기 때문이죠.」

고영해는 아연히 애리를 바라볼 뿐, 마침내 대구를 잃었다.

「그렇지만 저는 주먹이 약하니까 잘못하면 얻어 맞을런지도 모른다는 불안감을 항상 느끼죠. 또 생활이 빈곤하니까 물욕의 유혹을 늘상 받고 있어요. 주먹에 대한 위협을 무마하고 물욕에 대한 다소의 만족을 얻기 위해서 제가 갖고 있는 오로지 하나의 생활 능력이 있다면……」

애리는 날카로운 눈초리로 상대편의 표정을 한 번 살피고 나서

「연애…… 아니, 연애의 냄새를 파는 길 밖에 없어요. 잘못하면 밑천까지 들어 먹게 될런지도 모르지만요, 들어 먹은 사람들도 수두룩 하지만 말예요.」

「틀렸어! 이야기가 심각해서 틀렸어!」

고영해는 돌연 커다란 소리를 내며 손을 내저었다.

「제가 그것을 솔직하게 이야기하니까 심각히 들리는

거예요. 그렇지만 말은 하지 않아도 그러한 심정은 적든 많든 태반이 다 갖고 있다고 저는 생각해요.」

식사가 왔다.

「자아, 술을 들어요. 심각하면 우울해. 가볍게 명랑하게 어물어물 살아나가는 거야.」

「어물어물해서 이득을 보는 건 남성들이지만 어물어물하다가 코를 다치는 건 여성들이라니까 글쎄.」

술을 들고 식사를 하는 동안 고영해는 쭉 애리라는 한 여성의 구김살 없는 성품과 음영(陰影) 없는 벌거숭이 생태(生態)를 생각하고 있었다.

「애리!」

「응?」

몇 잔 권한 위스키를 사양치 않고 받아 마신 애리의 피부는 윤이 반지르르 돌고 있었다.

「아귀처럼 닭고기를 뜯어 먹는 애리가 오늘 따라 무척 예쁜 걸.」

그러한 애리에게서 과거에는 빈민 계급의 무교양과 더러움을 느끼고 경멸해 오던 고영해였었다.

「이브가 닭고기를 뜯어 먹을 때와 마찬가질 거예요. 그렇지만 전무님은 얌전을 빼고 호물호물 녹여 삼키는

숙녀들을 더 이쁘게 보실 텐데……」

「아니야, 생각이 갑자기 달라졌어!」

「어떻게 달라졌어요?」

「애리를 보는 눈이 오늘 밤 갑자기 달라졌어. 솔직히 말하면……」

「솔직히 말해 봐요. 나는 다 털어 났는데……」

고영해는 물끄러미 애리를 바라보며

「나는 오늘 밤, 애리에게서 인간의 본질 같은 것을 발견했어. 말하자면 애리는 도회지 야생녀(野生女), 현대의 이브다!」

윤기띤 시선을 애리는 들었다. 두 손으로 닭의 다리를 뜯어 먹는 그대로의 자세로

「칭찬이야? 핀잔이야?」

「좀 전까지는 핀잔이었다. 그러나 지금은 그렇지 않아, 애리의 좋은 점을 나는 여태껏 발견 못하고 있었다. 애리의 육체만을 나는 탐내 왔다. 솔직히 말해서 애리야말로 얼마간의 화폐로 환산해 버리면 그만인 그런 가치밖에 없는 여성이라고 생각해 왔었고 또한 그런 생각 밑에서 애리를 희롱해 왔다.」

「좋지 뭐야? 전무님이 화폐로써 나를 희롱할 생각을

하니까 나는 또 나대로 전무님을 희롱해 보는 거니까……」

「좋아! 계산이 분명해서 좋아. 과거 나는 여러 층의 여성들을 사귀어 보았지만 모두가 다 하나처럼 사랑의 탈을 쓰고 왔다가는 화폐의 탈을 쓰고 물러가 버렸어. 우리들 상인이 인간적이니 양심적이니 하는 탈을 쓰고 대하는 거와 마찬가지였다. 그렇지만 지금 내눈 앞에서 아귀처럼 닭의 다리를 뜯고 있는 애리는 아무런 탈도 베일도 쓰지 않았다. 정신적인 글자 그대로 정신적인 벌거숭이다.」

「흥!」

애리의 「흥」은 상대편의 말을 비웃을 때도 쓰지마는 그와 정반대로 상대편의 말을 전적으로 수긍할 때도 가끔 쓴다.

「흥, 탈을 안 씀 베일이라도 써야 할 텐데 나처럼 홀랑 벗어 버리니까, 어떤 순정파가 말하기를 나를 가리켜 요부라는 거야. 요부지만 좋다는 거요. 요부면 나뻐야 할텐데 왜 좋다는 걸까요? 전무님은 오늘 밤, 나를 요부로부터 이브로 승격을 시켜 주셨지만요.」

「애리는 지금 *K*신문에 연재되는 「유혹의 강」을 읽는가?」

「요즈음 얼마 동안은 못 읽었지만 무척 재미있는 소설이라고 생각했어요.」

「그 소설 속에서 작자는 주인공 박목사의 입을 통하여 이런 말을 했어. 인간이 정신적으로나 육체적으로나 쪽 벌거벗을 때, 여성은 이브가 되는 동시에 요부가 되는 것이며 남성은 아담이 되는 동시에 악마가 되는 것이라고……」

애리는 놀라며 닭의 다리를 접시에 도로 놓았다. 무언지 절실히 느끼면서도 해명하지 못하고 있던 수수게끼 하나가 드디어 풀리어 나는 것 같았다.

「참 좋은 소설이야. 애리도 꼭 계속 읽어요. 특히 애리나 나 같은 사람은 공명하는 바가 많을 테니까……」

「읽겠어요. 그렇지 않아도 강석운 선생님 일찌기 한 번 뵌 적도 있어요.」

「그래?」

「학생 시절, 어떤 자리에서 한 번 봤어요.」

이야기는 다시 제 자리로 돌아가

「그렇지만 나는 여태껏 내가 이브일런지는 몰라도 요부라고는 한 번도 생각해 본 적이 없어요.」

『그럴 거야. 거기 대해서 작가 강석운씨는 이렇게 말했어. ……영육(靈肉)으로 완전히 벌거벗은 아담과 이브였다. 이브는 요부가 아니었지만 아담에게는 확실히 요부였다. 이브의 요사스런 매력이 아담의 눈을 황홀하게만 들고 있었다. 아담은 생각하기를 이브는 무슨 요사스런 술책으로 자기를 유혹하는 줄로만 알았다. 그러나 이브가 아담을 유혹한 것이 아니고 아담이 이브에게 유혹을 느꼈을 뿐이라고……』

『전무님도 그 말에 동감을 하세요?』

『동감 하지!』

고영해는 과거에 지닌 수많은 남녀 관계 그것을 분명히 느끼고 있었다.

『기뻐요!』

애리는 물 수건으로 손을 닦으며 홍차를 들었다. 드는 찻잔에 위스키를 따라 주며 고영해는

『웃음을 팔아서 생활을 한다고, 애리는 거리낌 없이 그것을 탁 터 놓았지만…… 그리고 그러한 애리를 세상 사람들은 흰 눈으로 바라보며 요부 같다고들 말하지만…… 나는 그렇게만은 생각하지 않아.』

『어떻게 생각하세요?』

「그것을 나는 애정의 합리화라고 생각하지. 모르긴 하지만 인간의 애정에는 두 가지 속성(屬性)이 있다고 봐. 하나는 애정의 순수성이고 다른 하나는 애정의 합리성(合理性)이다.」

「술 장수 작은 오야붕이 어려운 말을 너무 많이 해요.」

「얕보면 안돼. 이래 봐도 대학은 우수한 성적으로 나왔어. 전공은 사회과학이지만 취미는 생물학이야. 학교 교편도 사오년 잡아 봤어.」

「금시 초문이 돼서 미안합니다.」

애리는 까딱 고개를 숙여 보였다. 그러나 영림의 동무인 애리가 그것을 모를 리는 물론 없었다.

「술장수가 학력이라든가 지식을 내세우면 술이 잘 안 팔려.」

「알았어요. 인제 이야길 어서 계속해요.」

「애정이 비교적 순수할 수 있는 것은 오늘날처럼 생존경쟁이 극심하지 않던 과거의 일이야. 지나간 시대에는 애정의 합리성을 불순하다고 보아 왔지만 오늘에 와서는 그것이 당연하다고 보아지고 있는 거야. 애정은 속속 합리화되고 있다. 오늘날 젊은 세대들의 마음 속에는 삼부의 순수성과 칠부의 합리성으로 형성된 애정의 자세가 도사리고 있다고 나는 보는 거야. 그리고 그 삼부의 순수성 마저 예술가들의 회고적(懷古的) 취미의 대상 밖에 안될 뿐, 그들의 현실적인 애정의 자세는 세속적인 합리성에 있었어. 애리, 내 말 알아 듣겠어?……」

「얕잡아 보지 말아요. 지금은 비록 술장수네 집에서 화초(花草) 노릇을 하고 있지만 이래뵈도 얼마 전까지는 미술 대학생이었어. 더구나 기생 출신인 우리 어머니가 다섯 차례나 남편을 바꾸지 않으면 아니된 뜨내기 가정 속에서 눈치 밥을 얻어 먹고 요만큼 자란 애리야. 그만한 말귀도 못 알아들음 벌써 나가 떨어졌게?……」

「음, 금시 초문인 걸!」

정말로 고영해는 처음 듣는 소리다. 애리의 가정 내막을 영림이도 그처럼은 몰랐기 때문이다.

「알아 듣는다면 지극히 좋아. 그런데 여기서 나는 여성들의 합리화를 한낱 허영이나 불순으로 돌리고 싶지는 않아. 육체적으로나 경제적으로나 사회적으로나 여성은 약자이기 때문에 완력이라든가 금력이라든가 또는 명예나 권력 같은 강한 것에 대하여 여성들이 본능적으로 동경하는 욕망의 자세…… 그것의 실천이 곧 애정의 합리화라고 보고 싶어.」

「전적으로 동감이에요.」

애리는 흥분한 어조로

「전무님 상당하세요! 술장수 오야붕으론 좀 아까워!」

애리와 고영해의 생활철학은 완전히 일치하고 있었다.

「인간 본위의 애정의 순수성은 이제 이 거리에서는 찾아보기 힘든 하나의 신화로 변했어.」

「그래요. 애정과 생활의 합리화가 있을 뿐이예요. 인간 자체에도 정열을 느끼지만 그 보다 못지 않게 물질과 권위에 대해서도 정열을 느끼고 있어요. 나만이 불순하고 불량해서 그런지는 모르지만요.」

애리의 이러한 생활철학은 애리를 노리고 있는 고영해에게 있어서는 지극히 유리했다.

「아니야, 다른 사람이 말하지 않고 있는 것을 애리는 다만 솔직하게 쏟아놓고 있는 것 뿐이다. 나는 그러한 애리를 존경해.」

애리를 바라보는 고영해의 눈이 한층 더 정열에 익어 가고 있었다.

「그런 의미에 있어서 나도 전무님을 존경해요.」

존경한다는 말을 어떠한 의미로 쓰는지는 모르지마는 어쨌든 똑 같은 한마디가 두 사람의 거리를 형식적으로 접근시키고 있는 것만은 사실이었다.

　『결국에 있어서 생활 능력을 의미하는 남성의 경제권과 여성의 육체권(肉體權)…… 서로 대립되는 이 두 가지 권위에 대한 각기의 욕망이 남성에게 있어서는 애욕으로서 나타나는 것이고 여성에게서 있어서는 물욕으로서 나타나는 것이야. 이 두 가지 욕망에 대한 조절과 타협이 애정이라는 아름다운 탈을 쓰고 남녀의 결합을 형성한다고 보아. 이것은 남의 취미인 생물학과 나의 전공인 사회학의 교훈이야. 애리는 결혼을 생각해 본 적이 있나?』

　『있지만 단념했어요?』

　『왜?』

　『애정과 생활이 합리화되지 않기 때문에요.』

　『송준오군을 사랑하고 있지?』

　『사랑하지만 저 편에서 싫다는 거예요.』

　『왜?』

　『영림과의 관계도 있고…… 또 내 사상이 나쁘다는 거예요.』

　『사상이 나쁘다? 음, 그건 애리가 너무 솔직한 탓이

야. 솔직하면 손해니까 다른 사람들처럼 탈을 쓰고 마음의 풍경을 말하지 않아야 돼.」

「손핸 줄은 알면서도 탈을 쓰기가 싫어요.」

「참 딱한 성격인 걸!」

고영해는 갑자기 침울해졌다. 애리처럼 적나라하게 자기의 알심을 꺼내 보이는 여성을 아직껏 본 적이 없다. 사랑이니 애정이니 하는 가면이라도 쓰고 오면 속은 채하고 건드려 보아도 무방이지마는 생활을 위하여 갓난애처럼 쪽 벌거벗은 애리의 허위 없는 삶의 자세를 눈 앞에 볼 때 가긍하고 측은한 생각이 한 조각 남은 고영해의 양심을 쳤다. 몇 장의 화폐를 위하여 홀랑 벌거벗고 나선 창기처럼 서글픈 데가 있었다. 펄펄 타 오르던 정열이 불꽃이 탁 시들어지며

「인제 가요.」

고영해는 훌쩍 일어서서 저고리를 입었다.

「벌써?」

의외라는 듯이 애리도 일어났다. 좀 더 치근치근 달려붙지 않는 것이 이상도 했지마는 다행이기도 했다. 고영해가 저고리를 입혀 주었으나 아까처럼 목덜미에 입술은 와 닿지 않았다.

그릴을 나서서 어두운 거리를 두 사람은 묵묵히 걸었다. 전무님이 왜 갑자기 침울해졌는지를 애리는 통히 모른다.

「전무님, 무슨 기분 상하신 일이라도 계셔요?」

「아니……」

「그럼 왜……」

「갑자기 서글퍼졌어. 서글프도록 애리가 귀여워졌어.」

「무슨 말씀이예요?」

「나도 잘은 모르지만…… 나는 이 순간, 애리를 영원히 사랑할 수 있을까를 생각하고 있어.」

「…………」

애리는 잠자코 있었다.

진고개 입구를 빠져 나와 둘이는 명동 쪽으로 천천히 걸어가고 있었다.

「애리, 돈벌이하고 싶지?」

고영해는 갑자기 물었다.

「하고 싶지만 능력이…… 없어요. 기껏 해야 연애의 냄새를 파는 것 뿐이지. 남처럼 대담하지 못하니까 돈 있는 양반의 이호나 삼호는 될 수 없고……」

「왜 남들은 곧잘 되던데……」

「흥, 이래 뵈도…… 보기에는 양공주 같이 보여도 아직 나는 버어진(處女[처녀])이야. 이호 삼호의 생활은 우리 어머니의 과거로써 충분해. 진저리가 나도록 보아 왔으니까 되풀이할 생각은 꿈에도 없어요.」

「마침 한 사업체가 하나 났는데 해볼 생각 없어?」

「돈벌이 되는 거야요?」

「벌리지, 잘하면 유망해.」

「뭔데……?」

「하나는 땐스 홀이고 하나는 빠아…… 우리 회사와 관련이 있는 덴데 목하 영업 중이지만 얼마 전에 내놨어.」

애리는 잠자코 있었다.

「그런 방면에서 성공할 소질이 애리에게는 확실히 있어.」

「불량성이 풍부하다는 말이죠?」

「뭣보다도 계산이 밝아서 좋아. 연애의 냄새만을 팔 수 있는, 그런 비상한 재주를 절실히 필요한 사업이거든.」

「내 재주 가지고 될까?」

「충분해. 건달 놈팽이와 난봉만 안 나면 충분해.」

「그런데는 자신이 있어요. 돈 없는 사나이는 날개 없는 새니까, 애당초부터 흥미가 없어요. 그런 염려는 없지만 내 나이가 좀 어리지 않아요?」

「괜찮아. 내가 뒤에 있으니까……」

「빠아보다는 땐스 홀이 좋아요. 자본이 많이 들겠지만……」

「정말 생각이 있어?」

「왜 생각이 없겠어요? 잘함 우리 여섯 식구가 살아날 판인데…… 내 힘이 모자람 어머니 더러 좀 나와 달랄 수도 있어요.」

「아, 어머니…… 몇 살이신데?」

「마흔 다섯이지만 차리고 나서면 그럴 듯하죠. 그런 방면에는 손도 익으시니까.」

「좋아! 그럼 적극적으로 추진시켜 보기로 할 테야.」

애리에게 비로소 희망이 생겼다. 그런 사업체만 손에 들어온다면 사나이들에게 연애의 냄새를 팔지 않아도 무방하였다.

「지금까지 애리를 너무 조급하게 사랑해 보려던 내가 불찰이었어. 조급하게 사랑하고 조급하게 내버리기에는 아깝다는 것을 오늘밤 절실히 느꼈어.」

헤어질 무렵, 을지로 네거리에서 고영해는 말했다.

「애리가 정말로 나를 좋아하고 내가 정말로 애리를 좋아할 때까지 기다려 보기로 해요. 이건 넣어 둬.」

칠만환짜리 수표 한 장을 애리에게 쥐어 주었다.

「어마?」

애리는 놀랐다.

「아무런 댓가도 요구 하지 않을 테니 아쉬운 대로 가용에 보태 써요.」

실은 오늘 밤, 이 수표 한 장으로 애리를 유혹해 볼 요량을 하고 왔던 고영해였다.

그 고영해가 갑자기 심경의 변화를 일으켜 끈을 탁 늦추었다. 조급하게 가까워지면 조급하게 멀어진다. 결국에 있어서는 경제권과 육체권의 교환이기는 하지마는 서로의 목적이 너무 뚜렷해서 싱겁기 비길 데 없을 뿐 아니라, 연애의 냄새만 팔려는 애리가 손쉽게 건드려 질 것 같지도 또한 않았다.

「사람은 역시 옷을 입고 마음의 탈을 쓰는 것이 신비로운 여음이 있어서 좋아. 애리가 거짓이라도 좋으니 사랑의 탈을 쓰고 올 때를 기다릴테야, 잘가요. 내일 또

봐요.」

택시를 잡아타고 시청 쪽으로 사라지는 고영해를 애리는 모퉁이에서 말끄러미 바라보다가

「아, 사장님과의 약속이 있었지!」

그러나 애리의 손목 시계는 이미 아홉시 이십 분을 넘어서고 있었다.

「잘 됐어!」

수표가 생기고 또 굉장한 사업체가 굴러오게 된 애리에게 있어서 사장은 이미 필요한 존재가 아니었다.

「희망이 왔다!」

자기에게도 인제부터는 물욕에 굴하지 않아도 좋을 만한 생활이 올런지 모른다고, 커다란 희망을 한 아름 품고 청진동 자기 집을 향하여 활기 있게 걸어갔다.

14. 칸나의 抵抗[저항]

「악덕한!」

그보다 세 시간 전, 고영림은 침을 뱉 듯이 오빠와의 전화통 속에다 그 한마디를 내던지고 찰칵 수화기를 놓

았다.

전화는 대청 마루에 있었다. 영림은 자기 방을 거쳐 동쪽 정원에 면해 있는 응접실을 겸한 양실로 나가자 테이블 앞에 되는대로 몸을 던지며 유리창 밖을 분연히 내다보았다.

「내가 무엇 때문에 이처럼 서둘러야 하나?」

오빠와 올케 한혜련과의 이혼 문제를 본인들보다 한층 더 서둘러 대는 자기 자신이 우스꽝스럽기 짝이 없었다.

오빠에게 냉대를 받고 있는 올케에 대하여 동정하는 마음도 물론 있었고, 전 여성의 약하디 약한 사회적 수난(受難)을 옹호하고 분개하는 대국적인 심사도 또한 있었다.

그러나 하루 바삐 올케가 고씨 문중에서 이적(離籍)이 되어 자유로운 몸이 되기를 원하는 심사에는 좀 더 까다로운 영림의 심리적인 갈등이 있는 것이 다. 그것은 영림의 자기 저항(自己抵抗)을 의미하고 있었다.

미스 헬렌과 돌구름의 이야기를 했을 때, 강선생은 말하기를, 무턱 대고 한혜련을 만나 보고 싶다고 했다. 그러나 강선생은 그것을 감히 하지 않았다. 거기에는 강선생 자신의 가정적인 이유도 있었겠지마는 호적상의 남편이 한혜련에게는 있었기 때문이다.

올케에 대한 강선생의 인간적인 흥미와 작가적인 호기심은 마침내 꺽이어 졌다. 꺽이어진 그 틈바구니를 타서 자기는 강선생을 유혹했다. 강선생은 사십 대의 지성을 가지고 그것을 점잖게 물리치기는 했으나 내심으로는 확실한 유혹을 받고 있었다. 영림은 그날 저녁 강선생의 태도에서 그것을 명확히 느꼈다.

『이것은 결코 공평한 승부가 아니다.』

자기와 똑같은 자유로운 신분으로서 올케 한혜련이 강선생의 눈 앞에 나타나기를 영림은 차차 더 절실히 원했다. 그렇지 않고서는 자기가 할 수 있는 것을 하지 않음으로써 올케의 입장을 일부러 불리하게 만드는 것 같아서 영림은 죄진 사람처럼 마음이 자꾸만 구겨지고 어두워진다.

이러한 마음의 구김살과 어둠을 제거해 버리지 않고서는 올케의 눈동자를 똑바로 바라볼 수가 영림에게는 없다. 한달 전, 강선생을 만나고 돌아온 영림은 올케의 신신 당부대로 미스 헬렌의 이야기도 통 꺼내지 않았노라고 보고를 했었지마는 어쩐지 올케의 애인을 가로챈 것처럼 마음이 꺼림직 해서 견딜 수가 없었다.

하루 바삐 올케를 이적시켜, 미스 헬렌이 지닌 봉선화의 서글픈 애수와 영림이가 지닌 칸나의 불타는 의욕을 동시에 강선생 앞에 제시함으로써만 강선생의 참다운 애정의 자세를 엿볼 수가 있는 것이라고 영림은 생각했다.

이 한 달 동안, 영림은 「칸나의 저항」이라는 제목으로써 강선생과의 회견기를 집필하면서 그것을 골똘히 느끼고 있는 것이다.

영림은 만년필을 들고 다시금 원고지와 마주 앉았다. 집필된 「칸나의 저항」은 이미 백장을 넘고 있었다.

「칸나의 저항」은 「칸나의 의욕」의 속편의 형식으로서 집필되고 있었다. 「칸나의 의욕」에서는 영림이가 여학생 시절부터 불살라 온 아름다운 욕망을 표현해 보았지마는 「칸나의 저항」에서는 그 신화인 양 아름답던 동경이 마침내 행동화되어 강석운을 만나 본 이후에 있어서의 영림의 심정이 적나라하게 기록되고 있었다.

강선생을 만난 것은 이미 한 달 전, 벚꽃이 한창이던 무렵이었다. 벚꽃은 하염없이 지고 눈부신 신록의 오월이 왔다. 신록은 짙어 검푸른 녹음의 유월이 눈 앞에 다가오고 있었으나 영림은 다시 강석운을 찾지 않았다.

그것은 강선생에게로 기울어지는 마음의 경사(傾斜)가 너무도 급하고 가파로왔기 때문이었다. 만나 본 것은 단 몇 시간에 지나지 않았지마는 이미 여학생 시절부터 기울어져 오던 마음의 경사이기에 이제 다시 한 번 만나는 날에는 남달리 의욕이 강한 영림으로서는 자기 자신을 걷잡을 수가 도저히 없을 것만 같았다.

　「원고가 아직 강선생님의 손에 묵고 있으니까……」

　찾아갈만한 구실은 충분했다. 영림은 그러나 악물고 찾아가지 않았다.

　「강선생을 다시 한 번 만나 뵈어 인생을 말하고 문학을 말하고 우주를 말하고 영원을 말하고 사랑을 말해 보았음 한이 없을 텐데……」

　뜰안 돌산 틈바구니에서 기승을 부리며 싱싱히 피어나는 칸나의 줄기찬 성장을 바라보며 영림은 한숨을 짓다가 탁 책상 위에 엎디어 버리곤 했다.

　그러나 영림은 그러한 강렬한 의욕을 누르는 데까지 눌러 보고 있는데 조용한 희열을 또한 느낄 수가 있었다. 그리고 그 조용한 희열을 행복의 높이에 까지 끌어올릴 수 있는 자신이 영림에게는 있었다.

　만나면 질식할 것 같은 기쁨이 있을 것 같았으나 그

기쁨을 아껴 두는데 좀 더 깊이 있는 기쁨을 영림은 느끼는 것이었다.

「강선생님과 헤어질 때, 악수를 아껴 둔 것처럼……」

그렇듯 줄기찬 기대를 가슴 깊이 품고 이렇듯 조용할 수 있는 자기 만족 속에서 영림은 정원의 검푸른 나무 잎사귀를 바라보며, 「칸나의 저항」을 열심히 기록하고 있었다.

《강선생은 점잖게 칸나의 유혹을 물리쳤다. 그것은 그러나 도리어 역효과를 냈을 뿐이다. 좀 더 많은 분량의 불량성을 발휘했었던들 칸나는 제물에 물러났을런지도 몰랐다. 그렇지만 그렇다고 해서 칸나의 의욕이 분별없이 날뛰지는 못했다. 사모님의 입장을 생각한다는 말이 간사스럽기도 하고 새삼스럽기도 해서, 불신한 남편을 가진 어머니와 올케를 동정도 할 수 있는 칸나라고, 일부러 깨우쳐 드리기도 했다. 원고는 언제 찾으러 갈런지 모른다고도 했고 영원히 안 갈런지도 모른다고 했다. 찾으러 가지 않고는 견디어 배기지 못할 때까지…… 돌부처처럼 움직이지 않을 결심을 칸나는 그 순간 했다. 의욕이 정열에까지 연소(燃燒)되기 전에 함부로 움직인다는 것은 양쪽을 다 함께 욕되게 하고 스포일(그르침)할 우려가 다분히 있기에 칸나는 별 꽃이 오순도순 돋아난 밤하늘을 우러러보며 가만히 외쳤다.

칸나여, 조용하자! 조용히, 조용히 의욕을 연소시키자!》

이것은 「칸나의 저항」 속에서 강석운과 헤어진 직후의 감상이었다.

영림은 조용히 의욕을 연소시키고 있었다. 그리고 월여가 지난 요즈음에 와서는 영림은 비로소 한 시도 안절부절을 못하고 삥삥 돌아만 다니는 자신을 발견하고 눈을 휘둥그레 떴다.

사 오월의 신록이 육 칠월의 녹음으로 변모를 하듯이 벌렁거리던 의욕의 불길은 마침내 타서 쇠붙이를 녹여 버릴 수 있는 새파란 정열의 불꽃으로 변하고 있었다.

그러나 그것은 지난 날, 송준오에게서 때때로 느꼈던 피부적인 것이 아니고 송준오에게서 늘상 그 결핍을 느끼던, 좀 더 넓고 깊이를 지닌 인간적인 신뢰와 애정에서 오는 정열 같았다. 자기의 참된 가치를 알아 주고 또한 자기가 그것을 상대편에서 느낄 수 있는, 인간 대 인간의 동지애(同志愛)가 남녀라는 이성 위에서 형성되고 육성되어 마침내 정열에까지 연소된 것이라고 생각하였다.

《칸나는 요즈음, 분명히 자기의 연장(延長)을 강선생에게서 느꼈다. 칸나는 강석운이라는 옥토(沃土) 깊이 뿌리를 박고 거기서 양분을 섭취하여 줄기를 뻗고 잎을 기르고 꽃을 피우고 있는 것이다. 자연의 폭위(暴威)가 그 옥토를 뒤흔들어 버릴 때, 칸나는 뿌리째 송두리째 나자빠질 수밖에 없다. 그러기에 한낱 연약한 칸나가 강선생을 사랑한다고 생각하는 것은 주제넘은 착각이다. 다만 칸나는 강석운이라는 옥토 위에서 육체가 성숙하고 인격이 완성되어 가고 있다는 사실을 의식할 따름이다.》

「칸나의 저항」에서 영림은 마침내 그렇게 기록하게끔 되어 있었다.

영림은 안타깝게 강석운의 옆이 그리워졌다. 고요한 영혼의 대화로써만 흡족할 수가 영림에게 없게끔 되었다. 영림의 시각은 강석운의 무뚝뚝한 모습을 그리워했고 영림의 청각은 강석운의 부드러운 음성을 탐냈다.

그러나 영림은 여전히 움직이지 않고 견디어 배겼다. 그것은 오로지 강석운이 기혼자 이기 때문이었다. 「칸나의 저항」에서 영림은 다음과 같이 기록하였다.

《칸나는 한층 더 스스로 움직이지 않을 것을 결심했다. 강선생이 기혼자라는 세속적인 도덕률의 압력을 느껴서가 아니다. 그런 것은 문제가 아니다. 문제도 또한 될 수 없다. 좀 더 참되고 깊은 의미에 있어서의 인간 대 인간의 모랄은 강석운 대 칸나에 있는 것이 아니고 사모님 대 칸나에게 있다. 칸나는 사모님을 모른다. 사모님이 어떠한 인간적 가치의 소유자인가를 측량하기 위해서 언젠가는 꼭 한 번 만나 봐야만 하겠다. 만나 보고 나서 만일 사모님이 지닌 인간 가치의 총결산(總決算)이 칸나보다 떨어진다는 결론을 얻었을 때, 칸나는 조금도 서슴치 않고 강선생을 전취(戰取)하기 위하여 줄기차게 움직여도 무방할 것이며 신도 그러한 칸나의 행동을 꾸짖지는 못할 것이다.》

그 때까지는 아무리 강선생이 그리워도 스스로의 의사

로써 강선생을 찾아가지 않으려고 결심하였다.

　그러나 영림은 운명까지를 피하려고 하지는 않았다. 아니, 영림은 그러한 불가피한 운명이 두 사람 사이에 있어지기를 골똘히 바랬다. 여기서 영림이가 생각하는 운명이란 길거리 같은 데서 우연히 강석운을 만나게 되는 일이다. 영림의 의사가 조금도 섞이지 않은 그러한 종류의 우연은 곧 신의 의욕이며 사상이라고 생각하기 때문이었다.

　그러나 아무리 거리를 싸돌아 다녀도 외출이 별반 잦지 않은 강석운을 우연히 만나기는 좀처럼 힘이 들었다. 아니, 강선생을 만나려고 일부러 돌아다니는 행동 자체가 이미 우연이 아니기에 최근에는 외출조차 별로 하지 않았다.

　그러한 영림이가 어제 우연히도 전화를 통하여 애리의 입으로 부터 송준오에 관한 이야기를 듣는 순간, 송준오를 한 번 만나 보아도 무방할 것 같은 생각이 문득 들었던 것이다.

　만년필을 던지고 영림은 다시 마루에 나가서 송준오의 집에다 전화를 걸었다. 송준오는 마침 집에 있었다.

　송준오를 만나기 위하여 영림은 서대문 네거리에서 종

로 쪽으로 가는 전차를 탔다.

송준오는 신당동에서 산다. 종각 앞에서 만나자고 했다. 오랫만에 저녁이나 같이 먹자는 것이 영림의 의향이었다.

아까 애리로 부터 전화로, 송준오와 약혼을 한다지 않느냐는 말을 듣는 순간, 영림은 불현 듯 송준오를 한 번 더 만나 보고 싶은 생각을 가졌던 것이다.

어쨌든 송준오는 영림을 위해서 음독까지 한 사나이였다. 한 사나이가 한 여자를 위해서 자기 목숨을 희생할 수 있다는 사실은 인간 최고의 지순(至純)임은 두 말할 필요조차 없었다. 같은 값이면 자기의 정열이 강선생에게서 타는 것 보다는 송준오에게서 타 주었으면 모든 것이 편하다. 사모님이라는 한 여성이 차지하고 있는 아내의 지위와 인격을 욕되게 함이 없이 자기의 의욕을 충족시킬 수만 있다면 오죽이나 편하고 좋은 일이냐고, 어쩌다가 강선생을 우연히라도 만나게 되기 전에 한 번 더 송준오에게 접해 봄으로써 자기에 대한 최후의 저항을 영림은 시험해 보고 싶었다.

그것은 올케 한혜련을 하루 바삐 고씨 문중에서 이적시켜 자유로운 신분으로 만들기 위해서 영림 자신이 한

충 더 서둘러대는 것과 마찬가지 성질의 저항이었다.

『가망은 없지만 어쨌든 신중을 기하는 의미에서 한 번만 더 만나보자.』

그런 생각을 골똘히 하면서 영림은 종로에서 내렸다. 이 저항의 정신은 그의 강렬한 의욕과 더불어 하나의 가치체(價値體)로서의 인간 고영림이 존재의 의의(意義)와 생명력의 소재(所在)를 규정짓고 있는 것 같았다.

그즈음, 택시에 몸을 싣고 송준오는 종로를 향하여 달려 오고 있었다.

영림이가 일부러 전화를 걸어 준데 대한 고마운 마음에 어린애처럼 송준오는 젖어 있었다. 자존(自尊)의 자세를 갖출 수 없도록 기진맥진한 자기 자신에게 세속적인 혐오의 염을 순간적으로 준오는 느꼈으나 그것을 끝끝내 내세우기에는 고영림에게 향하는 연연한 감정이 다급하게 앞장을 섰다.

『아아, 고영림! 내 모든 것을 주어도 오히려 모자람을 느끼는 고영림!』

그 서둘러 대는 감정 속에서 자기 멸각(自己滅却)을 준오는 또 다시 생각하고 있었다.

준오는 울고 있었다.

『죽음의 초대다!』

죽음의 초청장과도 같은 영림의 전화를 받는 순간, 준오는 서슴치 않고 그의 초청에 응할 것을 결심했었다.

준오는 알고 있는 것이다. 영림이가 오랫동안 흠모하던 강석운 선생이 마침내 영림의 앞에 나타나 있다는 사실을 준오는 알고 있기 때문이다.

한달 전, 한강 백사장에서 애리를 모델로 하여 촬영대회를 열자던 날, 영림은 돌발사건을 빙자하여 종이 조각 하나를 다방 전언판에 꽂아 놓고 사라져 버렸다. 하는 수 없이 준오는 애리가 발산하는 강렬한 육체의 냄새를 코가 저리도록 맡으며 아서원에서 점심을 먹었다.

뾰르퉁해서 애리는 사라져 갔으나 준오는 갈 데가 없다. 지향없는 마음을 발걸음이 이끌어 갔다. 남산에 올라 푸른 하늘을 속절없이 쳐다보며 한 두 시간을 준오는 구름과 놀았다.

구름에 지쳐서 내려오는 길에 준오는 영림의 돌발사건을 목격하고 절망을 느꼈다. 숲 새로 몸을 숨기고 준오는 보았다. 경사진 비탈을 강석운은 총총히 걸어 내려갔고 소나무 곁에서 영림은 울고 있었다.

이윽고 영림은 강석운의 뒤를 허둥지둥 따라 내려갔고

영림이가 울고 섰던 바로 그 소나무 밑에서 준오도 울었다.

그것이 벌써 한 달 전의 일이었다.

그 한 달 동안 준오는 영림을 깨끗이 단념하고 애리를 사랑해 보려고 무진 노력을 꾀하여 보았으나 오로지 그 것은 순간적인 신념일 뿐, 포말처럼 노력은 허무했다.

「그러한 영림이가 오늘 나를 불렀다. 왜?」

동정으로써 움직일 고영림이가 아니기에 일부의 희망 같은 것을 품어도 보았으나 결국에 있어서 영림의 의식 세계에는 강석운과 송준오와의 비중 문제가 도사리고 있겠기에 젊음만으로서는 대결하기 힘든 압력을 숨 가쁘게 느끼며 독배를 마시러 나가는 소크라테스처럼 자기 멸각의 의식이 준오에게는 비장했다.

자기 자신에 대한 송준오의 이 최후의 보이팅(投票[투표])이 무엇을 결과하든 그는 이미 두려운 것이 없었다. 운명의 십자가를 짊어지고 그는 지금 죽음을 예측하는 최후의 향연에 참석하고자 달려오고 있는 것이었다.

차가 멎었을 때, 종각 앞에서 영림은 손을 내젓고 있었다.

「오래 기다렸읍니까?」

「아뇨, 지금 왔어요.」

「오랫만입니다. 그 동안……」

준오는 말꼬리를 잇지 못하고 얼굴부터 붉혔다.

「준오씨도 그 동안……」

「네, 그저……」

영림의 모습을 정답게 훑고 있던 준오의 시선이 후딱 발부리로 떨어져 내려갔다. 음독 사건이 있은 후부터 준오는 시선을 잘 들지 못했다. 영림의 시선과 마주치는 것을 준오는 무서워하는 것 같았다.

그러한 준오가 영림의 마음을 쥐어짜고 가슴을 아프게 했다.

「준오씨가 좋아하는 초밥 먹으러 가요.」

「그렇지만 영림씨는 양식을……」

좋아하지 않느냐고, 떨어뜨렸던 시선을 준오는 들어보였다.

「흐흥……」

영림은 서글프게 웃어 보이며

「오늘은 초밥 먹기로 해요. 나도 먹고 싶어요.」

「그럼 저리로 가지요.」

둘이는 나란히 서서 을지로 쪽으로 걷기 시작했다.

해질 무렵이었다. 거리는 소란했으나 둘이의 심경은 호수처럼 조용했다. 호수처럼 깊이도 했다.

「왜 수염도 좀 깍으시고, 그러시지죠?」

존댓말을 쓰지 않을 수 없으리만큼 준오의 얼굴이 홀쭉해 있었고 수염이 파아랗게 돋아 있었다.

「아, 수염……」

준오는 쓸쓸히 웃으며 입 언저리에 손을 갖다 댔다.

「미국은 언제 쯤 떠나세요?」

할 말이 없어서 영림은 물었다.

「아, 미국…… 여권이 아직 안 나왔읍니다.」

거짓말이다. 거짓말임을 영림은 알면서도

「그렇게 오래 걸리나요?」

「여기 저기 걸리는 데가 많아서…… 아주 귀찮답니다.」

「준오씨가 서두르지 않으니까 그런 거 아냐요?」

준오는 잠자코 있었다.

영림도 잠자코 있었다.

화제가 없다. 화제가 없으면 영림은 괴롭다. 죄진 사람처럼 침묵이 무섭다.

「요즈음 사진 많이 찍으세요?」

『별로……』

『참, 저번에는 갑자기 무슨 일이 생겨서…… 미안합니다.』

차차 더 영림은 송구만 해진다.

『아니요, 미안은……』

돌발사건의 내용을 알고 있기에 준오는 도리어 탓할 수가 없다. 탓을 하다가는 추한 질투심만 튀어 나올 것 같았고 이만 저만한 질투심도 또한 아니기에 일단 입 밖에 냈다가는 수습할 방도가 전연 있을 것 같지가 않았기 때문이었다.

『애리, 여전하죠?』

침묵이 싫어서 영림은 또 물었다.

『여전하더군요.』

『애리, 요즈음에 점점 더 예뻐지던데……』

준오의 마음 자세를 영림은 떠 보고 있는 것이다.

준오는 또 잠자코 있었다.

『집의 오빠가 눈이 벌개서 쫓아다니지만…… 애리의 마음은 딴 곳에 있어요.』

『…………』

『그걸 나는 잘 알고 있죠.』

「애리씨의 마음은 화폐에 있다고 하더군요..」

「화폐?」

「돈이란 말이 봉건적이 라서 안 쓴다고 하더군요..」

「애리다운 감각이예요. 그렇지만 애리를 얕잡아 봄 안돼요. 애리의 언행에는 애리다운 철학이 있어서 좋아요..」

「매소부의 철학 말입니까?」

어조가 비웃고 있었다.

「그처럼 한 마디로 제껴 넘길 수 없는 무엇이 애리에게는 있다고 보아요. 가정이 다소 불우해서 그렇게 됐는지는 모르지만요. 그러니까 준오씨도 이해를 좀 하셔야만 될 거예요..」

「웃음을 팔아 먹는다고 내놓고 장담하는 사람을 어떻게 이해하라는 말입니까?」

「그건 아직도 애리를 모르는 말이예요. 여자들의 태반이 갖고 있는 깜찍한 데가 애리에게는 없어요. 탁 터놓는 개방된 성격에다가 자기의 논리에 도취하는 버릇이 있어서 실지로 마음 먹고 있는 것보다 훨씬 과장된 말을 해요. 그래서 잘못함 오해를 받지만…… 실지의 행동은 옆에서 생각하는 것처럼 대담하지는 못하죠..」

『영림씨가 왜 갑자기 애리씨의 열렬한 옹호자가 됐습니까?』

『사실이 그러니까 그러는 거죠.』

『그만해 두시오.』

뱉 듯이 준오는 말했다. 영림은 얼른 입을 다물었다가

『애리는 고독한 애예요. 거기에는 명랑하고 이야기가 무척 딱딱하게 돌아가고 있지만…』

『딱딱한 사람이 육체의 냄새를 그처럼 피워요?』

『그게 다 고독하기 때문이죠. 애리의 그처럼 솔직한 성격은 이해하지 못하고 모두들 불량하다고만 보아 주고…… 애리를 참답게 사랑해 주는 남성이 없기 때문에 애리는 애리대로 더 한층 기승을 부려 가면서 반항을 하고 있는 거예요.』

『몸을 팔아 가면서까지 반항을 할 수가 있을까요?』

『가능한 일이라고 생각해요. 그렇지만 애리는 아직 거기까지는 가지 않았을 거예요.』

『어머니가 기생 퇴물레기라지요?』

『문제는 거기 있다고 나는 생각해요. 모르긴 하지만 어머니를 지지리 학대해 온 남성들에게 대한 반발심 같은 무슨 그런 것이 있지나 않을까 하고요.』

「무서운 여자로군요.」

「모르는 일이예요. 조금도 무섭지 않은 애예요. 진심으로, 그리고 인격으로만 대해 준다면 아주 폭삭 녹아 버릴 애죠. 고독한 사람일수록 인정에는 약해요. 눈물이 많구요.」

「애리씨에게 눈물이 있어요?」

「모르긴 하지만 남의 눈에 뜨이지 않는 곳에서는 많이 울 거예요. 낮에는 싸우고 밤에는 울고…… 도리어 나 같은 인간이 눈물이 없는 편이죠.」

「…………」

준오는 문득 영림을 쳐다보았다. 단념하라는 선전 포고와도 같아서 준오는 가슴 속이 뜨끔했다.

준오의 시선을 피할 셈으로 영림은 문득 외면을 하다가

「아, 강선생님이……」

외면을 한 영림의 시야에 강석운의 얼굴이 오벌래프의 스크린처럼 휘익 뛰어 들어왔다.

을지로 네거리에서의 일이었다.

「강선생님」이라는 영림의 불의의 외침은 지나간 한 달 동안, 그것과 가파르게 저항해 오던 칸나의 압축된 영혼의 몸부림이었고 고뇌에 찬 오랜 진통 끝에 신의 축복을 받으면서 분만(分娩)하는 또 하나의 생명이 자기의 존재 이유를 소박하고 와일드하게 주장하는 고고(呱呱)의 소리와도 같았다.

그것은 칸나가 여태까지 지니고 있던 생명의 연장 같기도 하였고 그것의 신생(新生) 같기도 하였다.

고영림은 자기 속에 두 개의 생명력이 꿈틀거리고 있는 사실을 새삼스럽게 발견하며 강석운 선생이 타고 있는 전차 안을 말똥히 바라보는 그대로의 자세로 불현듯 걸음을 멈추었다.

명동 쪽으로 대가리를 두고 신호를 기다리고 있던 전차가 파도치는 자동차의 행렬을 따라 을지로 로타리를 굼벵이처럼 꿈틀꿈틀 건너가고 있었다.

배꼭이 들어선 비좁은 전차 꼬리께서 강선생은 혁대에 매달려 창 밖을 내다보고 서 있었다. 그리 떨어지지 않은 거리라서, 점점 멀어져 가기는 했지마는 강선생의 표정의 움직임을 희미하게나마 영림은 붙잡을 수가 있었다.

강선생은 영림 자신과 마찬가지로 불의의 놀라움과 반가움이 뒤섞인 표정으로 고개를 조금 숙여 보이며 부드럽게 웃고 있었다.

그것은 그러나 순간적인 표정에 그쳤을 뿐, 웃음을 후 딱 거두어 버린 강선생의 얼굴에는 무관심의 평온이 자리잡기 시작하였다. 그러나 그것이 의식적인 평온이며 무관심임을 영임은 이윽고 깨달았다.

왜냐 하면, 손 하나를 들어 보이고 한 두 번 흔들어 보이기도 한 영림에게 강선생은 아무런 반응도 움직임도 보여 주지를 않았기 때문이다.

거리가 멀어지며 강선생의 모습이 차차 작아져 갔다. 그러나 손도 흔들어주지 않았고 작별의 고개도 숙여 주지 않았다. 다만 시선이 멀어지고 시각(視角)이 좁아짐을 따라 강선생의 얼굴이 조금씩 위치를 변해 가며 이편 쪽을 열심히 바라보고 섰을 뿐, 다른 아무런 동작도 강선생에게는 없었다.

「강석운 선생이지요?」

이윽고 저만큼 전차가 사라져 갔을 때, 송준오는 무뚝뚝하게 물어 왔다.

「네, 강선생 아세요?」

「사람은 모르지만 얼굴만을 알지요. 언젠가 학교에 과외(課外) 강의를 하러 왔었으니까요.」

둘이는 묵묵히 로타리를 건넜다.

로타리를 건너 서서도 둘이는 아무런 말도 하지 않았다. 꺼낼만한 화제도 없었거니와 새삼스런 화제가 간사스럽기만 했고 온갖 화제가 감정의 파도 속에서 무의미한 포말처럼 껌뻑껌뻑 꺼지기만 했다.

명동 한 복판, 초밥을 잘한다는 어떤 〈가뽀야〉 이층에 마주 앉아서도 둘이는 아무런 화제도 끄집어내지 않았다. 그래도 화제의 궁핍을 느끼지 않을만큼 감정의 물결은 둘이에게 있어서 거세게 흐르고 있었다.

아니, 화제가 하나 있기는 있었다. 그러나 화제로 끄집어 내기에는 둘이가 다 같이 무섭다. 상극되는 감정의 파도 속에서 두 젊은이는 똑같은 무게를 가지고 강석운의 존재를 생각하고 있다.

『준오씨, 많이 드세요.』

초밥 접시가 들어오고 스끼야끼도 끓었다. 싫다는 준오를 억지로 달래며 영림은 술도 권했다.

『영림씨는 왜 들지 않소……?』

몇 개 집어 먹다가 가만히 앉아서 자기를 말끄러미 쳐다만 보는 영림에게 준오는 물었다.

『먹는 것보다 이렇게 앉아서 보는 것이 더 좋아서……』

영림은 쓸쓸히 웃었다.

준오도 똑 같이 쓸쓸히 웃었다.

안 먹는다는 술을 영림은 억지로 권했고 그럼 같이 들자는 술을 영림은 쾌히 마셨다.

억지로 권하고 싶고 쾌히 들고 싶은 감정이 영림에게는 끓었다. 술맛을 알아서가 아니건만 먹으면 먹을 수 있는 술이기도 했고 준오가 따라 주는 술이 어쩐지 인간 하나의 생명처럼 존귀함을 후딱 후딱 느끼기 때문이다.

「영림씨가 술을 든다는 건 정말 드문 일인데……」

먹으면 먹는다면서도 좀처럼 들지 않던 영림의 술이기에 준오는 기뻤다.

「준오씨 앞날에 행복이 있기를 빌고 싶어서요.」

얼굴에 별반 오르지 않는 영림의 술인가보다. 영림이보다 준오가 더 빨리 빨개졌다.

「행복이라고요?」

준오는 얼른 시선을 떨어뜨리고 제 손으로 술을 따라 훌쩍 들이키며

「내 행복을 갖다 줄 사람은 영림씬 줄로만 알았는데…… 그 영림씨가 내게 행복이 있기를 비는군요.」

얘기하고 있던 것처럼 준오에게 있어서는 마침내 죽음

의 초대연이 되어지고 있었다.

『준오씨.』

영림은 쓸쓸히 웃으며

『나는 노력했어요. 오늘도 노력했고 지금 이 순간에도 노력하고 있어요.』

영림은 괴로와 준오의 얼굴에서 시선을 뗐다.

『오늘 저녁의 영림씨의 호의가…… 결국에 있어서 영림씨의 과거를 영원히 묻어 버리려는 장송연(葬送宴)을 의미한다는 거지요?』

뚫어지듯 노려보는 준오의 두 눈에 눈물이 글썽글썽거리기 시작했다.

영림은 불현 듯 고개를 들며

『아냐요. 그런 의미에서 만나잔 건 결코 아니예요.』

『그렇다면 일부러 나를 불러 내서…… 나를 이처럼 울려 놓을 심사는 어디서 나왔읍니까?』

『아냐요, 일부러 그런 건 아냐요. 그것만은 믿어 주세요.』

괴롭다. 정말로 괴롭다. 그렇지만 헤어질 때 까지는 아직도 한두 시간의 여유가 있다. 그 순간까지 영림은 칸나의 일생을 이 순진한 청년에게 맡길 수 있으며 거기서 또한 칸나의 강렬한 의욕과 정열을 충족시킬 수 있으며, 따라서 칸나의 생명을 완전히 불태울 수가 있을런지 모른다는 판정이 내리어지기를 절실히 원했다.

「동정의 눈물을 뿌리면서 장송연을 베풀어 보는데 최후의 흥취가 있다는 건가요?」

영림은 두 눈을 가만히 감으며

「나는 그렇게까지 잔인하지는 못해요. 잔인하지 못하기 때문에 오늘 이 자리를 만든 거예요.」

영림도 울고 있었다. 두 눈을 감고 비스듬히 꿇어 앉은 자세 그대로 조용히 눈물을 흘리고 있었다.

「동정의 눈물이 얼마나 값싼 것인지도 잘 알고 있고…… 잔인을 향락하리만큼 마음이 표독스럽지도 못하고……」

「영림씨는 그럼 뭣 때문에 지금 눈물을 흘립니까? 나로서는…… 값싼 동정의 눈물일지라도…… 그 처럼 울어주는 것이 황송하리만치 기쁘기는 하지만요.」

「하기 싫은 대답이지만…… 물어 주시니 대답을 하겠어요.」

영림은 조용히 눈물을 찍어 내며

「영림은 지금 영림 자신과 싸우고 있는 거예요. 그

싸움이 너무도 강렬해서 우는 거예요.」

「…………」

「최후의 일순간까지 자기 자신을 그르치지 않기 위해서 노력해 보는 것 뿐이예요.」

「강석운 선생을 사모하고 있읍니까?」

순간 흠칫, 몸서리를 쳤으나 이윽고 영림은 조용히 눈을 떴다.

꺼내서는 아니 될 화제를 송준오는 끝끝내 꺼내고야 말았다.

영림은 오랫동안 준오를 바라보며 앉아 있다가 조용히 입을 열었다.

「묻고 싶지도 않은 말을 물었읍니다.」

준오는 제 손으로 또 술을 따라 마셨다. 취기가 감정에 불을 붙이고 있었다.

「묻고 싶지는 않았지만…… 그렇지만 영림씨의 분명한 심경을 알아야만 하겠기에……」

「준오씨, 술 같이 들어요.」

영림은 잔을 들었다. 그러나 준오는 잔을 들 생각은 통히 않고,

「영림씨!」

준오의 목소리는 격정에 떨고 있었다.

「알고 싶어서 묻기는 했지만…… 대답을 그만 둬 주시오. 기다림의 행복을 남겨 두기 위하여 갑자기 듣기가 싫어졌습니다.」

준오는 흑흑 흐느껴 울었다.

「준오씨, 굳세 주세요. 준오씨의 앞길은 그거야 말로 대해처럼 양양해요.」

어린 동생을 달래는 듯 같은 감정이 항상 영림에게는 앞장을 선다. 준오를 대할 적마다 영림은 누나가 되고 있었다. 일찌기 두 사람 사이에 포옹이 있었을 때, 영림은 자기가 준오에게 포옹을 받는다는 생각보다도 자기편에서 준오를 포옹해 준다는 느낌이 한층 더 강했다. 처음에는 무심 중 지나쳐 버리곤 했으나 그러한 느낌이 차차 커져 가면서 불만으로 변해 가고 있었다.

그러한 불만이 오늘도 또 왔다. 잘하면 메꾸어 질런지도 모를 일이라고 생각하고 왔던 불만이었다.

「준오씨, 인제 가요. 눈물을 씻고……」

영림이가 일어서서 준오의 저고리를 벗겨다 입혀 주는데 준오의 얼굴이 눈물과 함께 다가왔다.

영림은 눈을 감고 시주나 하는 것처럼 준오의 격렬한

포옹과 입술을 조용히 받았다.

『영림! 죽어도 나는 영림을 잊을 수는 없어! 죽어도 못 놓겠어!』

『…………』

『영림은 너무도 무정해! 냉혈 동물이야!』

『…………』

『사람의 목숨 하나가 그처럼 초라했던가요? 이 절망…… 이 암흑……』

『…………』

영림도 울고 있었다.

『강석운이 강석운이…… 영림의 애정을 가로채 간다면…… 나는 그를 죽여 버려도 좋아!』

『모르는 말이에요. 그 선생님에게는 아무런 불찰도 없어요. 자아, 인제가요!』

『무어가 선생님이야? 그 따위가 선생이야? 부인도 있고 자식이 있는, 지성이 있다는 문화인이 제자를 꼬여 내?』

『준오씨는 술이 좀 취했어요. 자아……』

영림은 가까스로 준오의 완강한 포옹에서 빠져 나오며

『인제 나가요. 술이 지나치면 어머님이 또 걱정을 하

실 텐데…… 정말 좋은 어머님이세요.」

「지나치게 총명한 것이 영림은 탈이야. 어머니 걱정까지 해 주지 않아도 좋아요.」

비틀거리는 준오를 부축하고 영림은 거리로 나섰다. 어두운 거리였다.

큰길로 나가 택시를 불러 세우고 준오를 영림은 태웠다.

「신사동까지 모셔다 드려요.」

「네네.」

영림은 택시 값을 치르고 나서

「자아, 악수!」

그러나 준오는 쭈그리고 앉아서 두손으로 덮어 버린 얼굴을 무릎 위에 파묻 듯이 한채 아무런 대답도 없다. 우정을 나서면서부터 준오는 술이 깬 듯이 갑자기 벙어리가 되어 있었다.

「어서 악수!」

준오는 홱 얼굴을 들며 두 손으로 영림의 손목을 꽉 부여잡고 눈물 어린 자기 볼에다 격렬히 비벼댔다.

「영림, 행복해요!」

진심으로 준오는 영림의 행복을 바라며 말했다. 그것

이 사랑의 본질인 것처럼……

「고마워요!」

준오가 아까운 듯이 놓아 준 손길로 영림은 한 번 더 수염이 깔깔한 준오의 턱과 볼을 만져 보았다.

이윽고 차는 떠나고 영림은 오랫동안 그 자리에 꼬딱 서 있었다.

명동 입구 십자가 한 모퉁이에서 송준오가 타고 간 택시의 빨간 테일 라이트가 을지로 어귀로 감실감실 감돌아 들 무렵까지 영림은 꼬딱이 서서 말똥히 바라보고 있었다.

바라보며 영림은 울고 있는 것이다.

어둠이 빛깔을 몽땅 삼켜 버린지 그리도 오래지 않은 초저녁, 현실과 피로만을 한짐 짊어지고 넋 없이 늦은 귀로를 재촉하는 생활인의 비장하리만큼 무표정한 얼굴의 행렬이 십자가에는 있었다.

저렇 듯 남들은 모두가 다 생활에 지쳐 있는데……

「나는 왜 이렇 듯 울고 섰어야만 하나.」

의식주에 시달림이 없는 한 인간의 눈물이 아무리 생각하여도 지금 영림 자신이 느끼는 것처럼 존귀해 보이지는 정녕 않았다.

「결국은 교단의 눈물이요, 상아탑의 눈물이다.」

스스로 자기의 눈물을 다루어 보고 자질해 볼 수 있는 가능(可能)이 솟구치는 눈물 밑바닥에 여전히 도사리고 있었다.

「불행이다!」

그런 것이 다 칸나 고영림의 불행을 조성하고 있는 것이라고 슬픔이면, 슬픔, 기쁨이면 기쁨, 그 자체 속으로 파고 들고 그 자체 속에 침몰하지 못하는 자기의 까다로움을 영림은 어둠 속에서 말끄러미 응시하고 있었다.

그러나 영림은 다음 순간, 그 세속적인 불행 속에서 이내 빠져나올 수 있는 발받이 하나를 붙잡고 외쳤다.

「그렇다. 그네들만이 생활인이 아니고 고영림이도 하나의 생활인이다.」

의식주를 위한 생활만이 생활은 아니다. 자기도 일년 후면 의식주를 위하여 걱정을 하겠지마는 오늘의 고영림이도 한 사람의 진지한 생활인임을 자각하였다.

먹고 사는 것만은 생활은 아니다. 생활이란 각기 자기에게 맡겨진 임무를 다하려고 몸부림치는 노력을 노력하고 있는 인간의 자세를 말하는 것이다.

목하 영림에게는 의식주를 위한 임무는 아직 없다. 있

는 것은 다만

『올바르게 배우는 것과 올바르게 청춘을 밭 가는(耕 [경]) 것 뿐이다.』

이리하여 고영림은 자기의 눈물이 지닌 존귀한 뜻을 다시금 찾을 것만 같았다.

『그럼 나는 무엇 때문에 지금 이렇 듯 울어야만 하나……?』

냉혈 동물이라는 원망스런 한 마디를 남기고 사라진 송준오의 영혼의 흐느낌과 암흑 같은 절망이 눈물겨워서 우는지도 몰랐다. 강석운 선생이 그리워서 자기는 울고 있는지도 또한 몰랐다.

그러나 영림은 이윽고 마음으로 도리도리를 했다.

『아니다, 아니다.』

그 어느 것도 영림에게는 진정한 눈물이 아니었다. 이것도 저것도 아니건만 영림의 설움은 자꾸 복받쳐 오르기만 했다. 자기 눈물의 참된 뜻을 구명하기 전에는 이 어둑컴컴한 십자로 한 모퉁이에서 한 발자국도 뜰 수가 없다.

이 어두운 밤 거리 십자로에 꼬딱이 서서 그 네 갈래로 뻗어진 어느 길이 자기의 길인지를 영림은 택해야만 했다.

「나는 왜 이처럼 고달피 울까?」

순간, 영림은 후딱 하늘을 쳐다보며

「그렇다. 이 설움은 서글픈 설움이 아니고 고달픈 설움이다.」

무심중 뱉은 한 마디가 영감인 양 영림에게 왔다.

「그렇다. 고달픈 설움! 고달픈 설움!」

영림은 그냥 밤 하늘을 우러러보며……

별들이 하늘에 고달피 조는 밤

고달픈 영혼의 행렬은 대지에 흘렀다.

오오, 고달픈 우주여

칸나 어이 혼자 안일하려뇨.

내 모든 것을 주어도 오히려

모자람을 서러워 하는 귀여운 칸나여.

그대마저 생활에 지쳤느뇨

냉혈 동물에 눈물이 흘렀다.

그윽한 동경 위에 청춘을 밭 갈자.

영혼은 타서 재가 되라

사랑의 바다에 쪽배를 띄우자

노는 없어도 서럽지 않다.

구원을 잡으러 바람을 타자

오오, 고달픈 우주여, 칸나여.

십자로의 영림은 그냥 울고만 섰다.

(큰글한국문학선집 058-2, 058-3 다음 권에서 계속)

큰글한국문학선집 058-1: 김내성 장편소설

실락원의 별 1

© 글로벌콘텐츠, 2019

1판 1쇄 인쇄__2019년 09월 23일
1판 1쇄 발행__2019년 09월 30일

지은이__김내성
엮은이__글로벌콘텐츠 편집부
펴낸이__홍정표

펴낸곳__글로벌콘텐츠
     등 록__제25100-2008-000024호
     이메일__edit@gcbook.co.kr

공급처__(주)글로벌콘텐츠출판그룹
     주소__서울특별시 강동구 풍성로 87-6
     전화__02-488-3280 팩스__02-488-3281
     홈페이지__www.gcbook.co.kr

값 33,000원
ISBN 979-11-5852-254-4 04810
     979-11-5852-257-5 04810(세트)